Petra Ivanov

DELETE

Roman

W0471535

Appenzeller Verlag

1. Auflage, 2011
2. Auflage, 2012

© Appenzeller Verlag, CH-9101 Herisau
Alle Rechte der Verbreitung,
auch durch Film, Radio und Fernsehen,
fotomechanische Wiedergabe,
Tonträger, elektronische Datenträger und
auszugsweisen Nachdruck sind vorbehalten.

Umschlaggestaltung: Anna Furrer/Eliane Ottiger
Umschlagfoto: Martina Basista
Satz und Druck: Appenzeller Druckerei, Herisau
ISBN: 978-3-85882-551-3

www.appenzellerverlag.ch

Petra Ivanov
Delete

Für Aljoscha

9:25

Lily ist weg. Ich starre auf die leere Nische. Versuche zu kapieren, was ich sehe.

Nichts.

Das Nichts befindet sich zwischen der Batterie-Abgabestelle und den ineinander geschobenen Einkaufswagen neben dem Ladeneingang. Genau dort, wo Lilys Kinderwagen stehen sollte. Vor zehn Minuten habe ich ihn hier parkiert. Auf dem Kunststeinboden sehe ich die Spuren der nassen Räder. Neben mir schüttelt eine alte Frau ihren Schirm aus. Ein braunes Blatt klebt an ihrem Regenmantel wie ein Bratensaucespritzer. Ich weiss nicht, warum mir das auffällt. Die Frau klaubt einen Zweifränkler aus der Handtasche, schiebt ihn mit zittrigen Fingern in das Schloss des Einkaufswagens und greift nach der Stange. Hinter ihr wartet ungeduldig ein Typ. Er wippt mit dem Bein, streicht sich eine nasse Haarsträhne aus dem Gesicht.

«Ja mängisch hock i stundelang im dschungel», tönt es aus meinen Kopfhörern. Vermutlich dachte Phenomden an einen Supermarkt, als er den Song schrieb. In Scharen strömen die Leute durch die Drehtür, drängen sich vor, schneiden einander mit ihren Einkaufswagen den Weg ab. «Will i mängisch gar nüme checke, was all lüüt wänd, nei», singt Phenomden weiter. Volltreffer.

Normalerweise schlägt mein Herz im Reggaerhythmus. Doch als ich begreife, was das Nichts vor mir bedeutet, legt es ein gewaltiges Solo ein. Ich schiebe die Kopfhörer von den Ohren. Ein Gewirr von Stimmen umgibt mich. Schrille, dünne, laute, nasale, quengelige. Der Lautsprecher verkündet, dass Bananen Aktion seien.

Lily mag Bananen. Sie schiebt alles in den Mund, was sie zwischen die Finger bekommt. Wenn es ihr schmeckt, macht sie ein schmatzendes Geräusch und beginnt zu schielen, als versuche sie, sich selbst in den Mund zu schauen. Einmal habe ich sie vor einen Spiegel gesetzt, damit sie den Brei sieht, der ihr aus dem Mund quillt. Aber sie hat nur mit der Hand gegen das Glas gepatscht.

Ich finde Babys nicht besonders toll. Sie können total laut sein und haben keine Stoptaste. Dass ich mit achtzehn eine kleine Schwester bekommen habe, hat mich ziemlich überrascht. Meinen Vater auch. Ich lebe seit zwei Jahren bei ihm. Aufgewachsen bin ich bei meiner Mutter. Ich war etwa sieben, als sich meine Eltern trennten. An die Zeit davor erinnere ich mich kaum. Ich weiss nur noch, dass dicke Luft herrschte. Ich meine, richtig dick. Da war etwas. Es fühlte sich an wie das Gegenteil von dem Nichts, das ich jetzt anstarre. Die Luft zwischen meinen Eltern pulsierte. Manchmal hielt ich mir Mund und Nase zu, um dieses Etwas nicht einatmen zu müssen. Ich wollte nicht, dass es in meinen Körper eindrang und mich auffrass.

Ich reibe mir die Augen. Es ist beschissen früh. Normalerweise schlafe ich um diese Zeit, zumindest wenn ich frei habe. Bis Mittag streikt mein Körper. Plötzlich geht mir ein Licht auf. Das muss ein Traum sein! Ich bin gar nicht mit Lily einkaufen gegangen – ich schlafe noch. Erleichtert greife ich nach den Kopfhörern. Mitten in der Bewegung halte ich inne. Das Nichts starrt mich vorwurfsvoll an.

Es ist kein Traum.
Lily war hier.
Jetzt ist sie weg.

Als Adoda heute morgen um halb acht Uhr gegen die Tür polterte, schlief ich tief. Adoda ist mein Vater. Eigentlich heisst er Bruno, aber niemand nennt ihn so. Adoda bedeutet Vater auf Tsalagi, der Sprache der Cherokee-Indianer. Wenn ich Kollegen erzähle, dass ich von Indianern abstamme, grölen die meisten. Bis sie merken, dass ich es ernst meine. Dann reissen sie Witze, fragen mich, wo meine Federn geblieben sind. Als würden die Cherokee in Federschmuck und Lendenschurz herumlaufen. Meine Grossmutter trägt ganz normale Klamotten. Sie wohnt auch nicht in einem Tipi, sondern in einem Haus in den USA.

Erwachsene lassen meistens Bemerkungen über meine schwarzen Haare und dunklen Augen fallen. Sie erklären, dass sie mich für einen Asiaten hielten, trotz meiner 1.84 m. Auch Lily hat schwarze Haare. Sie stehen ihr vom Kopf ab wie Schnittlauch. Ihre Augen sind aber blau wie der Herbsthimmel, wenn ausnahmsweise mal kein Hochnebel über dem Mittelland liegt.

Adoda weckt mich nie. Deshalb war ich heute morgen ziemlich baff. Meistens ist er weg, wenn ich aufstehe. Er ist Bulle. Ohne Tomahawk, dafür mit einer echten Heckler & Koch. Die Pistole braucht er selten, da er in der Regel am Schreibtisch hockt. Nur wenn er Pikett hat, rückt er aus. Bis er am Tatort ankommt, sind die Täter aber längst abgehauen.

Es dauerte einen Moment, bis mir heute morgen klar wurde, was er um halb acht von mir wollte. Seine Lippen bewegten sich zwar, aber seine Worte drangen nicht zu mir durch. Irgendwie blieben sie mir in den Ohren stecken. Das grelle Licht der Deckenlampe schmerzte höllisch. Adoda riss mir die Decke weg, öffnete die Fenster und drückte mir etwas in die Arme. Es fühlte sich wie eine Bettflasche an, warm und weich, nur, dass es sich bewegte. Eine Hand schnellte hervor und landete auf meinem Gesicht. Da schnallte ich, dass sie Lily gehörte.

Plötzlich war der Platz neben meinem Bett leer. Ich hörte Schritte in der Küche, dann rief mir Adoda etwas zu, das ich nicht verstand. Ein vertrautes Klappern liess mich aufhorchen. Adoda befestigte seine Handschellen am Gürtel! Was das bedeutete, wusste ich ganz genau: Die Einsatzzentrale hatte angerufen und ihn aufgeboten. Mein Vater ist ein hohes Tier bei der Kripo, ohne ihn geht nichts. Ich stöhnte laut. Lily sah mich verwundert an und begann zu plappern. Rasch setzte ich mich auf. Lily rollte von meinem Bauch und landete auf der zerknüllten Decke. Ich liess sie dort liegen und sprang aus dem Bett. Mein rechter Fuss landete in einer leeren Pizzaschachtel. Ich kickte sie zur Seite und eilte aus dem Zimmer.

Zu spät.

Adoda war weg. Auf dem Küchentisch fand ich eine Nachricht: «Bin in einigen Stunden zurück. Keine Windeln mehr.» Eine abgegriffene Zwanzigernote lag neben einer leeren Windelpackung. Ich starrte auf die Notiz, die mir mein erstes freies Wochenende seit Ewigkeiten versaute. Als Kochlehrling musste ich oft samstags und sonntags arbeiten. Dieses Wochenende hatte ich eine ganze Menge los.

Ich liess mich auf den Stuhl fallen. Der Kugelschreiber hatte tiefe Furchen ins Notizblatt geritzt. Adoda schreibt nie mit Bleistift, die Spitze bricht ihm immer ab. Mir ist das noch nie passiert. Dazu fehlt mir wohl die Energie.

Im Schlafzimmer heulte Lily. Ihre Stimme hatte auf mich dieselbe Wirkung wie Fingernägel auf einer Wandtafel. Ich hielt mir die Ohren zu, aber es nützte nichts. Seufzend stand ich auf. Lily lag mit dem Gesicht nach unten und versuchte, sich zu drehen. Sie findet es uncool, wenn sie nichts sieht. Ich setzte sie auf und schob ihr ein Kissen in den Rücken. Sie kippte immer wieder zur Seite. Erst als ich aus meinen Schulbüchern und einem verstaubten Lautsprecher zwei Stützen gebaut hatte, blieb sie sitzen. Ich schloss die Fenster und löschte das Licht. Dann schaltete ich den Fernseher ein. Sofort wurde Lily still.

Ich kroch ins Bett und zog mir die Decke über den Kopf. Endlich Ruhe. Aber schon nach wenigen Minuten begann Lily, komische Geräusche von sich zu geben. Sie klang wie ein ferngesteuertes Auto, dem die Batterie ausgeht. Sie heulte ein bisschen auf, wurde still, knatterte laut und verstummte endgültig. Da wehte ein furchtbarer Geruch zu mir herüber. Nicht einmal die Decke über dem Kopf schützte mich davor. Ich versuchte, mir einzureden, dass es nur Luft war. Babys furzen doch auch, oder? Als sich der Gestank nicht verflüchtigte, öffnete ich vorsichtig die Windeln. Mir wurde beinahe übel. Lily sass voll in der Scheisse. Sie grinste wie für einen Werbespot und trommelte auf dem Lautsprecher herum. Staubflusen tanzten in der Luft. Plötzlich musste sie niesen. Eine weitere Duftwolke wehte in meine Richtung. Der Schnittlauch auf ihrem Kopf wippte hin und her.

Ich hatte Lilys Windeln noch nie selber gewechselt, aber bei Adoda sah das ganz leicht aus. Er setzte Lily meistens in die Badewanne, zog ihr die Sachen aus und hielt sie unter den Wasserhahn. Doch dann kam mir in den Sinn, dass die Windeln ausgegangen waren. Ich könnte so tun, als wäre nichts. Ich würde Adoda erklären, ich hätte den Gestank nicht bemerkt. Aber dann müsste ich die nächsten Stunden neben Lily ausharren. Mir war jetzt schon ziemlich flau im Magen.

Mir blieb nichts anderes übrig, als einkaufen zu gehen. Ächzend fischte ich ein Paar Jeans aus einem Kleiderhaufen am Boden, holte einen Energydrink aus dem Kühlschrank und schob mir die Zwanzigernote in die Hosentasche. Ich sah nicht ein, warum ich überhaupt auf Lily aufpassen sollte. Schliesslich habe ich sie nicht gemacht.

Kurz überlegte ich, alleine zum Supermarkt zu laufen. Lily mitzunehmen war ziemlich umständlich. Ohne sie wäre ich in einer halben Stunde zurück. Was aber, wenn Adoda inzwischen zurückkehrte? Er wäre stinksauer. Obwohl ich die Vorstellung rasch zu verdrängen versuchte, spürte ich seine Wut, als stünde er direkt vor mir. Viele fürchteten sich vor ihm. Er ist breit wie eine Tiefkühltruhe und manchmal genauso kalt. Aber das machte mir nichts aus. Es waren seine Augen, die mir Angst einjagten. Sie waren wie Nadeln. Er brauchte mich nur anzusehen, und schon fühlte ich mich wie ein aufgespiesster Schmetterling. Fast noch schlimmer war die Luft, die ihn umgab. Sie lud sich mit seinem Ärger auf und überrollte mich dann wie eine Welle.

Lily in der Wohnung zu lassen, war also keine Option. Deshalb klemmte ich sie mir unter den Arm, packte mit der freien Hand den Kinderwagen und schleppte beide die Treppe hinunter. Die Räder schlugen auf jeder Stufe auf. Im Erdgeschoss steckte ich Lily in den Wagen und deckte sie zu, um den Gestank einzudämmen.

Draussen in der Kälte erholte sich meine Nase wieder. Die Luft roch feucht und erdig. Nebel hüllte das Quartier ein, so dass die Umrisse der Gebäude verschwammen. Das gab mir ein gutes Gefühl, fast, als wäre ich auch in eine Decke eingehüllt. Die meisten Bäume waren kahl, nur an wenigen Ästen hingen noch einzelne gelbe und rostrote Blätter. Ein Velofahrer tauchte aus dem Nebel auf und sauste an mir vorbei. Ich schaltete den iPod ein und atmete tief durch. Mit Reggae in den Ohren waren verschissene Windeln nur noch halb so schlimm.

Das Nichts ist immer noch da. Keine Ahnung, wie lange ich schon hier stehe und darauf starre. In einer Hand halte ich die Packung Windeln, die ich gekauft habe, mit der anderen streiche ich mir das Haar aus dem Gesicht. Egal, wie oft ich blinzle, Lily bleibt weg. Mein Magen knurrt. Ich habe heute morgen noch nichts gegessen.

«Söll i ga, söll i bliibe, z zweite oder ällei?», singt Phenomden. Ich zucke zusammen. Woher weiss er, was mir durch den Kopf geht? Wie kamen die Kopfhörer überhaupt wieder auf meine Ohren?

Ich versuche zu überlegen, doch mein Gehirn macht nicht mit. Ich schwebe irgendwo zwischen Wirklichkeit und Traum. Ein Teil von mir will nicht begreifen, was meine Augen sehen. Vielleicht versteckt sich Lily irgendwo. Sie mag es, wenn Sachen verschwinden und wieder auftauchen. Manchmal verbirgt sich Adoda hinter einer Zeitung. Dann reisst Lily die Augen auf, doch bevor sie losheulen kann, guckt Adoda hervor und verzieht das Gesicht zu einer witzigen Grimasse. Lily ist jedesmal total überrascht. Ich auch. Nicht, weil er wieder da ist, sondern weil ich gar nicht wusste, dass Adoda den Clown spielen kann.

Ganz ist mein Gehirn wohl doch nicht ausgeschaltet, denn mir ist klar, dass Lily nicht alleine verschwunden ist. Wie auch? Sie kann nicht einmal gehen. Also hat sie jemand anderswo parkiert. Vielleicht hat sie zu sehr gestunken. Ich drehe mich im Kreis und suche den Laden mit den Augen ab. Die Szene erinnert mich an einen Comic von Mordillo: Überall wimmelt es von Menschen. Verbissen, gelangweilt, genervt, müde oder resigniert schieben sie ihre Einkaufswagen vor sich her.

Lily ist nicht unter ihnen.

Meine Finger greifen nach dem Zigarettenpäckchen in meiner Gesässtasche. Bevor ich nach draussen gehe, schaue ich bei den Toiletten nach. Ausser einer Kopiermaschine ist dort nichts. Auf dem Trottoir vor dem Ladeneingang stehen weitere Einkaufswagen. Sie bilden eine Schlange unter einer Reihe Plakate, die für Lebensmittel werben. Es hat zu regnen begonnen. Der Himmel sieht aus wie ein Betondach. Ich stecke mir eine Zigarette zwischen die Lippen und suche nach einem Feuerzeug. Als ich keines finde, quatsche ich einen Typen an, der in einem Alfa sitzt und raucht. Technosound dringt aus den Lautsprechern seines Wagens und vermischt sich mit den Reggaeklängen aus meinen Kopfhörern.

Hat jemand Lily wegen des Gestanks hier draussen abgestellt? Kein einziger Kinderwagen steht unter dem Vordach. Ich schiebe mir eine lange Haarsträhne aus dem Gesicht, damit ich nichts übersehe. Rufen würde nichts nützen. Lily kann nicht antworten. Sie schnallt nicht einmal, dass sie Lily heisst. Lily June, genau genommen, aber niemand sagt ihr so. Adoda nennt sie Junebug, was auf Deutsch Junikäfer heisst. Ein Junikäfer ist eigentlich ein Schädling, der sich an Menschen festhakt, weil er sie für Bäume hält. Mir ist nicht klar, ob Adoda das weiss.

Ich nehme einen tiefen Zug von meiner Zigarette. Das Nikotin besänftigt meine flatternden Nerven. Doch dann meldet sich mein schlechtes Gewissen. Obwohl ich es nicht will, denke ich an amputierte Raucherbeine und zugeteerte Lungen. Kommt davon, wenn man eine Ärztin zur Mutter hat. Eigentlich ist sie Psychiaterin, aber vorher hat sie Medizin studiert. Mam erklärt mir immer wieder, dass Tabak gar nicht beruhigt. Er putscht sogar auf, sagt sie. Aber weil ein Raucher nikotinabhängig ist, reagiert er mit Entzugserscheinungen, wenn er zu lange nicht qualmt. Man wird zum Beispiel unruhig. Das Ganze ist eigentlich ziemlich schräg. Tabak bringt die Unruhe zum Verschwinden, die ohne Rauchen gar nicht erst da wäre. Ich habe eine Weile gebraucht, bis ich das kapiert habe. Trotzdem schaffe ich es nicht aufzuhören.

Jetzt sind meine Nerven aber nicht nur wegen des Nikotinmangels ziemlich angespannt. Lilys Verschwinden macht mich viel nervöser. Wer klaut schon ein Baby? Noch dazu ein stinkendes? Irgendwo muss Lily sein, aber entweder bin ich blind, oder ich erkenne sie nicht mehr, was auch komisch wäre. Schliesslich verpuppen sich Babys nicht plötzlich wie Raupen. Sie wachsen eher langsam.

Ich beschliesse, eine Runde um das Gebäude zu drehen. Neben dem Supermarkt befindet sich ein Coiffeursalon, gleich dahinter führt eine Einfahrt zu einem Parkplatz, vor dem mehrere Autos mit laufendem Motor warten. Als mir der Regen in den Kragen tropft, kommt mir in den Sinn, dass ich Lily keine Mütze übergestülpt habe. Ich beschleunige meine Schritte, spähe hinter einen Container, zwischen zwei parkierte Autos, öffne die Tür eines Wareneingangs.

«Ha si gsuecht, und ich ha si nöd gfunde», singt Phenomden. Langsam wird mir der Typ unheimlich.

Als ich wieder beim Ladeneingang ankomme, drücke ich meine Zigarette aus und gehe nochmals hinein. Irgendwie hoffe ich immer noch, dass ich Lily einfach übersehen habe. Aber das Nichts starrt mich genauso vorwurfsvoll an wie vorhin. Allmählich dämmert mir, dass ich nicht träume.

Lily ist verschwunden.

Meine Knie werden weich. Plötzlich stürzen Bilder auf mich ein: Schlagzeilen über vermisste Kinder; rot-weisses Absperrband, wenn eine Leiche gefunden wird. Fotos von verhafteten Kidnappern mit schwarzen Balken über den Augen. Alles um mich herum dreht sich. Die Lichter sehen aus wie Spiralen. Ich lehne mich gegen die Wand, um das Gleichgewicht nicht zu verlieren. Jemand packt mich am Arm. Adoda!, schiesst es mir durch den Kopf. Panik erfasst mich.

Es ist nicht Adoda, sondern ein Security-Angestellter, der mich rausbefördert. Er hält mich für einen Junkie. Als er mich loslässt, stolpere ich und stosse mit dem Knie an einen Betonpfeiler. Der Schmerz jagt mir das Bein hoch. Humpelnd entferne ich mich vom Ladeneingang, unsicher, wo ich hin soll. Die Welt erscheint mir plötzlich riesig, Lily darin zu finden, unmöglich. Auf der Hauptstrasse fahren Autos vorbei, spritzen die Fussgänger, die sich zu nahe an den Randstein wagen, mit Wasser voll.

Die Kirche schlägt Viertel vor zehn. Sie hört nicht auf, als kündige sie den Weltuntergang an. Ich fühle mich wie in einem billigen Horrorstreifen, bis mir klar wird, dass es mein Handy ist, das läutet, nicht mehr die Kirchenglocken. Ich ziehe es aus der Tasche, froh, dass ich etwas zu tun habe. Das Display zeigt einen unbekannten Teilnehmer an.

«Chris Cavalli?», fragt eine tiefe Stimme.

Ich murmle zustimmend.

«Ich habe deine Schwester!»

«Lily?», krächze ich, als hätte ich mehrere Schwestern.

«Wenn du sie lebend wieder haben willst, hör mir genau zu.»

9:48

Was er mir sagt, ist so ungeheuerlich, dass ich mich auf den Randstein setzen muss, Regen hin oder her. Meine Hosen haben sich mit Wasser voll gesogen, sie kleben mir an der Haut. Sie machen jede Bewegung noch schwerer, als sie ohnehin schon ist.

Ich habe Mist gebaut.

Mir kommt eine Geschichte in den Sinn. Das passiert mir dauernd. Geschichten helfen mir, Dinge zu verstehen. Vielleicht habe ich das von meinen Vorfahren geerbt. Indianer verpacken alles in Geschichten. Adoda hat mir früher dauernd welche erzählt. Diese handelt von einem alten Cherokee, der an einem kalten Herbsttag einen Pass überquert. Als er die Passhöhe erreicht, sieht er eine Klapperschlange neben dem Weg liegen. Sie ist ganz starr vor Kälte. Der Alte ist ein Ani-Yunwiya, einer der «real people», also der echten Leute, die mit den Tieren verwandt sind. Er hat Mitleid mit der Schlange und schiebt sie unter sein Hemd, um sie zu wärmen. Als er ins Tal hinuntersteigt, wacht sie langsam auf. Statt sich zu bedanken, beisst sie ihn. Der Alte zieht sie hervor und fragt, warum sie das getan habe. Schliesslich habe er ihr das Leben gerettet. Da sagt die Schlange: «Du wusstest, dass ich eine Klapperschlange bin, als du mich aufgehoben hast.»

Ich habe auch eine Klapperschlange aufgehoben. Ich habe mich mit einem Typen eingelassen, obwohl er gefährlich ist. Eine richtig üble Schlange. Und jetzt hat sie mich gebissen.

Der Einzige, den ich um Hilfe bitten kann, ist Leotrim. Er hat keine Angst vor Schlangen. Ich glaube, er hat vor überhaupt nichts Angst. «Trim» heisse auf Albanisch «mutig», hat er mir einmal erzählt. In letzter Zeit habe ich Leo nicht viel gesehen. Früher hingen wir dauernd ab, aber seit er mit Nicole zusammen ist, hat er keine Zeit mehr. Er ist kaum online, ruft nie an und geht nicht mehr ins Midnight Basketball. Okay, das hat nichts mit Nicole zu tun. Sie haben ihn rausgeschmissen, weil er in eine Schlägerei geriet.

Trotzdem weiss ich, dass er mir helfen wird. So ist er einfach. Leo lässt seine Freunde nicht hängen.

Mühsam stehe ich auf und gehe zur Bushaltestelle. Witikon liegt am Arsch der Welt. Ich muss mit dem Bus zur Endhaltestelle fahren und dann mit dem Tram die ganze Stadt durchqueren. Leo wohnt in Aussersihl, in der Nähe des Hotels, in dem ich arbeite. Normalerweise ist mir der lange Weg egal. Wenn der Bus den Berg hinunterrollt oder sich auf dem Rückweg hochquält, vibriert er sanft; da penne ich regelmässig ein. Aber jetzt bin ich zu nervös, um abzudriften. Vom Schaukeln des Busses wird mir nur schlecht.

Ich drehe die Lautstärke meines iPods auf. Nicht einmal der Reggae-Beat entspannt mich. Easy, sag ich mir. Es kann nichts schief gehen. Leo muss mir nur etwas Kohle leihen, dann krieg ich Lily wieder. Das hat mir die Schlange vorhin am Telefon erklärt. Leo weiss, dass ich das Geld zurückzahle. In einer Stunde ist alles vorbei. Adoda wird nie etwas davon erfahren. Zum Glück kann Lily noch nicht reden.

Der Bus bremst und biegt in die Endhaltestelle ein. Das Tram wartet schon. Bevor ich einsteige, zünde ich mir noch eine Zigarette an. Es ist kein guter Zeitpunkt, um ans Aufhören zu denken. Ich kann nur eine Herausforderung aufs Mal bewältigen. Mir wird schwindlig, als ich inhaliere. Mein Magen knurrt erneut, doch nach Essen ist mir nicht.

Die Türen des Trams gehen zu. Das Licht hinter der Fahrerkabine beginnt zu blinken. Rasch lasse ich die Zigarette fallen und laufe los, doch es ist zu spät. Das Tram fährt mir direkt vor der Nase ab. Ich bücke mich, um die halbgerauchte Zigarette aufzuheben, doch sie ist in eine Pfütze gefallen und erloschen.

«Gsehne d lüüt, wie si ränned, trotzdem sind si z spat.» Ich schliesse die Augen und höre Phenomden zu. Seine Stimme trägt mich weit weg, irgendwann hört mein Herz auf, wie irre zu hämmern. Wenn ich meine Zehen bewege, fühlen sich meine Socken schwammig an. Genau wie damals, als ich mit Turnschuhen im Meer baden ging. Da war ich etwa sieben. Mam und ich verbrachten eine Woche auf Mallorca. Als sie mir erzählte, dass es Krebse im Sand habe, traute ich mich nicht mehr, barfuss zu gehen. Mam hat die Augen verdreht und den Kopf geschüttelt. In den Ferien will sie keine Spinner um sich haben. Ihr reicht's, wenn sie in der Klinik mit Psychos zu tun hat.

Ich höre ein Quietschen und öffne die Augen. Das nächste Tram ist eingefahren. Diesmal steige ich ein und warte drinnen, bis es losfährt. Hinter mir hievt eine Frau einen Kinderwagen hinein. Sofort bricht mir der Schweiss aus. Rasch schliesse ich wieder die Augen. Ich versuche, an die Wolken zu denken, die ich vom Flugzeug aus gesehen habe, als wir nach Mallorca flogen. Kleine, weisse Wattebäusche, die ich mir so weich vorstelle wie Lilys fette Oberschenkel.

Lily.

Shit.

Leo schläft noch, als ich klingle. Das ist ungewöhnlich. Er pennt nie lange. Meistens muss er am Wochenende für seinen Vater Sachen ums Haus herum erledigen oder seine

Schwester irgendwohin begleiten. Julie ist zwar schon 16, trotzdem darf sie nicht alleine weg. Sie öffnet mir die Tür und bittet mich herein. Sie sieht ein bisschen wie ein Kolibri aus, nicht nur wegen der pinkfarbenen Haarsträhne und dem gelben Pullover. Ihre Bewegungen sind ruckartig, und wenn sie spricht, beendet sie ihren Satz immer einige Töne höher, als sie ihn begonnen hat. Nur ihre Hände sind ruhig. Seit sie ins Gymnasium geht, kaut sie nicht mehr auf ihren Fingernägeln herum.

«Willst du etwas trinken?», zwitschert sie. «Leo wird gleich aufstehen. Wir wollten zusammen in die Stadt. Ich brauche Stoff für ein Kleid. Hat er es dir schon erzählt? Sag mal, was ist eigentlich mit dir passiert? Bist du in eine Pfütze gefallen?»

Ich brauche nicht zu antworten, sie wird auch so weiterreden. Ich folge ihr in die Küche, wo sie mir ein Glas Cola einschenkt.

«Er macht bei einem Tanzevent mit! Deshalb wurde es gestern so spät. Leo und Nic üben die ganze Zeit, es ist absolut wahnsinnig! Und ich nähe die Kleider, die sie tragen werden. Wenn du mir vor…»

Ich blende ihre Stimme aus. Draussen vor dem Küchenfenster strömt der Regen herunter, eine richtige Wasserfront. Ein Skateboard liegt vergessen auf den Steinplatten zwischen den Häuserblocks. Nachdem ich das Glas Cola geleert habe, kehre ich in den Gang zurück und gehe zu Leos Zimmer. Ich stosse die Tür auf, ohne anzuklopfen. Hinter mir sagt Julie etwas, aber ich verstehe sie nicht. Sie feuert so viele Wörter aufs Mal ab, dass sie sich in meinen Gehirnwindungen verfangen. Wenn sie ankommen, ist die Reihenfolge falsch, so dass nichts mehr einen Sinn ergibt.

Die Rollladen sind nicht ganz zu. Im schwachen Licht sehe ich Leo, der pennt wie ein Stein. Trotzdem bewegt er sich dauernd. Das liegt wohl in seiner Familie, wie Geschichten in meiner. Seine Finger greifen nach etwas, er schiebt einen Fuss vor und dreht sich auf die Seite. Die braunen Haare sehen ziemlich pampig aus. Er stellt sie immer mit Gel auf. Mir wäre das zu mühsam.

Mein Blick fällt auf die XBox, die in einer Ecke steht. Früher haben wir ganze Nächte lang durchgezockt. Das war echt cool. Ich kann mir nicht vorstellen, dass er jetzt lieber tanzt. Daran ist Nicole Schuld. Sie will Balletttänzerin werden, deshalb trainiert sie dauernd. Vermutlich muss Leo mittanzen, wenn er mit ihr zusammen sein will. Für etwas anderes hat Nic keine Zeit. Ausser Leo kenne ich keinen einzigen Shipi, der tanzt. Ich meine, richtig tanzt, mit Schritten und so. Irgendwie hat Basketball besser zu ihm gepasst.

Sogar die albanische Flagge in Leos Zimmer ist weg. Sie hing an der Wand, genau gegenüber dem Bett. Der doppelköpfige Adler hat mir immer gut gefallen. Für die Cherokee sind Adler auch wichtig. Federn stellen Dualität dar. Was das genau bedeutet, begreife ich nicht ganz. Es hat damit zu tun, dass das Leben aus Gegensätzen besteht. Wie Licht und Schatten. Eine Adlerfeder ist auf einer Seite hell und auf der anderen dunkel. Die Gegensätze gehören also zusammen. Daraus leiten die Cherokee sieben Gesetze ab. Adoda könnte sie mir bestimmt erklären, aber wenn ich sie nicht sofort kapiere, wird er sauer. Deshalb frage ich lieber nicht.

Leo dreht sich schon wieder. Er sieht nicht aus, als würde er nächstens aufwachen. Ich trete an sein Bett und schüttle ihn. Er murmelt etwas und wendet sich ab.

«Wach auf, Shipi!»

«Chris?» Ganz groggy öffnet er die Augen. «Was machst du hier?»

«Ich brauch deine Hilfe.»

«Geht's auch etwas später?»

«Nein.»

«Scheisse, Mann.»

Leo stemmt sich hoch, als wiege er eine Tonne. Irgendetwas stimmt nicht mit ihm. Normalerweise hat er den Popcorn-Modus drauf. Er ist da, pop, und schon ist er woanders.

Statt aufzustehen, rutscht er nur zur Bettkante und stützt die Ellenbogen auf die Oberschenkel. Mit den Handballen reibt er sich die Augen. Vielleicht ist er krank.

«Schiess los», brummt er.

«Ich brauche 960 Franken.»

Ich erzähle ihm von Lily. Plötzlich sieht er nicht mehr müde aus. Ungläubig öffnet er den Mund. Als er schnallt, dass ich ihn nicht auf den Arm nehme, knackt er mit den Fingerknöcheln. Kurz darauf geht er im Zimmer auf und ab.

«Sie war einfach weg? Du meinst… so, als hätte jemand ‹Delete› gedrückt?»

Leo ist Informatiker. Er mag Computerbefehle. Eigentlich mag er alle Befehle. Hauptsache, er erteilt sie.

«Dieser Wichser!», zischt er. «Das macht doch keiner! Mädchen sind tabu! Babys erst recht! Ich kenne niemanden, der so etwas machen würde!»

«Er ist keiner von uns», erkläre ich.

«Sondern?»

«Ein Russe. Aus Deutschland.» Mir bleibt fast der Atem weg, als ich an den Typ denke. «Eine Klapperschlange.»

Die ganze Sache begann ziemlich harmlos. Fürs Reggae-Festival im «Gaskessel» sollte ich Gras besorgen, da ich die besten Kontakte habe. Zuerst waren wir nur zu viert, drei Kollegen von der Berufsschule und ich, die nach Bern fahren wollten. Als sich herumsprach, dass Jojo, ein Drittjahr-Kochlehrling, günstig Tickets besorgen konnte, waren wir plötzlich eine ganze Truppe. Alle mit Gras zu versorgen, war mir zu heiss. Ich bin kein Dealer. Wir beschlossen, dass Jojo die Hälfte übernehmen würde.

Dann erfuhr ich, dass er sich in Winterthur bei einem Typen eindecken wollte, den ich von früher kannte. Der Typ hatte mich vor zwei Jahren mit Outdoor-Gras verarscht, das er befeuchtet hatte, damit es schwerer wurde. Jeder weiss, dass Gras aus Winterthur Scheisse ist. Outdoor sowieso, es ist viel zu schwach. Mein Dealer verkauft mir nur gute Qualität. Und wenn ich mir bei Karim ein Füfzgi besorge, dann sind es immer 4,5 Gramm, nie weniger.

Als ich erfuhr, dass Karim super Ware hatte, liess ich mich dazu überreden, alle zu versorgen. Ich holte das Gras letzte Woche ab und bezahlte meinen Anteil. Meine Kollegen arbeiten in verschiedenen Restaurants, teilweise bis spät abends. Ich kann nicht in jedes Kaff fahren, um die Schulden einzutreiben. Deshalb vereinbarten wir, dass sie mir morgen abend am Festival die Ware bezahlen würden. Für Karim war es in Ordnung, dass ich ihm das restliche Geld am Montag geben wollte.

Aber dann rief Karim vorgestern an. Er sagte, er brauche die Kohle sofort. Irgendetwas war schief gelaufen. Keine Ahnung, was. Er klang völlig gestresst. Als ich ihm erklärte, dass ich die acht Lappen nicht hätte, drohte er mir. Ich fürchtete, er könnte bei mir einbrechen, um sich das Gras zurückzuholen. Einem Bekannten wurde die ganze Wohnung ausgeräumt, weil er seine Schulden nicht bezahlt hatte. Adoda hätte sofort gemerkt, was Sache war. Das wäre total Scheisse gewesen. Er weiss nicht, dass ich kiffe. Ausserdem bin ich seit einer Einbruchstour auf Bewährung. Neuen Ärger kann ich mir also nicht leisten. Vom Gras durfte niemand etwas erfahren. Ich musste mir etwas einfallen lassen.

Hier kommt die Klapperschlange ins Spiel. Ich kannte den Russen nur vom Hörensagen. Er ist noch nicht lange in der Schweiz. Sein Alter hat irgend etwas mit Clubs zu tun. Der Russe geht noch in die Schule, trotzdem hat er immer Kohle. Es hat sich schnell herumgesprochen, dass er mit Geld Geschäfte macht. Nicht nur das hat sich herumgesprochen. Man sagt auch, dass er ziemlich skrupellos sei.

Wir trafen uns am Bahnhof. Als mir ein kleiner Typ mit Stupsnase auf die Schulter klopfte, begriff ich zuerst nicht, dass es der Russe war. Er sah etwa so gefährlich aus wie eine ungewaschene Socke. Das Geld hatte er dabei. Ich nahm es, weil mir nichts anderes übrigblieb. Ich redete mir ein, dass er harmlos sei. Dabei schlief die Schlange nur.

«Warum stresst er plötzlich so?», will Leo wissen. «Du kriegst dein Geld morgen am Festival!»

«Er hat gesagt, er wolle es innerhalb von 24 Stunden zurück. Mit zehn Prozent Zins. Das war gestern abend.»

Leo tigert immer noch hin und her. Mir wird ein wenig schwindlig vom Zusehen. Ich merke, dass er nichts kapiert.

«Ich dachte, das sei nur Gerede!», erkläre ich. «Dass Montag auch okay wäre.»

«Und dann?»

«Gestern abend hat er angerufen. Da schnallte ich, dass es ihm ernst war. Ausserdem waren es plötzlich nicht mehr 880 Franken, sondern 960. Er will zehn Prozent für jeden einzelnen Tag!»

«Mit Russen legt man sich nicht an!»

Ich denke an die Stupsnase.

Leo pfeift leise. «Okay, Indianer, ganz ruhig. Wir suchen jetzt deine Kollegen auf und holen uns die Kohle. Wann will dich der Russe treffen?»

«Das geht nicht!» Meine Stimme klingt fast wie die von Julie. «Es sind alles Köche! Die arbeiten heute. Vermutlich haben sie das Geld nicht mal dabei! Ich dachte … du könntest mir aus der Klemme helfen.»

Leo bleibt stehen. Plötzlich sieht er wieder so schwer aus. Als er den Kopf schüttelt, breitet sich ein komisches Gefühl in meinem Magen aus. So, als würden ein Dutzend Regenwürmer darin tanzen. Oder Junikäfer.

«Bitte, Kumpel, ich zahl's dir zurück!»

«Ich bin pleite.»

Das begreife ich nicht. Seit ich Leo kenne, träumt er von einem eigenen Auto. Er hat zwar noch keinen Führerschein, aber wenn es so weit ist, will er sich einen gebrauchten BMW kaufen. Im ersten Lehrjahr musste er seinem Vater den ganzen Lohn abliefern, aber seit er achtzehn ist, darf er einen Teil davon behalten. Er gibt keinen Rappen aus. Dass er die Wände nicht mit Bankauszügen vollpappt, grenzt an ein Wunder.

«Du musst zur Polizei», sagt er leise.

Die Regenwürmer in meinem Magen führen eine Stuntshow auf. Mir ist noch übler als nach dem Blick in Lilys Windeln. Auch wenn mir die Sache mit der Bewährung egal wäre, kann ich nicht zur Polizei. Wenn Adoda von der Geschichte erfährt, bin ich tot. In dieser Beziehung ist er eher Schweizer als Cherokee. Das sagt zumindest meine Grossmutter. Adoda spricht seit fast dreissig Jahren nicht mehr mit ihr, weil er sauer auf sie ist. Aber mir schreibt sie regelmässig. In einem ihrer Briefe hat sie mir das «Grosse Gesetz des Friedens» erklärt: Bei den Cherokee ist es total wichtig, dass man keine Wut zeigt, sonst ist man ein schlechter Mensch. Das finde ich cool. Adoda nicht. Obwohl er viel von den alten Traditionen hält, gibt er sich keine Mühe, seine Wut zu verbergen. Da bin ich wohl mehr Indianer als er. Allerdings wird von einem guten Cherokee erwartet, dass er andere gar nicht erst wütend macht. Kann man von mir nicht gerade behaupten.

Plötzlich geht die Tür auf, und Julie streckt den Kopf rein.

«Schon mal was von klopfen gehört?», schnauzt Leo sie an.

Julie rollt die Augen. «Das geht schon zwei Wochen so», erklärt sie mir. «Seit er von New York erfahren hat.»

«New York?», wiederhole ich.

«Hast du's noch nicht gehört? Wegen Nic?»

Ich schüttle den Kopf.

«Sie darf in New York vortanzen! An einer super guten Schule!» Julie strahlt. «Ich weiss einfach, dass sie es diesmal schafft. Ihr Programm ist echt flippig! Eine Mischung aus Ballett und Hip-Hop, einfach super. Sie hat einen total eigenen Style. Das hat sie dir zu verdanken, Leo. Sie hat es mir selbst gesagt. Ohne dich hätte sie nie Hip-Hop-Schritte eingebaut.»

Leo schlägt mit der Faust gegen die Wand. New York. Kein Wunder, will er morgens nicht mehr aufwachen. Vielleicht werden wir bald wieder zusammen zocken.

Julie reisst das Fenster auf. «Komm schon, mach dich bereit. Nic kommt jeden Moment.»

«Ich komm nicht mit», sagt Leo. «Ich hab zu tun.»

«Du musst! Wir brauchen dich!»

«Ihr könnt den Stoff ohne mich aussuchen. Mir ist es schnuppe, was ich anziehe.»

«Der Look ist genauso wichtig wie der Auftritt! Bitte, Leotrim!» Als er nicht einlenkt, fügt Julie hinzu: «Nic wird total enttäuscht sein.»

Leo verzieht das Gesicht.

Eine Freundin zu haben, ist ziemlich anstrengend. Ich war mal einige Monate mit einem Mädchen aus der Parallelklasse zusammen. Plötzlich konnte ich nicht mehr tun und lassen, was ich wollte. Es war, als hätte ich mich in einen Anhänger verwandelt. Sie fuhr irgendwohin, und ich holperte hinterher.

Sogar als Julies Mundwinkel nach unten zeigen, bleibt Leo hart.

«Chris kann ja mitkommen», schlägt sie vor.

Bevor ich etwas sagen kann, klingelt es an der Haustür. Leo poppt aus dem Raum und verschwindet im Bad. Julie wirft mir einen flehenden Blick zu, aber ich tue so, als bemerkte ich ihn nicht. Mit einem Seufzer verlässt sie das Zimmer. Kurz darauf höre ich Nicoles Stimme.

Auf einmal kommt mir eine Idee. Nic ist an der Goldküste aufgewachsen. Ihr Alter hat Mist gebaut, deshalb sitzt er im Knast. Seither wohnt Nic zwar mit ihrer Mutter in der Stadt, aber sie trifft sich immer noch mit reichen Chicks. Das weiss ich von Leo. Vielleicht kann sie das Geld auftreiben.

Ich schlendere aus dem Zimmer, die Hände in den Hosentaschen vergraben. Nicole bückt sich, um die Schnürsenkel zu lösen. Ich sehe nur blondes Haar. Als sie aufsteht, streicht sie es sich aus dem Gesicht und lächelt. Ihre Zähne sind so gerade wie die Latten eines Gartenzauns.

«Hey, Chris! Schon lange nicht mehr gesehen! Wie geht's?»

«Okay.»

«Kommst du auch mit? Shoppen, meine ich?»

«Nö.»

«Schade. Aber vielleicht können wir uns alle über Mittag im Mac treffen? Was meinst du?»

Wenn Nic etwas fragt, will sie eine Antwort. Ein Schulterzucken reicht nicht. Sie steht dann einfach da und wartet wie Adoda, aber ohne den bohrenden Blick.

«Ich weiss nicht», sage ich.

«Leo will nicht mitkommen», platzt Julie heraus.

Nicole stemmt die Hände in die Seiten. Wenn sie sich aufrichtet, hat man keine Lust, ihr zu widersprechen. Obwohl sie ganz entspannt wirkt, sind ihre Muskeln immer einsatzbereit. Und sie hat ziemlich viele. Das kommt vom Tanzen. Sie erinnert mich an eine Sportlerin, die auf den Startschuss wartet. Wenn es knallt, sprintet sie los, aber nicht so wie Leo, der von einem Ort zum anderen poppt. Nicole gleitet wie eine Raubkatze. Sie beisst auch.

Das weiss Leo, der frisch geduscht auf uns zukommt und in sicherem Abstand stehen bleibt. Sein Blick klebt an Nicole. Wenn sie in der Nähe ist, sieht er nichts anderes mehr. Einen Moment lang starren sie sich nur an, dann geht Nic auf ihn zu und küsst ihn. Ich schaue weg. Leo ist mir unheimlich. Er mutiert in Nics Gegenwart zu einem anderen Wesen.

«Stimmt das?», fragt Nic. «Du willst nicht mitkommen?»

Leo schiebt seine Finger in ihr Haar. «Mir ist etwas dazwischengekommen.»

«Julie braucht den Stoff heute, sonst wird sie nicht rechtzeitig fertig!» Nic macht einen Schritt zurück, so dass sich Leos Finger in der Luft bewegen.

Ich räuspere mich und versuche, etwas zu sagen, doch niemand beachtet mich. Nic redet weiter, darüber, wie wichtig die Klamotten seien, dass sie bei diesem Tanzevent gut aussehen müssten, dass sie lange dafür geübt hätten, es Ehrensache sei, man sich in der Szene kenne und überhaupt. Julie stimmt ein, und gemeinsam bombardieren sie Leo, der sein Gewicht von einem Fuss auf den anderen verlagert.

Es riecht nach Shampoo und Bratenjus, irgendjemand kocht bereits zu Mittag. Im Treppenhaus geht eine Tür auf. Ich höre Stimmen. Kurz darauf Schritte, die langsam verklingen.

Auf einmal läutet mein Handy.

Meine Kehle verengt sich. Irgendwie schaffe ich es, mich zu melden.

«Hast du die Kohle?», fragt der Russe.

Im Hintergrund höre ich Lily weinen. Ich bringe keinen Ton heraus.

«Verdammt, Mann, es ist mir ernst!»

«Ich weiss», stottere ich. «Bitte …»

«Deine Bitten kannst du dir sonst wohin stecken. Ich will die Kohle! Und zwar sofort! Sonst kannst du deine Schwester vergessen!»

Stille. Ich weiss nicht, ob er aufgelegt hat oder ob ich taub geworden bin. Ich fühle mich irre leicht, als würde ich abheben.

«Alli wänd es stuck vo eim», singt Phenomden. «Vom ganze chueche wänds ä kei.»

Ich registriere, dass die Kopfhörer um meinen Hals liegen, begreife nicht, warum ich Phenomden trotzdem hören kann. Der Reggaerhythmus hallt mir in den Ohren, jeder zweite Schlag ist laut: tic, bumm, tic, bumm. Ich wiege mich im Takt der Musik. Befinde mich auf einer Schaukel, die nicht anhalten will. Plötzlich packt jemand das Seil. Ich rutsche von der Sitzfläche. Falle herunter. Reisse die Augen auf. Ich stehe mit dem Rücken zur Wand, meine Knie zittern.

Julie hält mich am Arm fest. Ihre Augen sind rund wie Haselnüsse. Nic kommt auf mich zu, die Hand ausgestreckt. Irgendetwas klappert. Es sind meine Zähne.

10:42

Ich sitze auf dem Sofa und wiederhole die Geschichte. Meine Stimme klingt, als gehöre sie jemand anderem. Julie hat die Hand vor den Mund geschlagen, Nic kaut auf ihrer Unterlippe. Leo kann nicht stillsitzen. Er geht ans Fenster, dann zum Sessel, dann wieder ans Fenster. Im Hintergrund läuft stumm der Fernseher.

«Du musst zur Polizei!», stösst Nic aus.

«Wenn er das macht, kommt er wegen Dealen dran!», entgegnet Leo.

Nic wird laut. «Soll er deswegen das Leben seiner Schwester aufs Spiel setzen?» Sie schaut mich an. «Das hast du nun vom Kiffen! Ich hab dir immer gesagt, dass es bescheuert ist!»

«Der Russe tut ihr bestimmt nichts», widerspricht Leo. «Er will nur die Kohle. Sobald er sie hat, gibt er Lily zurück. Er ist ja nicht völlig durchgeknallt.»

«Und wo treiben wir so viel Geld auf?», will Nic wissen.

Julie schleicht aus dem Raum. Ich starre auf den Fernseher, wo Shakira lautlos ins Mikrofon singt. Bei Ramadanis läuft der Fernseher immer, auch wenn niemand schaut. Mein Hirn hat sich ausgeklinkt, dafür nehme ich Sachen wahr, die mir vorher nie aufgefallen sind: eine Statue des albanischen

Helden Skanderbeg, die über dem Fernseher steht; den Geruch von Teppichputzmittel; das Brummen der Stehlampe neben mir.

Wir hatten zu Hause eine ähnliche Lampe, als Adoda noch bei uns wohnte. Das heisst, die Lampe sah eigentlich ganz anders aus, aber sie hat ähnlich gesurrt. Wenn die Luft zwischen Mam und Adoda zu dick wurde, kroch ich hinters Sofa. Dort war die Lampe besonders laut. Ich stellte mir vor, sie wäre ein Raumschiff und ich der Einzige, der von der Landung wusste. Wenn es mir nicht gelänge, die Aliens zu töten, würden sie die Welt erobern. Das Schicksal der Menschheit lag in meiner Hand. Daran glaubte ich damals echt. Zum Glück stimmte es nicht. Die Menschheit wäre längst ausgerottet. Ich kann nicht einmal auf Lily aufpassen.

Plötzlich ist Julie wieder da. Sie streckt mir etwas entgegen.

«Mehr habe ich leider nicht», flüstert sie.

Es sind 80 Franken.

Leo und Nic hören auf zu streiten. Leo flucht leise, kramt in seinen Hosentaschen und zieht einige Münzen hervor. Nic steuert 20 Franken bei.

«Hast du das Flugticket schon gekauft?», fragt Leo.

«Gestern», antwortet Nic.

«Blieb etwas übrig?»

Nic starrt auf ihre Füsse. «Damit habe ich die Prüfungsgebühren bezahlt.»

Deshalb ist Leo pleite. Dass er Nics Reise nach New York bezahlt hat, kommt mir so vor, als habe er absichtlich ein Eigengoal geschossen. Der BMW hätte ihn wenigstens über Nic hinweggetröstet.

«Jetzt fehlen nur noch 860 Franken», sagt Julie. «Überlegen wir lieber, wie wir das Geld zusammenbekommen.»

So ruhig habe ich Julie noch nie erlebt. Kein Quietschen, kein Hüpfen, nichts. Sie steht einfach da und schaut uns an.

Langsam nickt Nic. «Okay. Chris, hat der Russe gesagt, wann er das nächste Mal anruft?»

Ich schüttle den Kopf.

«Hört alle mal zu. Wir teilen uns auf: Ich fahre nach Erlenbach. Meine alten Freunde leihen mir bestimmt was. Leo, du setzt dich an deinen PC und findest alles heraus, was es über den Russen zu wissen gibt.» Sie schaut mich an. «Weisst du, wo er wohnt?»

Wieder schüttle ich den Kopf. «Kenne seine Schule.»

«Das nützt uns nichts, heute ist Samstag. Wie hast du ihn kontaktiert, als du ihn angepumpt hast?»

«Über einen Kollegen.»

«Gib Leo die Nummer.» Sie stellt sich vor Leo hin. «Wenn du fertig bist, rufst du diesen Kollegen an und tust so, als bräuchtest du Geld.»

Ich verstehe nicht, wozu das gut sein soll. Als ich Nic frage, erklärt sie, dass wir auf zwei Schienen gleichzeitig fahren müssten: Kohle auftreiben und Lily suchen. Der Kollege werde uns zum Russen führen. Und der Russe zu Lily.

«Und ich?», fragt Julie.

«Du bleibst bei Chris, falls der Russe wieder anruft. Ihr könnt versuchen, die anderen Köche zu erreichen. Vielleicht hat jemand doch frei.»

Endlich schaltet sich mein Hirn wieder ein. Nics Denken ist ansteckend. Ich schlage vor, zu Mam zu fahren. Vielleicht leiht sie mir das Geld. Nic findet die Idee gut. Sie will, dass Julie mit mir geht. Ich glaube, sie traut mir nicht allzu viel zu.

«Alles klar?», schliesst sie. «Dann nichts wie los.»

Es regnet immer noch. Während wir an der Tramhaltestelle stehen und warten, beobachte ich, wie die Tropfen auf den Asphalt prallen. Lily mag Wasser. Manchmal setzt sich Adoda mit ihr in die Badewanne, dann drischt sie mit den Händen auf die Wasseroberfläche ein, so dass alles nass wird. Wenn es ihr in die Augen spritzt, blinzelt sie erstaunt, als hätte sie nichts damit zu tun gehabt.

Bewegung kommt in die Menschenmenge an der Haltestelle. Als ich aufschaue, sehe ich in der Ferne ein Tram. Julie klappt ihren pinkfarbenen Schirm zu und stellt sich zuvorderst hin. Als das Tram hält, steigt sie als Erste ein und hält mir einen Platz frei. Sie hat die ganze Zeit über kein Wort gesagt.

Wir sind schon durch die halbe Stadt gefahren, als sie sich zu mir dreht und fragt, wo meine Mutter wohne. Ich beschreibe ihr den Weg. Mit dem Bus dauert die Fahrt von Witikon zu Mam nur zehn Minuten. Früher hat Adoda mitten in der Stadt gewohnt, da war das Hin- und Herpendeln ziemlich mühsam. Damals lebte ich noch bei Mam. Seither ist Adoda oft umgezogen. Einmal sogar in die USA, da habe ich ihn drei Jahre lang nicht gesehen. Keine Ahnung, warum er zurückkam.

«Lebt Lily eigentlich bei euch?», will Julie wissen. «Ich meine, bei deinem Vater und dir?»

«Nö.»

«Bei ihrer Mutter?»

Als ich nicke, fällt mir eine Haarsträhne ins Gesicht. Ich lasse sie dort. Julies Frage ist mir voll eingefahren. An Regina habe ich bis jetzt gar nicht gedacht. Wenn sie erfährt, was passiert ist, flippt sie aus. Sie mag es sowieso nicht, dass Lily bei Adoda übernachtet, sie will sie immer in ihrer Nähe haben. Einmal haben sich Adoda und Regina deswegen gestritten. Er hat ihr an den Kopf geworfen, sie solle sich entscheiden, ob sie nun Freiraum oder die totale Kontrolle wolle. Seither kommt Lily jeden Freitagabend zu uns und bleibt den Samstag über. An den anderen Tagen ist Adoda meistens bei Regina. Da habe ich sturmfrei.

Eigentlich ist Regina ganz okay. Sie nörgelt nicht andauernd, wie das viele Erwachsene tun, sondern lächelt meistens. Mich findet sie zwar nicht so toll. Das merke ich an der Art, wie sie mich ansieht. Sie ist ziemlich dürr, aber wenn sie Lily hält, wird sie ganz weich. Ihr Mund öffnet sich leicht, und die Haut unter ihren Sommersprossen nimmt die Farbe von Erdbeerglace an. Kaum erblickt sie mich, leuchten die Sommersprossen wieder stärker. Sie presst die Lippen zusammen, bis diese fast verschwinden.

Regina ist Staatsanwältin. Das heisst, sie steht auf Adodas Seite. Staatsanwälte und Bullen arbeiten zusammen. Wenn sie herausfindet, was heute geschehen ist, wird sie bestimmt dafür sorgen, dass ich hinter Gitter komme. Bei Lily hört ihre Freundlichkeit auf. Ich bin jetzt volljährig, da läuft also nichts mehr mit dem Jugendstrafrecht. Als ich damals auf Einbruchstour ging, fiel die Bestrafung ziemlich locker aus. Ich musste mit einem Sozialarbeiter quatschen, ein Jugendanwalt hat mir einen Arbeitseinsatz aufgebrummt, und schon war ich wieder draussen. Allerdings nur auf Bewährung. Diesmal komme ich nicht so leicht davon.

Ich versuche, nicht daran zu denken, was passiert, wenn ich Lily zu spät zurückbekomme. Aber je mehr ich die Vorstellung verdränge, desto konkreter wird sie. Es ist wie bei einem Pickel: Je mehr man daran herumdrückt, desto grösser wird er. Ich schiebe mir die Haare aus dem Gesicht und blicke zu Julie.

«Geht Nic echt nach New York?», frage ich, um mich abzulenken.

Julies Kinn klappt nach unten. Ich weiss nicht, warum meine Frage sie überrascht. Sie nickt und erzählt mir von der DVD, die Nic eingeschickt hat. Für das Auswahlverfahren musste sie ihren Lebenslauf vortanzen, was immer das heissen soll. Da hat sie zu «Etno Engjujt» Ballett getanzt. Das ist ein albanischer Rapper, den Leo mag. Offenbar fand das die Jury cool, nun darf sich Nicole live vorstellen.

«Für Leo ist es ziemlich hart», seufzt Julie. «Aber echte Liebe übersteht auch eine Trennung.»

Über echte Liebe weiss ich nichts, dafür über New York. Mam und ich sind mal zum Christmas Shopping dort gewesen, es war ziemlich krass. So viele Läden habe ich noch nie auf einmal gesehen. Ich glaube nicht, dass Nic freiwillig zurückkommen wird. Sie liebt shoppen. Aber das sage ich Julie nicht. Sie schaut mich mit tragischem Blick an und holt Luft, um etwas zu sagen.

Bevor sie loslegen kann, erklingt ein schrilles Läuten. Irgendetwas kracht. Ich werde nach vorne geschleudert, pralle mit dem Gesicht gegen eine Stange und falle wieder zurück in meinen Sitz. Julie kreischt auf, hinter uns wettert ein Mann gegen die verdammten Ausländer, die durch die Stadt rasen. Im hinteren Teil des Wagens ist eine Frau gestürzt, ihre Einkäufe sind auf dem Boden verstreut. Einige Orangen und eine Flasche Essig rollen unter den Sitzen herum.

Ich stehe auf, um zu sehen, was los ist, und ziehe eine Grimasse. Dabei durchzuckt mich ein heftiger Schmerz. Als ich nach Luft schnappe, tut es noch mehr weh. Julie hängt sich an meinen Arm und redet auf mich ein. Die anderen Passagiere drängen sich ans Fenster. Da ich so gross bin, sehe ich über alle hinweg. Auf der Strasse steht ein grauer Toyota quer über der Fahrbahn. Die Kühlerhaube hat sich in die Seite des Trams gebohrt. Am Steuer sitzt ein grauhaariger Mann, der auf mich ziemlich schweizerisch wirkt. Er trägt eine wollene Jacke, darunter ein braunes Hemd, das sich an der Schulter langsam rot färbt.

Durch den Aufprall hat sich mein iPod eingeschaltet. Eine fremde Stimme singt eine unbekannte Melodie. Einen Augenblick lang glaube ich, die Musik komme von woanders her, aber dann erinnere ich mich daran, dass Leo mir den Song geschickt hat. Er hat «Rückblick» auf YouTube entdeckt und meinte, sie hätten echt was drauf. Ich stülpe mir den Kopfhörer über die Ohren, um die Menschen um mich herum auszublenden. Die Aufregung macht mich total nervös. Julie bewegt meinen Arm auf und ab, als wäre ich eine Wasserpumpe. Jedesmal jagt mir der Schmerz durch den Kopf. Sie deutet auf die Tür. Stolpernd folge ich ihr. Als sie auf den Knopf drückt, passiert nichts. Ihre Lippen bewegen sich mega schnell. Jemand hat auf Fast Forward gedrückt.

Julie ist nicht die Einzige, die raus will. Aber die Türen bleiben verschlossen. Trotz Musik nehme ich Polizeisirenen wahr. Auf einmal wird mir eiskalt. Was, wenn Adoda aufgeboten wird? In Panik werfe ich mich auf den Boden, damit man mich von aussen nicht sehen kann. Der Kunstbelag ist voller nasser Schuhabdrücke und matschigem Laub. Überall bewegen sich Füsse.

Von meinem Versteck hinter dem Sofa hatte ich als Kind ein ähnliches Blickfeld. Füsse sagen genauso viel aus wie Worte. Damals waren es vor allem Mams Füsse gewesen, die sich bewegten. Sie steckten in Absatzschuhen und führten einen seltsamen Tanz auf, als wäre der Boden unter ihnen heiss. Ich konnte Mams Wut spüren, ohne ihr rotes Gesicht zu sehen. Adodas Füsse hingegen waren ganz ruhig. Nicht einmal seine Zehen wackelten. Zu Hause läuft er meist barfuss herum. Mam hat sich immer darüber geärgert.

Auch jetzt stehen einige Füsse ganz still, während andere von einem Punkt zum nächsten hüpfen. Julies bewegen sich am schnellsten. Sie geht neben mir in die Knie und schiebt mir die Kopfhörer von den Ohren.

«Chris! Mein Gott! Du bist verletzt! Hier, nimm das Taschentuch! Ist dir schwindlig? Hast du Kopfschmerzen? Wo tut's dir sonst noch weh? Kannst du aufstehen? Kannst du überhaupt reden?»

Wie auch, wenn sie dauernd Fragen stellt.

«Chris? Sag etwas!»

«Easy», murmle ich.

Erleichtert seufzt sie auf. «Ich dachte, du bist in Ohnmacht gefallen! Wegen dem Blut und allem. Kannst du aufstehen?»

Blut? Erst jetzt merke ich, dass mir etwas Warmes in den Mund rinnt. Ich fahre mit dem Handrücken darüber. Es ist tatsächlich Blut. In dem Moment beginnt der Lautsprecher zu knistern, und eine Stimme erklärt, dass wir einen Unfall hatten. Super, das habe sogar ich gemerkt, und ich bin bekanntlich nicht der Hellste. Der Tramfahrer bittet alle Passagiere, sitzen zu bleiben, bis die Polizei die Aussagen aufgenommen habe. Kaum ist er verstummt, öffnen sich die Türen.

Auf allen Vieren krieche ich zum hintersten Ausgang. Mein Gesicht schmerzt höllisch, und ich frage mich, ob etwas gebrochen ist. Ich habe keine Zeit, mir lange darüber Gedanken zu machen. Ich muss weg hier. Bevor Adoda kommt oder jemand meine Personalien aufnimmt. Julie begreift immer noch nicht, was los ist.

«Wo gehst du hin? Chris! Der Tramfahrer hat gesagt…»

«Shit, Julie, halt die Klappe!»

Als ich ihren geschockten Ausdruck sehe, tut es mir leid. Aber wenigstens ist sie jetzt still. Draussen presse ich mich gegen die Längsseite des Trams. Stadteinwärts leitet ein Polizist den Verkehr um. Schräg gegenüber befindet sich ein Quartierladen, vor dem sich Menschen versammelt haben und gaffen. Ich spurte geduckt über die Strasse und höre, wie Julie mir folgt. Niemand beachtet uns. Problemlos können wir uns unter die Leute mischen. Da alle nach vorne drängeln, werden wir nach hinten abgedrängt. Ich löse mich aus der Menge und schleiche zu einem schmalen Weg, der zwischen den Häuserblocks durchführt. Julie ziehe ich mit, sie leistet keinen Widerstand. Wir sind schon in der nächsten Querstrasse, als sie plötzlich stehen bleibt.

«Was hast du vor? Wo gehen wir hin?»

«Es sind nur noch zwei Stationen bis zum Klusplatz», erkläre ich. «Dort nehmen wir den Bus.»

Sie schnieft und blickt zurück. In der Ferne hören wir weitere Sirenen. Über uns ist der Himmel immer noch grau und schwer. Es hört nicht auf zu regnen. Julies braunes Haar ist vor Nässe dunkel. Ihr Schirm liegt im Tram. Ich frage mich, ob der Russe weiss, wie das Regenverdeck des Kinderwagens funktioniert.

Wir sind schon fast am Klusplatz angelangt, als mein Handy läutet. Vor Schreck zucke ich zusammen, doch es ist nur Leo.

«Hey!», begrüsst er mich. «Ich habe mich bei der Kontaktperson gemeldet. Aber ich kann den Russen erst heute abend treffen.»

«Das ist zu spät!»

«Entweder ist er nicht flüssig, oder er ist mit Lily beschäftigt. Ich habe trotzdem abgemacht. 21 Uhr am Hauptbahnhof.»

«Bis dann ist mein Vater längst zurück!»

«Das ist nur Plan B. Ich verfolge eine heisse Spur im Netz. Gib mir noch ein bisschen Zeit. Ich finde die Adresse heraus, versprochen! Wie läuft's bei euch? Hat sich Nic gemeldet? Bist du schon bei deiner Mutter?»

Ich erzähle ihm, was geschehen ist. Er flucht leise. Ich stelle mir vor, wie er hin und her geht, das Handy am Ohr, den Ellenbogen abgewinkelt. Adoda telefoniert genauso.

«Halt durch, Indianer, wir schaffen das!», macht er mir Mut.

Ich nicke nur und löse damit eine neue Schmerzwelle aus. Nachdem ich die Verbindung abgebrochen habe, fahre ich mir vorsichtig mit zwei Fingern über die Nase. Sie pocht wie mein Zahnfleisch, nachdem mir die Weisheitszähne gezogen wurden. Ich muss das Blut wegwaschen, so kann ich unmöglich in den Bus einsteigen. Der Fahrer würde gleich merken, dass etwas nicht stimmt.

Zwischen den Häuserblocks sehe ich einen Spielplatz. Ich steuere darauf zu, weil es dort oft Brunnen gibt. Julie folgt mir besorgt. Sie hat wieder begonnen, auf ihren Fingernägeln herumzukauen.

«Meinst du, der Fahrer ist tot?», flüstert sie.

Einen Moment lang begreife ich nicht, welchen Fahrer sie meint. Erst dann sehe ich den alten Mann im Auto wieder vor mir. Ich zucke mit den Schultern.

Neben dem Sandkasten steht tatsächlich ein Brunnen. Aber er ist abgestellt. Der Ablauf ist mit Blättern vollgestopft,

Regenwasser hat sich am Boden gesammelt. Ich mache mein Taschentuch nass und tupfe mir die Nase ab. Mir wird sofort schwindlig.

«Lass mich», sagt Julie. Sie kramt ein frisches Taschentuch hervor und taucht es ins Wasser. Ich muss fast vor ihr auf die Knie gehen, damit ich auf gleicher Höhe bin wie sie. Sorgfältig wischt sie mir das Blut aus dem Gesicht. Ihre Berührungen sind sanft, aber es fühlt sich an, als würde sie mir mit einem Hochdruckreiniger die Nase säubern.

«Deine Nase ist mega geschwollen», stellt sie fest. «Du musst zum Arzt!»

«Später», nuschle ich.

Ich mache mich auf einen Proteststurm gefasst, doch er bleibt aus. Stattdessen nimmt Julie meine Hand. Ich bin völlig baff. Normalerweise hat sie kaum einen Blick für mich übrig. Vermutlich bin ich ihr zu dumm. Ich merke schon, wie meine Wangen heiss werden, da taucht sie ein neues Taschentuch ins Wasser und wischt mir das Blut vom Handrücken weg. Ich fühle mich ertappt. Dass ich glaubte, sie wolle meine Hand halten, ist so was von peinlich. Rasch schiebe ich mir die Kopfhörer über die Ohren.

Polizeisirenen.

Mein Puls schiesst in die Höhe.

«Fuck the police!»

Ich merke, dass es nur «Public Enemy» sind, die über die Bullen singen. Mit den Nerven bin ich wohl ziemlich am Ende.

Julie wirft die Papiertaschentücher weg und sagt etwas, das ich wegen der Musik nicht verstehe. Sie schiebt die Hände in die Taschen und marschiert Richtung Strasse. Ich folge ihr, so schnell ich kann. Mir kommt es vor, als seien meine Schuhsohlen mit Blei gefüllt. Die nasse Jeans ist wie eine zweite Haut, meine Zehen sind vor Kälte taub. Nur meine Nase fühlt sich ziemlich lebendig an.

Der Bus wartet schon am Klusplatz. Der Fahrer steht auf der Strasse und raucht, also brauchen wir uns nicht zu beeilen. Trotzdem steigen wir sofort ein, als wir ankommen. Julie lässt sich auf einem Fensterplatz nieder, ich setze mich hinter sie. Der Regen rinnt die Scheibe hinunter. Einige Bächlein vereinigen sich. Mein Blick bleibt an einem Tropfen hängen, der sich nicht entscheiden kann, wohin er will. Ganz langsam bahnt er sich einen Weg nach unten, doch bevor er die Fensterdichtung erreicht, löst er sich auf. Das möchte ich auch können. Mich einfach auflösen und von der Erdoberfläche verschwinden.

Als der Chauffeur den Motor startet, streift mein Blick die Uhr an der Haltestelle.

11:25

Ist es wirklich erst zwei Stunden her, seit Lily gekidnappt wurde? Mir kommt es vor, als irrte ich schon mein halbes Leben durch die Stadt. Ich bin so müde, dass ich am liebsten pennen würde. Ich habe immer noch nichts gegessen, schiesst es mir durch den Kopf. Mein Magen hat längst aufgehört zu knurren.

Ob der Russe weiss, dass er Lily füttern muss? Kennt er sich mit Kindern aus? Wenn sie Hunger hat, brüllt Lily wie am Spiess. Sie macht sogar dem Baulärm vor unserer Haustür Konkurrenz. Seit die Leitungen dort ersetzt werden, geht der Krach jeden Morgen um sieben los. Lily beginnt meist schon früher. Beim Schreien verfärbt sich ihr Gesicht dunkelrot, und der Schnittlauch auf ihrem Kopf zittert, als stehe er unter Strom. Kaum schiebt Adoda ihr den Löffel in den Mund, hört sie auf. So, als hätte jemand den Stecker herausgezogen.

Aber was, wenn der Russe keinen Brei hat? Keine Bananen? So, wie ich Lily kenne, wird sie weitermotzen. Vielleicht wird es dem Russen zu viel, und er gibt sie zurück. Oder er bringt sie sonst irgendwie zum Schweigen. Stopft ihr zum Beispiel den Mund. Ich habe schon von Eltern gehört, die ihr eigenes

Kind getötet haben, nur weil es nicht aufgehört hat zu schreien. Mein Magen macht einen Salto.

Als Regina mir damals sagte, sie sei schwanger, liess mich das ziemlich kalt. Für mich änderte sich schliesslich wenig. Lily würde bei Regina wohnen, ich hätte mein Zimmer immer noch für mich. Dass Adoda in Zukunft noch weniger Zeit haben würde, fand ich sogar cool, weil ich dadurch öfters eine sturmfreie Bude hätte. Als Lily dann zur Welt kam, kam sie mir gar nicht wie ein Mensch vor. Eher wie ein Hefeteig. Der lebt auch, aber man merkt nicht viel davon, ausser, dass er aufgeht.

Erst jetzt merke ich, dass sie mir nicht egal ist. Sie ist meine Schwester. Wenn der Russe ihr auch nur ein Haar krümmt, wird er etwas erleben.

Mam wohnt in einem dreistöckigen Block mit Seesicht. Die Mauern sind ganz weiss wie in einem dieser Prospekte für Griechenland-Ferien. Die Wohnung gehört ihr. Sie behauptet zwar immer, sie müsse unten durch, weil Adoda so wenig Alimente zahle. Darüber haben meine Eltern schon gestritten, als sie noch verheiratet waren. Nicht über die Alimente, sondern übers Geld. Mam hält Adoda vor, er habe sein Studium abgebrochen, um Polizist zu werden. Sie reibt ihm immer wieder unter die Nase, wie unser Leben hätte aussehen können, wenn er einen anständigen Lohn heimgebracht hätte. Was sie mit anständig meint, sagt sie nie. Ihr neuer Freund, Klaus, fährt einen Porsche. Ich schätze, das ist anständig genug. Dafür hat er eine Halbglatze. Mir gefallen Adodas schwarze Haare besser.

«Weiss sie, dass wir kommen?», fragt Julie.

«Nö.»

«Du hast nicht angerufen?» Sie schaut mich schief an. «Warum nicht?»

Weil Mam mich abwimmeln würde, denke ich. Seit sie Klaus kennengelernt hat und das Sofa neu beziehen liess, ist sie anders. Was ich treibe, ist ihr ziemlich egal, Hauptsache, ich mache keinen Ärger. Als ich bei ihr wohnte, musste ich bereits um zehn Uhr zu Hause sein, sogar am Wochenende. Sie behauptete, ich sei zu jung, um mich in der Stadt herumzutreiben. Damals war ich fünfzehn. Jede Woche schleppte sie mich ins Theater oder, noch schlimmer, in die Oper. Seit ich bei Adoda lebe, stellt sie keine Regeln mehr auf. Dafür gibt sie ihm die Schuld, wenn ich etwas verbocke.

«Soll ich draussen warten?», fragt Julie.

Ich schüttle den Kopf. Vor Julie wird sich Mam zusammenreissen. Deshalb möchte ich, dass sie mitkommt.

«Meine Eltern würden Familienangelegenheiten unter sich regeln wollen», sagt Julie in einem skeptischen Tonfall.

Ich zucke mit den Schultern.

«Sagst du es ihr wegen Lily?», bohrt Julie weiter.

«Nö.»

Mam würde eine Krise schieben. Nicht, weil ich Mist gebaut habe, sondern weil ich Lily hüten muss. Dass Adoda und Regina ein Baby haben, findet sie das Hinterletzte. Sie behauptet, Adoda sei psychotisch und könne deshalb keine Beziehung zu einem Kind aufbauen. Keine Ahnung, was genau sie damit meint, aber sie braucht das Wort häufig. Sie findet alle Menschen irgendwie krank. Das kommt wohl davon, dass sie Psychiaterin ist. Adoda traut dafür niemandem. Eine Polizistenkrankheit, vermute ich.

Ich merke, dass ich schon ziemlich lange da stehe und das Schild neben der Klingel anstarre. Julie sieht mich schon richtig schräg an. Ich raffe all meinen Mut zusammen und läute.

11:40

Christopher! Wie siehst du denn aus!» Mam lässt uns herein und eilt davon. «Bleib dort! Ich hole ein Frottiertuch.»

«Sie ist Deutsche?», flüstert Julie hinter mir.

Ich bin mir Mams Aussprache so gewohnt, dass sie mir nicht mehr auffällt; als ich klein war, haben wir zu Hause hochdeutsch gesprochen. Das änderte sich, nachdem ich in die erste Klasse gekommen war. Plötzlich schämte ich mich. Ich wollte wie alle anderen sein. Deshalb sprach ich nur noch schweizerdeutsch, wenn Freunde mich besuchten. Mam gefiel das gar nicht. Da ich nicht so beliebt war, hatte Mam nicht allzu viel Gelegenheit, sich zu nerven.

Viel schlimmer waren die Besuchstage in der Schule. Die meisten Mütter sassen still im Hintergrund, nur Mam stellte der Lehrerin immer Fragen. Nicht über den Schulstoff. Sie wollte wissen, warum diese oder jene Methode angewendet wurde, sprach von Entwicklungspsychologie und Lernverhalten, bis ich am liebsten im Boden versunken wäre. Eine Zeit lang behauptete ich, sie wäre gar nicht meine richtige Mutter. Die meisten glaubten es mir. Mam hat lange, blonde Haare und helle Haut. Ich hingegen war dunkel, wie Adoda.

Da er nie an die Besuchstage kam, merkte niemand, dass ich ihm glich. Ich konnte mich problemlos als Waisenkind ausgeben.

Mam kommt zurück und beginnt, meine Haare trocken zu reiben. «Was ist mit deiner Nase passiert? Sie ist geschwollen! Hast du dich etwa geprügelt?» Sie klingt mehr überrascht als wütend. Schlägereien meide ich in der Regel. Ich bin kein Masochist.

Mam sieht mein Kopfschütteln nicht, weil mich das Handtuch bedeckt. «Und wen hast du da mitgebracht? Willst du mir deine Begleitung nicht vorstellen?»

Julie kommt zaghaft einen Schritt näher und streckt die Hand aus. «Guten Tag, Frau Cavalli. Ich bin Julie Ramadani.»

Mam mustert sie von oben bis unten. Als sie bei Julies Stiefeletten ankommt, starrt sie auf die Wasserlache am Boden. «So könnt ihr nicht ins Wohnzimmer.» Sie presst die Lippen zusammen und deutet auf die Küche, die mit weissen Platten belegt ist.

Wir streifen unsere Schuhe ab und folgen ihr. Julie trippelt auf Zehenspitzen. Die Spur, die sie auf dem Boden hinterlässt, sieht aus, als stamme sie von einem zweibeinigen Hund. In einer Fensternische steht ein Glastisch mit vier weissen Lederstühlen. Ich will mich schon setzen, da stoppt mich Mam. Sie holt weitere Tücher und breitet sie auf den Stühlen aus. Julie traut sich trotzdem nicht, sich hinzusetzen.

«Und jetzt will ich deine Nase untersuchen. Warst du beim Arzt?»

Ich verneine.

«Hör auf zu nuscheln! Ich verstehe kein Wort!»

«Nein», wiederhole ich und erzähle ihr vom Tramunfall.

«Ihr seid einfach abgehauen? Christopher! Wann wirst du endlich vernünftig? Du bist kein Kind mehr! Was glaubst du, wie die Versicherung reagieren wird, wenn du die Arztrechnungen einschickst?»

Ich gucke wohl ziemlich belämmert aus der Wäsche, denn sie seufzt laut. «Bei jedem Unfall muss der Verursacher eruiert werden. Sonst ist nicht geklärt, wessen Versicherung für den Schaden aufkommen muss. Halt still.»

Ich japse laut, als sie in meinem Gesicht herumdrückt.

«Gebrochen», sagt sie. Aus dem Gefrierfach holt sie einen Eisbeutel und drückt ihn mir auf die Nase. Vor Schmerzen sehe ich Sterne. Dabei dachte ich immer, das sei nur so eine Redensart.

«Viel machen kann man dagegen nicht», erklärt sie. «Ich kann das Nasenbein gleich hier richten, dafür brauchst du keinen Spezialisten. Bis der Knochen zusammenwächst, wird es aber einige Wochen dauern.»

Julie steht immer noch mitten in der Küche und schaut mit offenem Mund zu. Ihre Schminke ist verschmiert, doch sie merkt es nicht. Die schwarze Farbe unterhalb ihres linken Auges sieht dramatisch aus. Bevor ich etwas sagen kann, nimmt Mam den Eisbeutel weg und beugt sich über mich. Auf einmal jagt ein Stromstoss durch meinen Körper. Der Schmerz ist so heftig, dass ich wie gelähmt im Stuhl hänge. Diesmal sehe ich keine Sterne. Es wird schwarz um mich herum. In meinem Kopf pocht es, als spiele drin eine Heavy-Metal-Band.

Mam klebt mir ein dickes Pflaster auf die Nase. Ich frage nicht, warum. Ich will die Augen schliessen, habe aber Angst, dass mir das Augenwasser überlaufen könnte. Mam starrt in Gedanken versunken auf meine Nase. Mir fallen die tiefen Falten neben ihrem Mund auf.

«Du bist deinem Vater wie aus dem Gesicht geschnitten», sagt sie leise.

Kein Wunder, denke ich. Er hat sich die Nase schon dreimal gebrochen. Allerdings nie bei einem Tramunfall, sondern zweimal beim Kickboxen und einmal bei einem Polizeieinsatz. Vielleicht muss ich mir eine coole Geschichte ausdenken, falls mich jemand auf das Pflaster auf meiner Nase anspricht. Ich könnte zum Beispiel erzählen, dass ich mich verletzt hätte, als ich meine Schwester befreite. Das wäre nicht einmal gelogen.

«Ich habe ihn in der Notaufnahme kennengelernt», sagt Mam.

«Wen?», murmle ich.

«Deinen Vater. Ich habe ihm das Nasenbein gerichtet, genau wie dir. Er war nur wenige Jahre älter, als du es jetzt bist.»

Mich erstaunt, dass er sie danach überhaupt wieder sehen wollte.

Julie zieht die Augenbrauen in die Höhe und zeigt auf ihr Handgelenk. Es dauert einen Moment, bis ich kapiere, was sie mir zu sagen versucht.

Die Zeit läuft uns davon.

«Mam», beginne ich.

«Wie geht es ihm?», fragt sie.

«Wem?»

«Deinem Vater.»

«Gut. Hör mal, ich habe eine ...»

«Gut? Was heisst das? Ist er noch mit dieser Tussi zusammen? Fällt sie immer noch auf seinen Charme herein? Oder hat sie endlich gemerkt, das nichts dahintersteckt?»

«Kannst du mir Geld leihen?»

«Wie bitte?»

«Ich brauche Geld.»

Mam fährt herum. «Bist du schwanger?», fährt sie Julie an.

Julie weicht zurück, bis sie die Küchenzeile im Rücken hat. Die Farbe ihrer Wangen passt zur pinkfarbenen Haarsträhne, die sie sich in den Mund schiebt. Sie versucht, den Kopf zu schütteln, doch es sieht eher so aus, als sei er gar nicht richtig festgemacht.

«Ich wusste, dass dein Vater nicht auf dich aufpassen würde!», wettert Mam. «Er ist noch genauso verantwortungslos wie früher! Von Erziehung versteht er absolut nichts! Kümmert er sich überhaupt um dich? Weiss er, was du treibst?»

Ich kratze mich, damit mir die Haare ins Gesicht fallen. Unauffällig schiebe ich mit einer Hand die Kopfhörer über die Ohren. Mit der anderen suche ich in der Hosentasche meinen iPod.

«Die fänsterläde bliibed zue», meint Phenomden. «S isch halt niemerd dihei.»

Yeah.

Der Rhythmus fliesst durch meinen Köper. Meine Nase pocht im selben Takt. Ich stelle mir eine Menschenmasse vor, die an mir vorbeizieht. Sie bewegt sich wie ein Fluss, gleichmässig und kraftvoll. Alle Blicke sind geradeaus gerichtet. Niemand beachtet mich. Ich gehöre nicht dazu, sondern stehe abseits. Eine angenehme Wärme breitet sich in meinem Körper aus. Manchmal muss ich mich einfach ausklinken. Meistens in den dümmsten Momenten. Aber wenn ich es nicht tue, funktioniere ich gar nicht mehr.

«Nimm diese verdammten Kopfhörer ab, wenn ich mit dir rede!», erklingt Mams schrille Stimme.

Ich zucke zusammen. Julie steht jetzt neben mir. Ihre Lippen bewegen sich, doch ich verstehe nicht, was sie sagt. Ohne Musik fühlt sich die Welt wie eine rauhe Wolldecke an.

«Mein Sohn soll es mir selber beichten, wenn er etwas ausgefressen hat!», meint Mam.

«Ich brauche nur etwas Geld», wiederhole ich. «Niemand ist schwanger.»

«Wofür?»

«Einfach so.»

Mam verschränkt die Arme.

Ich weiss nicht, was ich ihr erzählen soll. Julie gibt mir irgendwelche Zeichen, die ich nicht verstehe. Als ich weiterhin schweige, ergreift sie das Wort.

«Frau Cavalli, ich möchte mich nicht einmischen, aber ...»

«Ich hab gesagt, das reicht!» Mam schiebt sich zwischen uns. «Christopher, ich will von dir wissen, was los ist!»

Ich brabble etwas von Schulden und miesen Typen, dass es nie wieder vorkommen und ich mich bessern würde. Dazwischen streue ich viele Entschuldigungen ein. Ich verspreche sogar, mit dem Rauchen aufzuhören, obwohl das gar nichts damit zu tun hat. Mam reagiert nicht.

«Bitte, Mam!»

Lange schweigt sie. Als sie Luft holt, zittert sie leicht. «Ich dachte, wir hätten das alles hinter uns gelassen. Warum, Christopher? Warum setzt du alles aufs Spiel? Was ist es diesmal? Wieder Einbrüche? Oder hast du dir etwas Neues einfallen lassen?» Sie schluckt und reckt dabei den Kopf in die Höhe wie ein Strauss. «Ich habe geglaubt, dass du aus deinen Fehlern gelernt hast. Offensichtlich habe ich mich getäuscht. Aber genug ist genug. Diesmal musst du selber schauen, wie du deinen Kopf aus der Schlinge ziehst. Mein Leben lang habe ich alles für dich getan. Dir hat es an nichts gefehlt. Statt dich bei mir zu bedanken, machst du mir nur Kummer. Habe ich das verdient?»

Das ist eine Fangfrage. Wenn ich ja sage, geht sie in die Luft. Wenn ich nein sage, gebe ich ihr einen Grund, weiter über mich herzuziehen. Also halte ich den Mund. Ich fixiere einen Punkt am Boden und starre so lange darauf, bis ich ihre Stimme nicht mehr höre.

Hätte mein Handy nicht geklingelt, wäre ich noch ewig so dagesessen. Als ich den vertrauten Klingelton höre, beginnt mein Herz zu hämmern. Was soll ich dem Russen sagen? Soll ich lügen und ein Treffen vereinbaren? Was, wenn er Lily irgendwo versteckt und zuerst die Kohle sehen will?

«Chris!», zischt Julie.

Ich fische das Handy aus meiner Hosentasche. Dabei verfangen sich meine Finger im Kabel des iPods, sodass sowohl Handy als auch iPod zu Boden fallen. Als ich mich bücke, schiesst mir das Blut in den Kopf und löst eine neue Schmerzwelle aus. Keuchend nehme ich ab.

«Chris?», erklingt eine Mädchenstimme. «Ich bin's, Nic.»

Ich muss laut gestöhnt haben vor Erleichterung, denn Mam runzelt die Stirn.

«Ich bin immer noch in Erlenbach», fährt Nic fort. «Meine S-Bahn fährt in fünf Minuten. Ich habe etwas Geld aufgetrieben, aber nicht viel, sorry. Ladina ist weg. Sie hätte uns bestimmt mehr gegeben.»

Trotz der schlechten Nachricht fällt mir auf, dass Nic von «uns» spricht. Ich hatte nie viele Freunde. Ausser Leo eigentlich keinen einzigen. Kollegen, ja. Aber das ist nicht das Gleiche. Dass das heisseste Mädchen der Stadt zu mir hält, wenn ich in Schwierigkeiten stecke, macht mir Mut. Nicht, dass ich etwas von ihr will. Das mit ihr und Leo ist ziemlich ernst. Ausserdem ist sie nicht mein Typ. Ich steh auf Kurven.

«Wie läuft's bei euch?», fragt Nic.

«Geht so.»

«Treffen wir uns am Bellevue? Ich könnte um 12.30 Uhr dort sein. Dann schauen wir weiter.»

«Okay.»

«Leo chattet gerade mit Kollegen des Russen auf Facebook. Er wird die Adresse hundert Pro rauskriegen», sagt sie stolz.

«Kein Russe verrät einem Shipi etwas», widerspreche ich.

«Leo hat ein Pseudonym.»

«Warum?», frage ich misstrauisch. Davon hat er mir nie etwas erzählt. Da Leo wie ich auf Bewährung ist und total Panik hat, nach Kosovo ausgeschafft zu werden, lässt er sich in nichts reinziehen. Er hat früher mal mit dem Taxi seines Vaters eine Spritztour gemacht, und das hat ihm eine Anzeige eingebracht. Dasselbe wiederholte er mit einem Motorboot, aber nur, weil jemand eine Freundin von ihm übel zugerichtet hatte und über den See abgehauen ist.

Nic beantwortet meine Frage nicht. Nachdem ich auf «Aus» gedrückt habe, stehe ich auf und gebe Julie ein Zeichen.

«Wo gehst du hin?», fragt Mam.

Ich deute zur Tür.

«Christopher!»

«Muss los.»

Sie redet auf mich ein von wegen Verantwortung und solchem Scheiss. Ich hab keinen Bock, ihr zuzuhören. Nicht, nachdem sie mich einfach hängengelassen hat. Julie verabschiedet sich höflich, in dieser Beziehung ist sie wie Leo. Das ist eine Gewohnheit. Genauso, wie ich in der Küche immer meinen Arbeitsplatz putze, bevor ich Feierabend mache. Das hat man mir im ersten Lehrjahr eingetrichtert.

Julie folgt mir mit gesenktem Kopf. Draussen zieht sie ihre Kapuze hoch, obwohl ihre Haare schon nass sind.

«Hey», sage ich.

Sie schaut mich traurig an.

Ich räuspere mich. «Danke.»

«Wofür?»

«Alles.»

«Ich war keine grosse Hilfe», seufzt sie.

Auf dem Weg zum Bus überlege ich, was Nic wohl mit «nicht viel» Geld meint. Immerhin ist sie an der Goldküste aufgewachsen. Plötzlich kommt mir ihr Vater in den Sinn. Er sitzt wegen Betrugs im Knast. Wenn jemand weiss, wie man rasch Geld auftreiben kann, dann er.

Nic wartet beim Rondell am Bellevue. Sie verlagert ihr Gewicht ungeduldig von einem Fuss auf den anderen. In ihren hautengen Jeans sieht sie aus, als würde sie tanzen. Julie stürzt sich sofort auf sie und erzählt vom Tramunfall. Es aus ihrem Mund zu hören, klingt viel schlimmer, als es in Wirklichkeit war. Zum Glück erwähnt sie nicht, wie ich gejault habe, als Mam mein Nasenbein richtete.

«Nic», unterbreche ich Julies Redeschwall. «Wieviel hast du zusammenbekommen?»

Sie zieht einige Noten hervor. «180 Franken.»

«Cool.»

Sie zuckt mit den Schultern. «Es fehlen immer noch 680.»

«Was ist mit deinem Dad?»

«Mark? Was soll schon mit ihm sein?»

«Er kennt sich mit Geld aus.»

Nic lacht ungläubig. «Du willst wissen, ob er mir irgendwelche Tricks verraten hat?»

Julies Augen werden rund.

Nic schüttelt den Kopf. «Vergiss es.»

«Kannst du ihn nicht wenigstens fragen?»

«Glaub mir, auch wenn er etwas wüsste, mir würde er es zuletzt sagen. Ausserdem kann ich ihn gar nicht anrufen.»

Das hätte ich mir denken können. In Regensdorf sitzen nur Typen, die ziemlichen Mist gebaut haben. Die dürfen nicht einfach telefonieren, wenn ihnen danach ist. Von Leo weiss ich, dass Nic ihren Vater regelmässig besucht. Nach der Einbruchstour verbrachte ich eine Nacht im Polizeigefängnis. Als Häftling, nicht als Besucher. Ich habe kein Auge zugetan. Freiwillig würde ich nie hingehen.

Eine Frau mit Kinderwagen flüchtet unters Rondell, um vor dem Regen Schutz zu suchen. Sie bleibt neben uns stehen und geht in die Knie. Mit einer Hand hebt sie das Regenverdeck an, mit der anderen zieht sie die Jacke ihres Kindes gerade. Die ganze Zeit plätschert ihre Stimme wie ein Bach. So redet der Russe bestimmt nicht mit Lily. Plötzlich ist mir zum Weinen zumute.

«Lu ist draussen», sagt Nic langsam, den Blick auf den Kinderwagen gerichtet.

«Wer ist Lu?», fragt Julie.

«Ein Freund von Mark. Sie haben immer zusammen Tischtennis gespielt. Vor einer Woche ist er entlassen worden.» Sie schiebt sich eine Haarsträhne hinters Ohr. «Mark will später mit ihm ins Hotelgeschäft einsteigen. Sie haben einen Businessplan aufgestellt.»

Ich weiss zwar nicht, was ein Businessplan genau beinhaltet, aber es klingt nach Kohle. «Hast du seine Adresse?»

«Er hat mir ein Paket von Mark geschickt. Dort stand der Absender drauf. Er wohnt in Altstetten. Mit dem Tram wäre ich in zwanzig Minuten dort.»

«Glaubst du, er würde dir Geld leihen?», fragt Julie hoffnungsvoll.

«Lu ist der beste Freund, den mein Vater je hatte. Mark sagt, alle anderen seien nur an seinem Vermögen interessiert gewesen.»

Dass man im Knast Freunde findet, habe ich noch nie gehört. Aber wenn das so ist, hilft uns dieser Lu vielleicht wirklich. Ausserdem versteht er sicher, dass die Dinge manchmal anders kommen, als man plant. Ich will mit Nic gehen, aber sie hält mich zurück.

«Es bringt nichts, wenn du mitkommst. Versuch lieber, deine Kollegen zu erreichen.»

Plötzlich habe ich einen Geistesblitz. «Ich könnte schauen, wer im Hotel Dienst hat. Zwei Küchenhilfen sind ziemlich cool. Vielleicht leihen sie mir was.»

«Super», meint sie.

Wir beschliessen, dass Julie mit Nic geht. Ich kreuze im Hotel besser alleine auf. Mich kennen sie, ich kann problemlos hineinspazieren. Julie würde womöglich Ärger bekommen. Es ist ein 5-Stern-Hotel, die lassen nicht jeden herein. Es hat mich ziemlich erstaunt, dass ich dort eine Lehrstelle gefunden habe, mit meiner Vergangenheit. Mir ist heute noch nicht klar, warum. Nach der Schule habe ich zuerst eine Malerlehre begonnen, weil ich gerne zeichne. Ich wusste zwar, dass Wände streichen nicht das Gleiche ist, aber die Kunstschule konnte ich vergessen. Dafür muss man zuerst ins Gymnasium. Keine Ahnung, warum. Für Mam war immer klar, dass ich die Matura machen würde. Sie hat sich nur nie überlegt, dass man dafür ziemlich schlau sein muss, so wie Julie. Als mein Lehrer sagte, dass ich mit meinen Vornoten keine Chance hätte, die Aufnahmeprüfung zu bestehen, engagierte Mam einen Privatlehrer. Stundenlang musste ich mit ihm pauken. Das war die Hölle. Zum Glück sah der Typ bald ein, dass es aussichtslos war. Mich interessieren Mathe-Gleichungen oder die Kriege der Römer einfach nicht. Ich will auch keine Bücher lesen, in denen sich die Sätze über ganze Seiten erstrecken. Wenn ich jeweils am Schluss ankomme, habe ich den Anfang längst vergessen.

Ich fand eine Lehrstelle als Maler und dachte, ich hätte das grosse Los gezogen. Aber es war der totale Stress. Ich war nach der Arbeit jeweils so fertig, dass ich morgens regelmässig verpennte. Gemalt habe ich nicht viel. Ich musste hauptsächlich Farbkübel schleppen und Böden abdecken. Nach zwei Monaten gab ich auf. Ich erinnere mich noch genau an den Tag. Auf dem Weg zur Arbeit hörte ich die «Gorillaz». «I'm happy, I'm feeling glad», sangen sie entspannt, während ich vor Frust kaum die Füsse heben konnte. Ich drehte mir einen Joint, und schon nach einigen Zügen fühlte ich mich wie in Watte gepackt. Klar ist es Scheisse, sich mit Drogen zuzudröhnen. Ich bin nicht stolz darauf, dass ich keinen anderen Ausweg sah. Als die «Gorillaz» von der Zukunft zu schwärmen begannen, sah ich das Leben plötzlich mit anderen Augen. «I'm useless, but not for long, a future is coming on.» An der Stelle, wo es hiess: «Finally someone let me out of my cage», blieb ich stehen. Ich wollte auch aus meinem Käfig heraus. Mam bekam fast einen Herzinfarkt, als mein Chef anrief und sagte, ich sei nicht zur Arbeit erschienen.

Die nächsten Monate wurde es zu Hause ziemlich ungemütlich. Ich hing immer öfters mit einem Kollegen ab, den ich von früher kannte. Als wir es satt hatten, uns nichts leisten zu können, kam Timon auf die Idee mit den Einbrüchen. Zuerst fand ich es cool, so viel Cash zu haben. Doch Timon ging immer grössere Risiken ein. Ausserdem kümmerte es ihn nicht, wenn andere auf der Strecke blieben. Als er eine Katze in den Kühlschrank sperrte, wollte ich aussteigen. Da drohte er, mich fertigzumachen. Kurz darauf wurden wir erwischt. Timon steckten sie in ein Erziehungsheim. Seither habe ich nichts mehr von ihm gehört. Er ist einfach verschwunden, wie das Badewasser, wenn man den Stöpsel zieht. Lily ist jedesmal völlig überrascht. Aber ich weiss, dass das Wasser irgendwo wieder raus kommt. Irgendwann wird Timon wieder auftauchen.

Ich bin schon fast beim Hotel, als Leo anruft.

«Hey, Indianer, good news! Ich hab die Adresse!»

«Echt?»

«Seid ihr noch am Bellevue?»

«Bin auf dem Weg ins Hotel.» Ich erzähle ihm, dass wir nur noch 680 Franken brauchen.

«Wo sind Julie und Nic?»

«Im Zweier.»

«Warum? Wo fahren sie hin?»

«Nach Altstetten.»

«Mann, Chris, komm schon. Was wollen sie dort?»

«Nic kennt einen Typen, der entlassen wurde und Kohle hat.»

Am anderen Ende ist es still.

Ich will schon fragen, ob Leo noch dran ist, als er losschreit: «Du hast die Mädchen zu einem Ex-Knasti geschickt? Alleine? Spinnst du?»

12:47

Vor langer Zeit gab es auf unserer Seite der Welt kein Feuer. Alles war dunkel und kalt. Aber die Tiere wussten, dass auf der anderen Seite der Welt ein Feuer brannte. Sie beschlossen, es sich zu holen. Zuerst zog der Bussard los. Er flog sehr lange. Als er ankam, sah er die Flammen. Begeistert schnappte er sich ein Stück glühende Kohle und legte es sich auf den Kopf, um nach Hause zu fliegen. Es verbrannte ihm die Federn. Die Hitze schmerzte ihn so sehr, dass der Bussard in einen kühlen See tauchte. Die Glut erlosch. Seither hat der Vogel eine kahle Stelle auf dem Kopf.

Nun beschloss die Ringelnatter, ihr Glück zu versuchen. Sie kroch bis ans Ende der Welt. Dort ergatterte sie ebenfalls einen Teil des Feuers. Sie trug die glühende Kohle auf ihrem Rücken nach Hause. Sie verbrannte ihr die Haut. Die Ringelnatter musste sich ebenfalls in einen kühlen See stürzen, um die Schmerzen zu lindern. Die Glut erlosch. Seither ist die Ringelnatter schwarz.

Die Tiere wussten nicht weiter. Da sagte die alte Spinne: «Ich bin zwar die Kleinste von allen, aber ich hole uns das Feuer.» Alle lachten sie aus. «Du schaffst nicht einmal den Hinweg!» Die Spinne marschierte los. Unterwegs überlegte sie die ganze Zeit, wie sie die Kohle tragen könnte, ohne sich daran zu verbrennen. Sie hielt an einem Fluss und formte aus Ton einen Topf, den sie auf ihrem Rücken trug. Am anderen Ende der Welt füllte sie den Topf mit heissen Kohlestücken. Sie kehrte nach Hause zurück und brachte den Tieren nicht nur das Feuer, sondern auch die Kunst des Töpferns.

Diese Geschichte hat mir Adoda erzählt, als ich im Kindergarten war. Ich weiss es noch so genau, weil ich daraufhin eine Spinne gezeichnet habe, die einen Topf auf dem Rücken trägt. Meine Kindergartenlehrerin fand das Bild seltsam. Sie versuchte, mir zu erklären, dass Spinnen weben, nicht töpfern, als hätte ich etwas durcheinandergebracht.

Gerne würde ich Leo die Geschichte erzählen. Denn ich sehe, dass er sich verbrennen wird. Statt zu überlegen, stürzt er direkt aufs Feuer zu. Als ich ihn an der Haltestelle treffe, ist er aber auf Senden eingestellt, nicht auf Empfang. Deshalb schweige ich. Das Tram ist vor zwei Sekunden abgefahren. Leo zögert keinen Augenblick. Er packt mich am Ärmel und spurtet hinterher. Er glaubt tatsächlich, dass er das Tram einholen wird. Auf meine gebrochene Nase nimmt er keine Rücksicht.

«Beweg deinen Arsch, verdammter Indianer!», schreit er.

Wenn ich nicht wüsste, dass Leo die Abkürzung von Leotrim ist, würde ich glauben, seine Eltern hätten an einen Leoparden gedacht, als sie diesen Namen wählten – wegen der Schnelligkeit. Dazu hätten sie allerdings hellseherische Fähigkeiten haben müssen, denn als Baby lag er vermutlich herum wie alle anderen Babys auch. Oder kam er schon extra schnell auf die Welt? So, wie der Korken aus einer Champagnerflasche?

Mir bleibt jedenfalls keine Zeit, ihn vor der Hitze des Feuers zu warnen. Er glaubt, er müsse Julie und Nicole retten. Das letzte Mal, als er den Helden spielte, ist er beinahe ertrunken. Ich kann nichts anderes tun, als ihm folgen. Dabei muss ich mich darauf konzentrieren, nicht über meine eigenen Füsse zu stolpern. Vor mir sehe ich die verschwommenen Umrisse seiner weissen Daunenjacke, darunter Turnschuhe, die sich im Fast-Forward-Modus bewegen. Meine Beine sind fast doppelt so lang wie Leos, das verschafft mir immerhin einen kleinen Vorteil. Trotzdem kann ich nicht mithalten. Er ist gezwungen, sein Tempo zu drosseln, wenn er mich nicht abhängen will. Ich sehe seinen steifen Bewegungen an, dass ihn das ärgert. Er schafft es sogar, über die Schulter zu schauen, um mir einen bösen Blick zuzuwerfen.

Mit Sport hatte ich es noch nie so. Ich sehe nicht ein, warum ich mich anstrengen soll, wenn es auch anders geht. Sogar Phenomden singt: «Gsehne d lüüt, wie si ränned, trotzdem sind si z spat.» Na also. Aber jetzt ist nicht der Moment, um Leo meinen Standpunkt klarzumachen. Wenn es um Nic oder seine Schwester geht, lässt er nicht mit sich reden. Er fühlt sich für beide verantwortlich. Dass er Nic beschützen will, ist etwa so, als wollte ein Wachhund auf einen Löwen aufpassen. Sie ist nicht nur schlau, sondern auch stark. Julie ist zwar ebenfalls intelligent, aber sie ist es sich gewohnt, dass Leo sich um sie kümmert. Genau wie Lily, die weiss, dass sie nur brüllen muss, um emporgehoben zu werden, und deshalb gar nicht erst versucht, ihre Probleme alleine zu lösen.

Bis jetzt zumindest. Heute lernt Lily etwas Neues: Dass ihr Bruder nicht da ist, wenn sie ihn braucht. Die Vorstellung bringt Bewegung in meine Beine. Plötzlich rennen sie wie von selbst. Ich frage mich, ob sich Lily später an den heutigen Tag erinnern wird. Vorausgesetzt, sie trägt keinen Schaden davon. Mir schiessen Bilder der TV-Serie «24» durch den Kopf, in der ein Terrorist einer Geisel ins Ohrläppchen schneidet. Allerdings nur, weil er sie so zum Reden bringen will. Lily kann gar nicht reden. Warum sollte ihr der Russe also etwas antun? Eine leise Stimme in meinem Innern flüstert, dass er mich vielleicht noch mehr unter Druck setzen will. Schon sehe ich in meiner Phantasie abgeschnittene Finger oder ein ganzes Ohr, das zu Hause im Briefkasten liegt. Rasch verdränge ich die Vorstellung, sonst schaffe ich keinen einzigen Schritt mehr.

Die Häuserzeilen ziehen an mir vorbei, als betrachtete ich sie von einem fahrenden Auto aus. Ich sehe nur grau, ab und zu ein schwarzes Loch, wo ein Fenster offen steht. Immer wieder dringen Essensdüfte in meine Nase. Es erstaunt mich, dass ich trotz der Schwellung etwas riechen kann. Sogar die Abgase nehme ich wahr. Stadteinwärts stauen sich die Fahrzeuge. Der Verputz der Häuser entlang der Strasse ist dunkel, keiner macht sich hier die Mühe, die Mauern frisch zu streichen. In Witikon wären die Fassaden längst renoviert worden.

Wir sind nur wenig langsamer als das Tram, das sich bereits der nächsten Haltestelle nähert. Leo dreht noch mehr auf. Es trennt uns nur noch eine Querstrasse von der Haltestelle, doch die Ampel steht auf Rot. Leo ist schon fast am Randstein, als die Autos anfahren. Einen Moment lang fürchte ich, er werde sich direkt vor einen Minivan stürzen, doch im letzten Augenblick bleibt er stehen. Der Minivan gibt Gas.

«Arsch!», brüllt er, dem Fahrer den Mittelfinger zeigend.

Vor uns fährt das Tram ab.

«Es kommt wieder eines», tröste ich ihn keuchend.

Er schaut mich an, als hätte ich den IQ einer Schnecke. Bevor ich ihm versichern kann, dass Nic und Julie bestimmt nichts zustossen wird, schaltet die Ampel auf Grün. Schon spurtet er wieder los. Stöhnend versuche ich, mich in Bewegung zu setzen. Meine Nase pocht, als sitze ein Schlagzeuger drin. Nun streiken meine Lungen. Ich unterdrücke ein Husten, weil mir Leo sonst vorwirft, ich rauche zu viel. In dieser Beziehung ist er wie Mam.

Die Strasse erstreckt sich fast endlos vor uns. Altstetten liegt wirklich am Ende der Welt. Das Tram ist schon ziemlich weit weg. Ich frage mich, ob Leo die ganze Strecke laufen will. Wir kommen an einem Supermarkt vorbei, und mir fällt ein, dass ich Lilys Windeln bei Leo zu Hause stehengelassen habe. Leos Vater wird einen Herzinfarkt kriegen, wenn er sie sieht. Bestimmt wird er glauben, Nic sei schwanger. Obwohl Leo und Nic jetzt schon ein Jahr zusammen sind, hofft er insgeheim immer noch, dass Leo irgendwann eine Albanerin heiraten wird. Danach sieht es aber nicht aus. Leo ist die Sache mit Nic total ernst. Ich glaube aber, für Nic kommt das Tanzen an erster Stelle. Auch vor Leo. Vielleicht hat er ihr deswegen das Flugbillet nach New York bezahlt. Damit sie merkt, dass sie ihn zum Tanzen braucht.

Vom Rennen wird mir langsam schwindlig. Ich habe immer noch nichts gegessen heute. Das Pflaster auf meiner Nase hat sich mit Regenwasser vollgesogen, am liebsten würde ich es wegreissen. Doch dazu fehlt mir die Kraft. Ich muss mich ganz aufs Laufen konzentrieren, sonst breche ich mir noch weitere Knochen. Wenn ich fürchte, etwas könnte mir passieren, geschieht es meistens auch. Das war schon immer so. Als ich das erste Mal Velo fuhr, hatte ich Angst zu stürzen. Adoda gab mir einen Schubs und sagte, ich müsse nur nach vorne schauen, alles andere ergäbe sich von selbst. Es dauerte etwa drei Sekunden, und schon lag ich unter meinem Velo mit einem gebrochenen Arm. Adoda wandte sich enttäuscht von mir ab.

Ich war schon immer gut darin, ihn zu enttäuschen. Als wir noch alle zusammen wohnten, gab er Mam die Schuld an meiner Ungeschicklichkeit. Er warf ihr vor, dass ich mich in ihrer Gegenwart gehemmt fühlen würde. Als er auszog und ich einmal pro Monat das Wochenende mit Adoda alleine verbrachte, erkannte er, dass ich auch ohne Mam ein Tölpel war. Ich hatte einfach zwei linke Hände. Und zwei linke Füsse. Bald verbrachte ich nur noch den Sonntag bei Adoda. Irgendwann ging ich gar nicht mehr hin. Vielleicht wird Lily mal eine Sportskanone. Im Moment sieht es aber nicht danach aus. Regina sagt, sie müsste schon längst krabbeln können. Aber sie rollt nur wie eine Bierdose herum, wenn sie sich fortbewegt. Regina war deswegen schon beim Arzt. Adoda findet Reginas Sorgen lächerlich. Er trägt Junebug gerne herum.

Ich hätte auch nichts dagegen, wenn mich jetzt jemand tragen würde. Wir sind bei der nächsten Haltestelle angekommen. Es ist klar, dass wir das Tram nicht einholen werden. Genauso gut können wir hier aufs nächste warten. Ich beuge mich vornüber, um das Seitenstechen zu lindern. Leo wartet ungeduldig. Ich versuche, etwas zu sagen, bringe aber nur komische Quietschlaute heraus. Also deute ich auf die Tramschienen.

«Das kommt von der verdammten Raucherei!», meint Leo gereizt.

Was soll ich dazu sagen?

«Was immer Lu angestellt hat», keuche ich, «es ist lange her.»

«Hast du noch nie etwas von Wiederholungstätern gehört?», fragt er.

Klar habe ich das. Ich bin selbst einer. Leo auch. Er kickt gegen einen Zeitungskasten. Wenigstens bleibt er stehen.

«Hast du Food dabei?», frage ich.

Leo zieht ein zerquetschtes Snickers aus der Tasche. Mit zitternden Fingern reisse ich das Papier auf. Es schmeckt besser als jedes Gericht, das ich bis jetzt im Hotel gekocht habe. Die ersten zwei Bissen verschlinge ich, den dritten lasse ich auf der Zunge zergehen. Als ich den letzten hinunterschlucke, beginnt mein Magen zu knurren. Er hat sich soeben daran erinnert, was Nahrung bedeutet.

Leo tigert vor mir hin und her, bis ich noch nervöser werde, als ich ohnehin schon bin.

«Was hast du über den Russen herausgefunden?», frage ich, um ihn abzulenken. Eigentlich will ich es gar nicht wissen.

«Er ist nicht besonders beliebt, aber man hat Respekt vor ihm», erzählt Leo. «Sein Alter besitzt mehrere Clubs in

Deutschland und ist hier an einigen Dancings beteiligt. Das ‹Roxanne› gehört auch ihm.»

Das «Roxanne» ist ein Club in der Innenstadt. Leo und ich haben uns mal im Netz die Frauen angesehen, die dort tanzen.

«Es gibt Gerüchte, dass er im Knast war», fährt Leo fort. «In Deutschland.»

Sehr beruhigend.

«Man sagt dem Russen nach, dass er sich nicht an die üblichen Spielregeln hält. Viele wollen deshalb nichts mit ihm zu tun haben. Das ist seine Schwäche: Er hat keine Verbündeten. Wir können also davon ausgehen, dass er alleine ist. Sobald wir wissen, wo er Lily hingebracht hat, holen wir sie uns zurück.»

«Ich dachte, du hättest die Adresse.»

«Die Wohnadresse. Ich glaube kaum, dass er deine Schwester bei sich zu Hause versteckt hat. Viel zu riskant.»

«Was, wenn er bewaffnet ist?»

«Wir sind in der Überzahl. Er kann es nicht mit allen gleichzeitig aufnehmen.»

Ich will sofort zur Wohnung des Russen fahren, aber dafür brauche ich Leo. Alleine schaffe ich es nicht. Vor mir hat keiner Angst, der Russe schon gar nicht. Keine Ahnung, warum. Ich finde nicht, dass ich besonders nett aussehe. Meine Augen sind schmal, meine Wangenknochen ziemlich hoch, wie bei diesen Karatehelden im Kino. Wenn ich will, kann ich ganz schön dreckig grinsen. Trotzdem macht sich bei meinem Anblick niemand in die Hose. Im Gegenteil. Will jemand einen neuen Schlag ausprobieren, wählt er bestimmt mich als Versuchskaninchen. In der Schule wurde ich so oft zusammengeschlagen, dass Mam meinen Kollegen mit Konsequenzen gedroht hat. Danach kam ich natürlich erst recht dran. Adoda versuchte, mir einige einfache Tricks beizubringen. Im Kickboxen war er Polizei-Schweizer-Meister oder so was Ähnliches. Ich war aber nicht nur zu langsam, ich konnte auch nicht richtig zuschlagen, weil ich fürchtete, meinem Gegner weh zu tun.

Leo sieht echt freundlich aus, soweit ich das beurteilen kann. Er hat warme Augen, ist einen ganzen Kopf kleiner als ich, und wenn er grinst, bilden sich auf seinen Wangen zwei Grübchen. Man sieht sie nur, wenn man genau hinschaut. Trotzdem haben viele Angst vor ihm. Dabei hat er noch nie jemanden angegriffen. Ich weiss nicht, woran das liegt. Dass sich alle vor ihm fürchten, meine ich.

Ich bin so in meine Überlegungen vertieft, dass ich den herannahenden Zweier erst bemerke, als er quietschend vor mir hält. Leo hechtet hinein, während ich mich schwerfällig hochziehe. Da wir fast bis zur Endstation fahren, setze ich mich. Das Holz ist noch warm von meinem Vorgänger. Leo steht am Fenster, mit beiden Händen umklammert er die Metallstange. Als das Tram anfährt, presst er die Stirn gegen die Scheibe. Er sieht aus wie eine Katze, die vor einem Mausloch wartet. Ich biete ihm meine Kopfhörer an, doch er lehnt ab.

Während der Beat in meinem Körper pocht, schliesse ich die Augen. Ich wünsche mir, den Tag noch einmal von vorne beginnen zu können. Ich male mir aus, wie ich zu Hause bleibe und mit Lily einen Film schaue, statt Windeln zu kaufen. Oder wie ich mit ihr im Bett liege und spiele. Wenn ich mit dem Finger auf ihre Nase zeige, versucht sie, dorthin zu blicken. Dabei schielt sie, als wären ihre Augäpfel nicht festgemacht. So wird sie später nie einen Freund finden. Ich muss sie da mal coachen.

Bis jetzt war Lily nicht sehr wichtig in meinem Leben. Sie war einfach ab und zu da. Wenn sie nicht gerade schrie, merkte ich kaum etwas von ihr. Ich bin nie auf die Idee gekommen, dass sie mir etwas bedeuten könnte. Plötzlich wird mir klar, was es heisst, eine Schwester zu haben. Leo weiss das schon lange. Deshalb steht er wie ein gespannter Bogen am Fenster. Ich frage mich, ob er Julie mag oder aber einfach nur seine Pflicht tut. Über solche Dinge reden wir nicht.

Als sich der Zweier der vorletzten Haltestelle nähert, steht Leo schon an der Tür. Kaum geht sie auf, schiesst er wie ein Pfeil hinaus. Ich fühle mich träge von der Wärme und habe Mühe, die Beine zu bewegen. Da sich Leo besser in der Gegend auskennt, will ich ihn nicht aus den Augen verlieren, also torkle ich hinterher. Irgend etwas ist anders als vorher. Es dauert einen Moment, bis ich merke, was: Der Regen hat aufgehört. Ob das ein gutes Zeichen ist?

Leo jagt die Strasse hinunter, vorbei an einem Coiffeursalon, einem Lebensmittelgeschäft, einer Baustelle und jeder Menge Verbotstafeln. Er nimmt eine Abkürzung durch eine Baustelle, überquert bei Rot die Strasse und hechtet über einen privaten Gartenzaun. Im Slalom kurvt er zwischen entgegenkommenden Fussgängern hindurch, die ihm zum Teil überrascht, zum Teil wütend nachschauen. Zwei Frauen sind so in ein Gespräch vertieft, dass sie ihn gar nicht bemerken. Leo biegt in ein Wohnquartier ein. Parkierte Autos säumen die Strasse. Ich höre ein Hupen, aber es hat nichts mit Leo zu tun. Der Fahrer wartet auf jemanden, der nicht kommt. Ungeduldig winkt er aus dem Fenster.

Meine Schuhe klatschen auf den Boden. Gerade als ich mich frage, wie Leo es schafft, sich fast lautlos zu bewegen, schlittert er um einen Container, der das Trottoir versperrt, und verschwindet auf der anderen Seite. Als ich ihn wieder sehe, steht er vor einem gewöhnlichen grauen Mehrfamilienhaus und studiert die Namen neben den Klingeln. Der Fussweg ist voller nasser Blätter, der Ahornbaum daneben fast kahl. Kindervelos blockieren den Weg. Leo ist vermutlich darübergesprungen. Ich machen einen Bogen um sie herum.

«Da steht kein Lu!», ruft mir Leo zu.

«Logo», presse ich atemlos hervor.

Sonst ist Leo der Schlaue. Aber jetzt blickt er mich an, als verstünde er plötzlich kein Wort mehr.

«Lu ist gerade erst entlassen worden. Er hat bestimmt noch keine eigene Wohnung», erkläre ich. Dann setz ich noch einen drauf: «Warum rufen wir die Mädchen eigentlich nicht an? So wissen wir sofort, ob etwas nicht stimmt.»

«Das soll wohl ein Witz sein, oder?»

Ich traue mich nicht, nein zu sagen. Leo merkt trotzdem, dass meine Frage ernst gemeint ist.

«Und was ist, wenn Lu etwas im Schilde führt?», fragt Leo ungläubig. Er antwortet gleich selbst: «Wenn wir anrufen, erschreckt ihn der Klingelton. Das ist zu gefährlich!»

«Im Gefängnis haben sie auch Handys. Das erschreckt ihn nicht.»

Er schnaubt verzweifelt. «Soll ich die Mädchen etwa warnen? Die drehen durch! Lu merkt sofort, dass etwas im Busch ist.»

Nicole und durchdrehen? Ich weiss nicht recht. Irgendwie glaube ich, sie würde sogar cool bleiben, wenn eine Klapperschlange in ihrem Hemd aufwachen würde. Julie ist ein anderer Fall. Ich blicke Leo über die Schulter, oder besser gesagt: über den Kopf. Mir fällt eine Linda Wang auf. Das ist ein chinesischer Nachname. Ich zeige darauf, und Leo nickt beeindruckt. Manchmal erinnert er mich an meinen Vater. Adoda hält mich auch für ziemlich dumm. Vielleicht, weil ich nicht so viel rede. Dabei vergisst er, dass meine Ohren ganz in Ordnung sind. Durch Zuhören habe ich zum Beispiel Tsalagi gelernt. Als ich klein war, hat Adoda immer in seiner Muttersprache mit mir gesprochen. Irgendwann hörte er auf, weil er glaubte, ich verstünde ihn nicht. Das hat er Mam erklärt, als sie ihn nach dem Grund fragte. Er sagte, er komme sich vor wie eine dieser alten Frauen, die mit ihren Hunden redeten. Ich fand es nicht besonders nett von ihm, dass er mich mit einem Hund verglich. Dazu mit einem kleinen Schosshund mit platt gedrückter Nase. Im Moment passt die Nase zwar. Jedenfalls, Tsalagi spricht er seitdem nicht mehr mit mir. Aber meine Grossmutter gibt mir Fernstunden.

Leo drückt auf eine Klingel, die mit «Melanie Erni» beschriftet ist. Bevor ich fragen kann, warum, erklingt ein Summton. Leo stösst die Tür auf und prescht die Treppe hoch. Er ignoriert die Bewohnerin im ersten Stock, die glaubt, sie bekomme Besuch.

«Hey, wer sind Sie? Wohin wollen ...», ruft sie.

«Sorry», keuche ich und will Leo folgen. Doch plötzlich kommt mir in den Sinn, dass sie die Polizei rufen könnte. Deshalb bleibe ich stehen und brabble irgendetwas von Lu.

«Der Chinese?», fragt sie.

Einen Stock höher ist es verdächtig still. Eine böse Ahnung beschleicht mich. Ich nehme drei Stufen aufs mal und sehe gerade noch, wie Leo Anlauf holt. Ich will vorschlagen, dass er es zuerst mit Klingeln versucht, aber es ist zu spät. Die Tür fliegt mit einem Knall auf. Leo hechtet hinein, direkt ins Feuer. Es fehlt nur der Kriegsschrei. Ich schleiche ihm nach.

Zuerst erblicke ich nur Rot. Einen Moment lang glaube ich tatsächlich, dass es brennt. Es vergehen glatte drei Sekunden, bis ich merke, dass die Lampe im Wohnzimmer aus einer Art farbigem Pergament gemacht ist und das Licht deshalb so ungewöhnlich wirkt. Noch länger dauert es, bis mir klar wird, was ich vor mir sehe.

13:11

Julie und Nic knien auf dem Boden. Beide tragen immer noch ihre Jacken, lange können sie also noch nicht hier sein. Sie beugen sich über einen niedrigen Glastisch. Ich sehe honigfarbenes und blondes Haar, das ineinander fliesst. Fast könnte man meinen, sie würden beten, nur dass ihre Hände nicht gefaltet sind. Julie stützt sich mit den Ellenbogen ab, Nic fingert an irgendetwas herum. Ich erkenne den Gegenstand nicht, weil sie ihn verdeckt. Hinter ihnen steht ein Chinese. Das muss Lu sein. Er trägt ein enges T-Shirt, das seine eindrücklichen Muskeln betont.

Dann passiert ganz vieles auf einmal.

Ich höre Nicole schniefen und begreife, dass sie traurig ist. Warum ich so sicher bin, kann ich nicht genau sagen. Vermutlich ist es die Art, wie sie da sitzt. Ihr Rücken ist gekrümmt wie ein Fragezeichen. Für eine Balletttänzerin ist das ungewöhnlich.

Weiter sehe ich den Ausdruck auf Lus Gesicht. Er wirkt hilflos. Sein Kopf ist leicht zur Seite geneigt. Sein Blick ruht auf Nicole, so sanft, als versuche er, sie in Watte zu packen.

Und dann sehe ich Leo, der mit leicht gespreizten Beinen dasteht, tief in den Knien, wie eine Feder, die zusammengedrückt wird. Er starrt auf Lu. Auch er hat das Schniefen gehört, obwohl es nur den Bruchteil einer Sekunde nach dem Knall der Tür ertönte. Wahrscheinlich machte sich das Schniefen im gleichen Moment auf den Weg, in dem Leo Anlauf holte. Weil er Lu anstarrt, bemerkt er Nics komische Haltung aber nicht. Leo glaubt, sie habe Angst.

Ich weiss genau, was jetzt geschehen wird. Am liebsten würde ich die Augen zukneifen, um nicht mit ansehen zu müssen, wie Leo sich verbrennt. Aber dazu bleibt mir keine Zeit. Leo ist wirklich schnell. Julie kann nicht einmal kreischen, bevor Leo springt. Ein ohrenbetäubendes Krachen erfüllt den Raum, als er sich mit dem Fuss vom Glastisch abstösst und dabei die Platte zerbricht. Der Hersteller hat wohl nicht damit gerechnet, dass sie einen irren Shipi tragen muss, der sich auf einer Rettungsmission glaubt.

«Hey! Was soll das?» Lu geht in Kampfstellung.

Im Gegensatz zu mir versteht er offensichtlich etwas davon. Nic und Julie stieben auseinander. Jetzt sehe ich, dass sie irgendetwas auf einem Handy angeschaut haben. Nics Augen sind feucht, doch als sie begreift, dass Leo auf Lu losgeht, macht etwas in ihr klick. Während Julie die Hand vor den Mund schlägt und sich gegen die Wand drückt, wirbelt Nic herum.

«Leo!», ruft sie. «Spinnst du?»

Sie packt ihn am Ärmel und versucht, ihn festzuhalten. Ich wappne mich gegen das Kreischen, das nächstens aus Julies Mund kommen wird. Bevor sie einen Ton von sich geben kann, stösst Lu einen unheimlichen Laut aus. Fast wie der Held in einem Kung-Fu-Film. Dabei hebt er die Hand zu einem Karateschlag.

Leos Fuss steckt im Glastisch fest, deshalb hat er nicht viel Spielraum. Lus Schlag wird ihn mit voller Wucht treffen. Ich frage mich, ob Leo es überleben wird. Nics Gedanken gehen offenbar in die gleiche Richtung. Aber statt wie ein Totempfahl dazustehen und einfach zu glotzen, setzt sie sich in

Bewegung. Sie wirft sich zwischen Lu und Leo und befiehlt beiden aufzuhören. Lu erstarrt mitten in der Bewegung. Erst jetzt realisiert er, dass Nic den Irren in seinem Glastisch kennt. Langsam lässt er die Hand sinken. Ich bin so beeindruckt von Nics Geistesgegenwart, dass ich den Mund kaum zukriege.

Aber dann tut Nicole etwas, das sie besser gelassen hätte. Sie dreht sich zu Leo um und schmiert ihm eine. Wie eine Mutter, die ihr Kind bestraft. Aber Leo ist kein Kind. Jetzt ist es Julie, die reagiert. Während Leo zu fassen versucht, dass ein Mädchen ihn geschlagen hat, noch dazu sein Mädchen, streicht Julie ihm über den Arm und redet ununterbrochen auf Albanisch auf ihn ein. Leo sieht Nic an, dabei werden seine Augen immer düsterer. Mir fällt auf, wie die Muskeln in seinem Kiefer arbeiten. Weil ich nicht weiss, was ich sonst tun soll, wende ich mich an Lu.

«Kannst du mir Geld leihen?», platze ich heraus.

Lu bemerkt mich erst jetzt. «Was?»

Ich weiss nicht, ob er ein Problem mit der deutschen Sprache oder mit meiner Frage hat. Ich will sie wiederholen, doch da geht Nic auf mich los.

«Seid ihr beide bescheuert oder was?» Sie gestikuliert wild. «Ich fass es nicht! Leo stürmt wie Rambo herein, und du hast die Manieren eines Mammuts!»

«Easy», murmle ich. Aus dem Augenwinkel sehe ich, dass Leo immer noch schnaubt. Der Mammut-Vergleich hätte besser zu ihm gepasst als zu mir, aber ich korrigiere Nic nicht.

«Wie wäre es mit Klingeln?», wettert sie weiter. «Oder mit einer normalen Vorstellungsrunde? Lu hat ziemlich viel riskiert, um Bilder von meinem Dad rauszuschmuggeln, und da kommt ihr beide und wollt ihn fertigmachen!»

Irgendwie bringt sie da zwei Sachen durcheinander. Immerhin weiss ich jetzt, was das Schniefen ausgelöst hat. Nic hängt an ihrem Dad. Dass er im Knast sitzt, findet sie Scheisse. Aber das kann niemand ändern. Lily hingegen muss gerettet werden.

Leo ist jetzt damit beschäftigt, seinen Fuss zu befreien, statt Nic wütende Blicke zuzuwerfen. Das ist ein gutes Zeichen. Weil das Leben weiterzugehen scheint, frage ich Lu noch einmal wegen des Geldes.

«Wenn hier jemand Geld herausrücken sollte, dann wohl ihr zwei!», sagt Lu verärgert, auf den kaputten Glastisch deutend.

Nic legt ihm die Hand auf den Arm. «Leo ist bestimmt versichert. Es tut mir leid, das ist ein grosses Missverständnis. Leo hat nur Angst um uns gehabt.»

Lu atmet tief ein und senkt den Blick. In seinem Gesicht zuckt es, als ringe er um Kontrolle. Gleichzeitig geht etwas anderes ab, das ich nicht verstehe. Lu bewegt die Lippen, aber es kommt kein Ton heraus. Ich glaube, er spricht mit sich selbst.

«Warum?», fragt Lu endlich.

Erst jetzt sehe ich mich richtig um. Neben der roten Lampe brennen zwei Kerzen im Raum. Ein Gestell aus Bambus ist mit kleinen Buddha-Figuren gefüllt, dazwischen steht eine Vase mit Trockenblumen. Das Zimmer wirkt wie eine Gummizelle ohne Gummi. Ich habe das Gefühl, hier kann einem nichts Schlimmes passieren.

Nic sieht herausfordernd zu Leo. Als er Lus Frage nicht beantwortet, presst sie die Lippen zusammen wie Mam.

«Warum hast du vor mir Angst?», wiederholt Lu. «Weil ich im Gefängnis war?»

Leo brummt etwas auf Albanisch, aber Lu lässt sich nicht mehr provozieren. Er hat sich jetzt im Griff. Ruhig verschwindet er in der Küche und kommt kurz darauf mit fünf Porzellantassen zurück. Als er den kaputten Tisch sieht, zögert er. Er deutet mit dem Kinn auf eine zusammengerollte Matte in der Ecke und bittet Nic, sie auszubreiten. Ich sehe ihr an, dass sie nicht will. Sie begreift, dass Lily jetzt wichtiger ist. Aber bei den Chinesen ist es vermutlich wie bei den Indianern: Es gibt Sachen, die kann man nicht abkürzen.

Während Lu in der Küche Tee aufgiesst, verteilt Nic die Tassen. Leo weigert sich, eine zu nehmen. Mit einem übertriebenen Seufzer stellt Nic die Tasse vor ihn hin. Leo dreht sich um und durchquert das Zimmer, um so weit wie möglich von Nic entfernt zu sein. Mit steifem Rücken steht er neben dem Bambusgestell und starrt auf einen Buddha. Mir ist nicht wohl. Ich weiss nicht, wie ich mich verhalten soll. Plötzlich kommt mir eine E-Mail meiner Grossmutter in den Sinn. Vor etwa einem Jahr haben wir das Thema Freundschaft in unserem Fernkurs durchgenommen. Wenn sie mir neue Wörter auf Tsalagi beibringt, erklärt sie mir immer den Zusammenhang. Auf Tsalagi ist ein Wort nie nur ein Wort. In dieser Mail schrieb sie von Sonnenschein-Menschen und Regentag-Menschen. Sie erklärte mir, es gäbe Menschen, die gäben, und solche, die nähmen. Aber nur wenige, die verstünden. Wenn man jemanden finde, der verstehe, warum man weine oder lache oder warum man sich einfach mies fühle, so habe man einen Freund gefunden, einen «Unali» auf Tsalagi. Ein Unali urteile nicht, sondern stehe einem zur Seite, bis die Einsamkeit oder die Sorgen verschwänden. Meine Grossmutter hat mich auch gefragt, ob ich jemanden hätte, den ich als Unali bezeichnen würde. Da erzählte ich ihr von Leo.

Deshalb schiebe ich jetzt die Hände in die Hosentaschen und stelle mich neben ihn. So zeige ich ihm, dass ich zu ihm halten werde, egal, was kommt. Gemeinsam betrachten wir den Buddha. Langsam entspannt sich Leo. Als ich mit dem Finger den dicken Bauch der goldenen Figur anstupse, lächelt mein Freund sogar ein wenig. Inzwischen ist Lu mit einer Kanne Tee aus der Küche gekommen. Nic befiehlt uns, uns zu setzen. Leo ignoriert sie einfach. Ich auch. Zum Glück begreift Lu, dass Leo noch einen Moment Zeit braucht. Er beginnt, von Nics Dad zu erzählen. Ich erfahre, dass Mark einige Brocken Chinesisch kann, den Kartoffelstock aus der Gefängnisküche nicht mag und seine Mitgefangenen in

Börsenfragen berät. Lu erklärt, dass jetzt viele Insassen ihren mickrigen Lohn in Wertschriften investierten, weil sie glaubten, bis zu ihrer Entlassung reich zu werden. Hoffentlich klappt es, sonst hat Mark ein Problem.

Julie bombardiert Lu mit Fragen. Schweigen findet sie genauso anstrengend wie ich reden. Sie will alles über den Gefängnisalltag wissen, vor allem, wie die Anstaltskleidung aussieht und aus welchem Stoff sie genäht ist. Julie will später Modedesignerin werden. Vielleicht überlegt sie sich, eine Schweizer Version des Knast-Looks zu entwerfen. Die tiefsitzenden Hosen der Hip-Hopper gehen schliesslich auch auf Gefängniskluft zurück. In den USA dürfen Häftlinge nämlich keine Gürtel tragen.

Irgendwann ist Leo so weit, dass er sich dazusetzen kann. Nachdem Lu einige Schlucke Tee getrunken hat, stellt er seine Tasse hin.

«Also, worum geht es hier? Wer braucht Geld?», fragt er.

«Ich», melde ich mich.

«Und warum?»

Lu scheint zwar in Ordnung zu sein, aber trotzdem ist mir nicht wohl bei der Vorstellung, ihm alles zu erzählen. Ich sehe immer wieder seine Zuckungen vor mir. Nic will an meiner Stelle eine Erklärung abgeben, da gibt Lu ihr ein Zeichen.

«Schon gut», sagt er. «Ich respektiere Privatsphäre. Sag mir nur eines: Bist du in etwas Illegales involviert?»

«Nicht direkt», murmle ich.

Er wartet.

«Ich brauche das Geld, um jemandem zu helfen», erkläre ich.

Lu nickt. «Okay. Wie viel?»

«680 Franken.»

Lu zuckt wieder, aber diesmal wohl vor Schreck über den hohen Betrag. Rasch füge ich hinzu, dass er das Geld nächste Woche wiederbekomme. Nic nickt energisch.

«Also gut», sagt Lu. «Ich leih dir den Betrag.»

Mir fällt ein Stein vom Herzen. Hätte Red Bull einen Werbespot mit mir drehen wollen, ich bin sicher, dass ich in diesem Moment eine Flugnummer abziehen könnte. Meine Erleichterung ist so gross, dass ich zuerst gar nicht begreife, was Lu als Nächstes sagt. Ich sehe nur Lily in Gedanken und schwöre mir, dass ich als Erstes Bananen kaufen werde, wenn sie wieder frei ist. Wir werden ein richtiges Bananenfest veranstalten.

«... sagen wir um 10 Uhr?», fragt Lu.

«Was?»

«Treffen wir uns Montagvormittag?», wiederholt Lu. «Um ...»

«Das ist zu spät!», unterbreche ich. «Ich brauche das Geld jetzt!»

Lu schaut von mir zu Nic. «Ich ... heute ist Samstag.»

Ist Lu etwa Jude? In der achten Klasse ging ein Jude mit uns zur Schule. Samstags durfte er nicht einmal den Lichtschalter bedienen, von einem Bancomaten ganz zu schweigen. Seine Mutter kochte bereits am Vortag das Essen, so dass sich die Familie nur noch an den Tisch setzen musste. Stühle zurückschieben ist erlaubt.

«Jemand ist dringend auf unsere Hilfe angewiesen», erklärt Nic, die auch nicht begreift, was es mit dem Samstag auf sich hat.

«Samstags haben alle Banken geschlossen», sagt Lu.

«Die Bancomaten funktionieren», helfe ich ihm. Vielleicht war er so lange im Gefängnis, dass er vergessen hat, wie es draussen zu und her geht.

Lu senkt den Blick. Irgendetwas verheimlicht er.

Leo steht auf und deutet steif auf die Scherben. «Sorry. Ich werde die Glasplatte ersetzen. Danke für den Tee.» Er schaut uns an. «Gehen wir?»

Ich verstehe die Dringlichkeit in seiner Stimme nicht. Plötzlich will er nur noch weg. Er ist schon an der Tür, als er merkt, dass Nic sitzen geblieben ist. Julie hat sich halb erhoben, und ich bin zwar aufgestanden, von Red-Bull-Flügeln spüre ich aber nichts mehr.

«Los!», drängt Leo.

Er klingt seltsam. Es dauert einen Moment, bis ich den Unterton in seiner Stimme erkenne. Leo hat Angst. Das ist so aussergewöhnlich, dass ich erst recht stehen bleibe. Er schielt immer wieder zur Tür. Lu fällt das auch auf. Er faltet die Hände und seufzt.

«Ich tu euch nichts», beruhigt er Leo. «Ich kann euch das Geld nicht geben, weil ich keine EC-Karte habe. Ich muss mich erst noch organisieren. Das ist alles. Eine Kreditkarte besitze ich sowieso nicht. Dafür muss die Bank einen Kunden für vertrauenswürdig halten.»

Bis jetzt hatte Lus Haut die Farbe von Zwieback. Auf einmal wird sie etwas dunkler, als würde man den Zwieback in Tee tauchen. Entweder ärgert er sich, oder die ganze Sache ist ihm peinlich. So oder so, offenbar gibt er uns gegenüber nicht gern zu, dass er kein Geld abheben kann.

«Wann sind Sie rausgekommen?», fragt Leo, dem Lus Wohlbefinden egal ist.

«Kürzlich.»

«Gestern?»

Lu schweigt.

«Wie lange waren Sie drinnen?», bohrt Leo.

«Leo!», fährt Nic ihn an. «Das ist wirklich nicht wichtig! Was sollen die Fragen? Glaubst du im Ernst, Lu will uns etwas antun?»

Offenbar ist Leos Frage doch wichtig, denn Lu schweigt weiterhin. Die Luft ist so dick, dass ich mich fast daran verschlucke.

«Sieben Jahre», sagt Lu endlich. Er schaut Leo dabei direkt in die Augen.

Wer einen Polizisten zum Vater hat, weiss, was sieben Jahre bedeuten. Lu muss ziemlich Scheisse gebaut haben. Für Betrug, Diebstahl oder Einbrüche kriegt keiner eine so hohe Strafe. Plötzlich wird mir auch mulmig. In Gedanken höre ich Lus Kampfschrei.

Leo kommt zurück, packt Julie am Arm und zieht sie zur Tür. Ich schleiche ihnen nach. Nic bleibt mit einem trotzigen Ausdruck sitzen.

«Einen Moment», ruft Lu, als Leo die Tür aufreisst.

Er kramt aus seiner Hosentasche einige Scheine und Münzen hervor und streckt sie mir hin. Zuerst will ich sie nicht nehmen, aber Lu blickt mich an wie ein angeschossenes Reh. Vermutlich hat er keinen Unali. Ich quetsche ein «Danke» heraus, bevor ich mit eingezogenem Kopf die Wohnung verlasse. Nic macht keinen Wank. Dass Leo trotzdem geht, ist kein gutes Zeichen. Julie ist hin- und hergerissen, aber schliesslich bleibt ihr keine Wahl. Leo packt sie an der Schulter und schiebt sie die Treppe hinunter.

Draussen zähle ich das Geld. Es sind 54.60 Franken.

Auf dem Weg zur Tramhaltestelle wechseln wir kein Wort. Nicht einmal Julie sagt etwas. Ihre Augen sind feucht, aber ich weiss nicht, ob sie Angst um Nic oder Mitleid mit Lu hat. Vielleicht macht sie sich auch Sorgen, weil es zwischen Nic und Leo aus zu sein scheint. Jetzt, da mein Adrenalinspiegel langsam wieder sinkt, beginnt meine Nase stärker zu schmerzen. Auch der Schlafmangel macht sich bemerkbar. Normalerweise würde ich um diese Zeit noch pennen.

Obwohl Nic ihn unter der Gürtellinie getroffen hat, kann Leo noch denken. Während wir auf den Zweier warten, plant er den nächsten Schritt.

«Chris, du gehst jetzt zum Hotel. Du hast die Küchenhilfen noch nicht angepumpt, oder?»

«Nö.»

«Julie und ich fahren zum Russen. Wenn er zu Hause ist, rufen wir dich sofort an. Dann brauchen wir dich dort. Wenn nicht, suchen wir weiter nach ihm.»

«Und Nic?», piept Julie.

Leo tut, als hätte er den Namen noch nie gehört.

Ich steige eine Station früher aus und nehme eine Abkürzung durchs Rotlichtmilieu. Als ich einen Dealer beobachte, der seine Ware unter der Zunge versteckt, kommt mir eine Idee. Ich könnte einen Teil des Grases auf der Gasse verkaufen. Meine Kollegen wären zwar sauer, weil ich morgen abend zu wenig dabeihätte, aber das ist mir jetzt egal. Ich kann mir sowieso nicht mehr vorstellen, warum mir das Kiffen je wichtig war. Bevor ich den Gedanken zu Ende denke, heult mein Handy auf. Ich bleibe wie versteinert stehen. Der Dealer blickt geschockt in meine Richtung.

Es gibt nur eine Telefonnummer, der ich den Klingelton «Polizeisirene» zugeteilt habe – Adodas Handy.

13:31

Vor langer Zeit hatte das Opossum – auf Tsalagi «Ujetsdi» – den längsten, buschigsten Schwanz aller Tiere. Es war so stolz darauf, dass es ihn jeden Tag bürstete. Eines Tages beschlossen die Tiere, ein Powwow zu veranstalten, ein traditionelles Fest der Indianer. Unter anderem planten sie, das Lebewesen mit dem schönsten Schwanz auszuzeichnen. Alle wussten, wer den Wettbewerb gewinnen würde.

Der Hase überbrachte den Tieren die Einladung zum Fest. Auch Ujetsdi bekam eine. Da der Hase selbst nur ein Stummelschwänzchen hatte, war er ziemlich neidisch auf das Opossum.

«Oh, ich komme gerne ans Powwow!», rief Ujetsdi. «Aber ich möchte zuvorderst sitzen, damit alle meinen Schwanz bewundern können!»

«Natürlich», stimmte der Hase zu. «Das wäre uns eine grosse Ehre. Ich werde sogar dafür sorgen, dass dein Schwanz vorher gebürstet wird, damit er besonders schön aussieht.»

Der Hase suchte die Grille auf, die ihm noch einen Gefallen schuldete. Die Grille war die beste Haarschneiderin unter den Tieren. Als sie hörte, was der Hase wünschte, stimmte sie zu. Sie ging zum Opossum und bat es, sich hinzulegen.

Ujetsdi machte es sich auf einem Moosbett bequem und schloss die Augen. Die Grille begann mit der Arbeit. Ohne dass es Ujetsdi bemerkte, rasierte sie ihm den Schwanz. Am Schluss wickelte sie das kahle Teil in ein rotes Tuch ein. Sie sagte dem Opossum, es dürfe das Tuch bis zum Powwow nicht entfernen.

Als es endlich so weit war, ging Ujetsdi aufs Festgelände. Alle Tiere waren bereits versammelt. Aus dem Osten war der Vogelclan herangeflogen und hatte das heilige Feuer gebracht. Aus dem Süden waren die Pflanzen und Bäume mit Holz fürs Feuer angereist. Aus dem Westen war der Bärenclan mit der Powwow-Trommel einmarschiert. Zum Schluss war der Rehclan aus dem Norden gekommen.

Schon bald war das Fest in vollem Gang. Gogv, der Rabe, sang die alten Lieder. Ein Tier nach dem anderen erhob sich und trat in den Kreis, um zu tanzen. Ujetsdi sass zuvorderst auf einem Ehrenplatz, wie es der Hase versprochen hatte. Als das Opossum an der Reihe war, lockerte es das rote Tuch um seinen Schwanz und trat in den Kreis. Langsam begann es zu tanzen. Das Tuch rutschte zu Boden.

«Seht her, mein wunderschöner Schwanz!», sang Ujetsdi. «Seht, wie er glänzt!»

Die Tiere lachten laut. Das Opossum schwang seinen Schwanz, damit alle ihn sahen. Alle krümmten sich vor Lachen.

«Schaut euch mein dichtes Fell an!», sang Ujetsdi tanzend.

Die Tiere lachten so sehr, dass ihnen die Tränen übers Gesicht liefen. Ujetsdi wurde unsicher. Er begriff nicht, was so lustig war. Vorsichtig drehte er den Kopf und schaute nach hinten. Da sah er, dass auf seinem Schwanz kein einziges Haar mehr wuchs. Er war so schockiert, dass er sich ohne ein Wort auf den Boden fallen liess und sich tot stellte.

Bis heute ist der Schwanz des Opossums nackt.

Und bis heute stellt es sich tot, wenn es sich bedroht fühlt.

Ich habe auch einen indianischen Namen. Indianische Namen bekommt man nicht bei der Geburt, sondern erst, wenn die Eltern, Grosseltern oder Medizinmänner wissen, welcher Name zu einem passt.

Adoda nannte mich Ujetsdi. Deshalb muss ich an diese Geschichte denken.

Die Polizeisirene heult weiter. Genau wie das Opossum kann ich mich nicht bewegen. Obwohl es unlogisch ist, habe ich das Gefühl, ich müsste den Anruf nur ignorieren, damit mein Handy verstummt. Offenbar ging ich schon als Kind so mit Stress um, denn Adoda gab mir den Namen, als ich etwa zwei Jahre alt war. Ich kann mich auf verschiedene Arten tot stellen. Am besten funktioniert es mit den Haaren. Ich trage sie offen, obwohl sie lang genug sind, um sie zusammenzubinden. Leo findet das nicht besonders cool. Dafür ist es praktisch. Ich brauche den Kopf nur leicht zu schütteln, und schon fallen mir die Haare ins Gesicht. Es ist, als hätte ich einen Vorhang. Will ich etwas nicht sehen – zack, weg bin ich.

Das funktioniert aber nur, wenn ich die Bedrohung sehe. Kommt sie in Form eines Geräusches, dreh ich in der Regel die Musik auf. Mein Daumen bewegt sich dann automatisch zum Lautstärkeregler, ohne dass ich überlegen muss, in welcher Tasche sich mein iPod befindet. Doch jetzt passiert gar nichts. Weder in mir drin noch um mich herum. Es ist, als hätte jemand mitten in einem Film auf Pause gedrückt. Einzig mein Herz schlägt aus einem unerfindlichen Grund weiter.

Erst als das Klingeln aufhört, geht der Film weiter. Plötzlich höre ich Fahrzeuge auf der nassen Strasse, den Warnton eines rückwärtsfahrenden Lastwagens, den schrillen Pfiff eines Velofahrers. Ich spüre den Fahrtwind, als ein Trolleybus an mir vorbeibraust, rieche Abgas und Frittieröl. Gleichzeitig setzen meine Gedanken wieder ein. Was mein Kopf meldet, gefällt meinem Bauch nicht. Denn dort sitzt die Angst.

Kopf: Ruf zurück.
Bauch: Nein.
Kopf: Adoda wird es wieder versuchen.
Bauch: Egal.
Kopf: Adoda weiss, dass du da bist.
Bauch: Bin ich nicht.
Kopf: Doch.
Bauch: Nein.

Leider hat mein Kopf recht. Adoda kann ich nichts vormachen. Er kennt sich mit Opossums aus. Wenn ich nicht zurückrufe, ist ihm gleich klar, dass etwas nicht stimmt. Wegen mir würde er sich keine Sorgen machen, aber wenn er befürchtet, Lily sei etwas zugestossen, wird er sofort nach Hause rasen, egal, ob er deshalb irgendwo eine Leiche liegenlassen muss.

Ich klaube das Handy aus der Jackentasche und starre aufs Display.

Adoda hat so etwas wie einen eingebauten Lügendetektor. Er merkt nicht nur, wenn ich etwas vor ihm verheimliche, sondern meistens auch, was. Als ich vor gut einem Jahr den Wohnungsschlüssel verloren habe, sagte ich ihm nichts davon. Ich hoffte, dass der Schlüssel von alleine wieder auftauchen würde. Das Problem war, dass ich in der Zwischenzeit die Tür weder verriegeln noch aufschliessen konnte. Ich dachte mir, wenn ich vor Adoda das Haus verliesse und erst nach ihm zurückkäme, würde er nichts von meinem Geheimnis merken. Dummerweise beginnt er meistens schon um sieben mit der Arbeit. Da schlafe ich noch. Davor geht er sogar noch eine Stunde joggen. Mein Timing musste also perfekt sein.

War es auch.

Aber als ich um halb sieben in die Küche schlurfte, stellte er sich mir mit verschränkten Armen in den Weg und wollte wissen, was los sei. Ich behauptete, ich hätte Frühdienst. Er zog die linke Augenbraue hoch. Das kann er gut. Dazu neigt er jeweils den Kopf zur Seite und zieht eine spöttische Grimasse. Das heisst so viel wie: «Für wie blöd hältst du mich eigentlich?» Wie sich herausstellte, kannte er meinen Arbeitsplan auswendig. Weshalb er sofort wusste, dass ich den Schlüssel verloren hatte, weiss ich bis heute nicht.

Mein Handy piept, als eine SMS eintrifft. Jemand hat mir auf die Combox gesprochen. Auch ohne Adodas siebten Sinn weiss ich, dass er es gewesen ist. Immerhin habe ich jetzt zwei Möglichkeiten: Ich kann zurückrufen oder zuerst meine Combox abhören. Dass ich eine Wahl habe, ist ein Fortschritt. Leider bin ich nicht fähig zu entscheiden. Also überlasse ich es dem Schicksal. Ich nehme mir vor, bis zur nächsten Querstrasse zu gehen. Wenn mein rechter Fuss zuerst den Randstein berührt, rufe ich zurück. Wenn mein linker Fuss zuerst ankommt, höre ich die Combox ab. Langsam setze ich mich in Bewegung. Dabei versuche ich, meine Schrittlänge nicht zu beeinflussen. Je näher ich dem Randstein komme, desto schwieriger wird es. Ich versuche abzuschätzen, welcher Fuss das Rennen machen wird. Vor lauter Konzentration übersehe ich einen Typen, der mir entgegenkommt.

Als wir zusammenstossen, fährt er mich wütend an. Ich höre seine Flüche, noch lange nachdem er an mir vorbeigezogen ist. Nun stehe ich zwei Meter vor dem Randstein und weiss nicht mehr, welcher Fuss dran kommt. Also lege ich mir eine neue Strategie zurecht: Von hier bis zur nächsten Bushaltestelle zähle ich die Zigarettenkippen, die am Boden liegen. Wenn es eine gerade Zahl ist, rufe ich Adoda an. Wenn es eine ungerade ist, höre ich zuerst die Combox ab.

Ich bin schon bei 17 angekommen, als mir der Duft von Würsten in die Nase steigt. An einer Imbissbude werden Cervelats verkauft. Ich beobachte einen Rentner, der Senf auf seine Wurst schmiert. In der Tasche habe ich über 200 Franken, doch bei der Vorstellung, auch nur einen Fünfer auszugeben, fühle ich mich wie ein Verräter. Ich brauche jeden Rappen, um Lily freizubekommen. Sie hat bestimmt genauso Hunger wie ich.

Als ich meinen Blick wieder aufs Trottoir richte, weiss ich nicht mehr, ob ich die Zigarettenkippe direkt neben meinem rechten Fuss schon gezählt habe oder nicht. Ich könnte einfach annehmen, dass ich sie schon mitgerechnet habe, aber wenn ich falsch liege, beeinflusse ich das Schicksal. Das bringt Unglück, weil ich mir vorgenommen habe, die Entscheidung dem Zufall oder einer höheren Gewalt zu überlassen. Da ich nichts riskieren will, gehe ich zurück und beginne von vorne. Diesmal konzentriere ich mich. Nicht einmal der Wurstduft lenkt mich ab. Trotzdem komme ich nicht weiter, denn gerade als ich 28 Kippen gezählt habe, drückt eine Verkäuferin, die vor einem Kleidergeschäft geraucht hat, ihre Zigarette mit dem Fuss aus. Muss ich die nun mitzählen oder nicht? Eigentlich liegt sie hinter mir. Hätte die Verkäuferin nicht so ein glitzerndes Teil mit einem Riesenausschnitt getragen, hätte ich sie nicht einmal bemerkt.

Auf einmal wünsche ich mir, Leo wäre hier. Er weiss immer, was zu tun ist. Ich bin schon fast beim Hotel, länger kann ich den Entscheid nicht hinauszögern. Schliesslich wird er mir doch abgenommen. Adoda ruft ein zweites Mal an. Diesmal nehme ich ab.

«Ja?»

«Chris! Warum gehst du nicht ran? Hast du meine Nachricht gehört?»

«Noch nicht.»

Ich erwarte einen Zusammenschiss, aber als Adoda weiterspricht, könnte man fast meinen, er habe ein schlechtes Gewissen. Das ist so ungewöhnlich, dass ich misstrauisch werde. Vielleicht ist es eine Falle.

«Hör zu, hier könnte es noch eine Weile dauern. Wie geht es Junebug? Kommst du klar?»

«Easy», presse ich hervor. Meine Handflächen sind so feucht, dass mir das Handy fast runterfällt.

«Hast du die Windeln gekauft?»

«Ja.» Wenigstens das ist nicht gelogen.

«Was macht ihr?»

«Wir sind draussen.»

«Draussen?» Adoda klingt überrascht.

«Spazieren und so.»

«Toll», lobt er mich. «Frische Luft tut ihr gut.»

«Mmh.»

«Chris», fährt er fort, «ich weiss das wirklich zu schätzen. Du hast etwas zugut.»

Ich blinzle überrascht. Er muss ein total schlechtes Gewissen haben, wenn er sich bei mir bedankt. Ich höre seiner Stimme an, dass er es ernst meint.

«Kein Problem», antworte ich. Kaum haben die Worte meinen Mund verlassen, merke ich, dass das etwas dick aufgetragen ist. Ziemlich lahm füge ich deshalb hinzu: «Wann kommst du zurück? Ich will noch zu Leo.»

«Wir müssen hier einige Aussagen aufnehmen. Anschliessend komme ich direkt nach Hause.»

Shit.

«Was macht Junebug?», fragt er weiter.

«Ähm, das gleiche wie immer.»

«Gibst du sie mir kurz?»

«Was?»

«Halt ihr bitte das Handy ans Ohr.»

Das Opossum in mir will so tun, als höre es die Aufforderung nicht. Zum Glück stellt sich mein Kopf nicht tot. Der meldet, dass ich jetzt unbedingt reagieren muss.

«Sie kann noch nicht sprechen», erkläre ich meinem Vater.

Der zufällig auch Lilys Vater ist und ganz genau weiss, was sie kann und was sie nicht kann. Doch dann geschieht etwas ganz Seltsames.

Adoda lacht.

Der Klang ist mir fremd. Er weckt eine Erinnerung, die ich total vergessen hatte. Sie ist so alt, dass nur noch Bruchstücke zurückkommen, wie die Melodie eines alten Songs. Ich spüre eine Hand am Bauch und glaube zu fliegen. Die Welt ist voller Farben. Sie ziehen an mir vorbei, als drehe jemand mit einem Pinsel in der Hand Pirouetten. Etwas kitzelt mich. Ich will die Augen schliessen und nur noch Bauch sein. Es fühlt sich an, als krabbelten dort unzählige fröhliche Käfer herum. Ich höre ein Lachen, werde gegen etwas Warmes gepresst. Rieche salzige Haut und Talkumpulver.

Beim Gewichte stemmen reibt sich Adoda die Handflächen mit Talkumpulver ein, damit ihm die Metallstange nicht aus den Händen rutscht. Hat er mich früher herumgewirbelt so wie Lily heute? Irgendwie kann ich mir das nicht vorstellen. Mam hat mir einmal erklärt, dass Adoda noch nicht bereit für ein Kind gewesen sei, als ich zur Welt kam. Sie hat auch gesagt, dass er mich dennoch liebte.

«Gib sie mir trotzdem», sagte Adoda. «Bitte.»

Es dauert einen Moment, bis ich begreife, dass er immer noch mit Lily sprechen will. Sofort ist mein Glücksgefühl weg. Dafür kehrt das Herzklopfen zurück, und es ist so heftig, dass ich fürchte, Adoda höre es am anderen Ende.

«I-ich glaube, sie schläft gerade ein», sage ich hilflos.

«Chris!»

Ich schlucke, gehe in die Knie und nehme das Handy in die andere Hand. Ich halte es wieder ans Ohr, drehe es aber so, dass Adoda mich nicht atmen hört. Leise beginnt er, auf Tsalagi zu sprechen. Seine Stimme streichelt mein Ohr. Sie weckt Bilder von Seifenblasen und Spinnzucker. Ich will nicht, dass er aufhört. Für einen kurzen Augenblick ist alles weit weg: der Russe, die lähmende Angst, dass Lily etwas passiert, meine schmerzende Nase. Ich fühle mich in eine Zeit zurückversetzt, in der ich noch nichts falsch machen konnte.

Als Adoda verstummt, warte ich noch einige Sekunden, bevor ich wieder aufstehe.

«Genug?», frage ich mit brüchiger Stimme.

«Ich melde mich», sagt Adoda zum Abschied.

Fertig Seifenblasen und Spinnzucker.

Nachdem ich auf «Aus» gedrückt habe, wird mir klar, dass er mir zum erstenmal eine Lüge abgekauft hat. Vermutlich, weil die Wahrheit so furchtbar ist, dass er sie nicht einmal glauben würde, wenn ich sie ihm direkt ins Gesicht sagte.

Das Hotel, in dem ich die Kochlehre mache, ist ein nobler Schuppen am Rand des Rotlichtmilieus. Keine Ahnung, warum jemand mit Kohle hier übernachten will. Nic sagt, das Hotel habe Style. Leo meint, die Businesstypen seien an ganz was anderem interessiert.

Ich steuere auf den Personaleingang zu und hoffe, dass Ram Dienst hat. Mit ihm verstehe ich mich am besten. Der Inder und ich haben einiges gemeinsam: Unsere schwarzen Haare sind gleich lang, wir haben beide kein Talent fürs Anrichten der Speisen und arbeiten am liebsten mit Musik. Wenn wir alleine in der Küche sind, legen wir immer eine CD ein. Von Ram weiss ich ziemlich viel über indischen Jazz, obwohl ich nicht so darauf stehe. Dafür hört er sich Schweizer Reggae an. Leider kommt es selten vor, dass wir zu zweit sind. Nur, wenn jemand krank ist oder Pause macht. Einmal tauchte der Frühdienst nicht auf, weil er den Arbeitsplan falsch gelesen hatte. Ram und ich haben zu Phenomden Brötchen für die Hotelgäste aufgebacken, während es draussen noch stockdunkel war. Dazu hat er getanzt, als wäre er in Trance. Er bewegt sich wie eine Schlange, aber eine der guten Sorte.

Ein Blick in die Küche zeigt mir, dass nicht Ram an der Spüle steht, sondern Paolo. Ich fluche innerlich. Mit ihm komme ich überhaupt nicht klar. Obwohl er als Küchenhilfe angestellt ist, mischt er sich dauernd ein, wenn ich koche. Einmal hat er sich sogar an meinen Messern zu schaffen gemacht. Jeder Koch reinigt seine Messer selbst, das weiss auch Paolo. Als ich reklamierte, fuchtelte er mit meinem Filetiermesser herum, als sei es ein Säbel.

Am Herd steht der Küchenchef persönlich. Ihn kann ich auch nicht anpumpen. Er ist für mich verantwortlich; wenn er merkt, dass ich in etwas hineingeraten bin, meldet er es sofort Adoda. Als ich neu anfing, habe ich ein paar Mal den Frühdienst verpennt. Ich stellte zwar sowohl den Wecker als auch mein Handy, aber das brachte um halb fünf Uhr morgens überhaupt nichts. Vor der Lehre habe ich ein Jahr lang in einer Pizzeria gearbeitet, da begannen wir nie vor 10 Uhr. Mein neuer Küchenchef hatte überhaupt kein Verständnis. Er rief Adoda bereits nach dem ersten Verpennen an. Beim dritten Mal gab es einen mündlichen Verweis.

Ich ziehe den Kopf zurück, bevor mich jemand bemerkt. Um diese Zeit ist es ziemlich leer hier. Nach dem Mittagessen geht die Frühschicht nach Hause, und die meisten Angestellten machen Pause. Mit etwas Glück finde ich in der Garderobe jemanden, der mir Geld leiht. Ich kenne auch einige Leute vom Service ziemlich gut. Sie arbeiten ebenfalls in Schichten. Gut möglich, dass sich ein Kellner gerade umzieht.

Die Garderobe befindet sich neben den Toiletten im Untergeschoss. Als ich die Treppe runtersteige, kommt mir ein Gast entgegen. Er beachtet mich nicht, sondern kehrt ins Restaurant zurück. Ich war noch nie da, als ich frei hatte. Es kommt mir seltsam vor, fast, als hätte ich hier nichts zu suchen. Vorsichtig spähe ich in die Garderobe. Es ist niemand da. Die Leere erinnert mich an das Nichts, das ich am Morgen statt Lily vorgefunden habe. Diesmal kommt aber keine Panik auf, sondern nur Resignation. Weil ich nicht weiss, was ich sonst tun soll, gehe ich hinein, schliesse die Tür und setze mich.

Da fällt mein Blick auf einen offenen Spind. Darin hängen ein Schirm und eine Jacke; aus dem Ärmel schaut ein Schal hervor. Auf dem Ablagefach darüber steht eine Handtasche. Uns wird immer eingeschärft, Wertsachen einzuschliessen. Das Langstrassenquartier ist nicht gerade ein friedliches

Pflaster. Theoretisch kann sich jeder einschleichen. Man muss nur so tun, als sei man Gast.

Ohne es zu wollen, stehe ich auf. Meine Beine tragen mich durch den Raum zum Spind. Ich fühle mich wie eine Figur in einem Game. Keine Ahnung, wer den Controller hält. Im Gang höre ich Schritte, aber es ist nur ein weiterer Gast, der aufs Klo muss. Vor dem Spind bleibe ich stehen. Ich schaue über die Schulter, obwohl ich weiss, dass niemand da ist.

Die Handtasche ist aus braunem Leder. Die dunkle Öffnung, aus der eine Haarbürste hervorguckt, kommt mir vor wie eine Einladung. Ich habe kein Recht, einen Blick hineinzuwerfen, kann aber nicht widerstehen. Ich bin wie ein Junkie, dem Heroin vor die Füsse geworfen wird.

Vorsichtig schiebe ich die Hand in die Tasche. Meine Finger ertasten das Portemonnaie. Langsam ziehe ich es hervor. Seltsamerweise habe ich nicht einmal Herzklopfen. Ich fühle mich taub, spüre nichts als den Drang, das Portemonnaie zu öffnen. Meine Hand scheint gar nicht mir zu gehören.

Als ich damals auf Einbruchstour ging, hab ich mir vor Angst fast in die Hose gemacht. An den ersten Bruch erinnere ich mich, als hätte ich ihn erst gestern begangen. Timon schickte mich voraus, weil ich weniger auffiel. Behauptete er zumindest. Er meinte, mit meinem dunklen Teint und den schwarzen Haaren würde mich die Nacht verschlucken. Seine Haare waren blond, wenn Licht darauf schien, leuchteten sie fast. Er sah fast ein bisschen wie ein Engel aus. Jeden anderen Typen hätte man deswegen fertig gemacht, aber Timon war so taff, dass er es nicht mit einem coolen Haarschnitt beweisen musste. Wenn er etwas befahl, gehorchten alle. Auch ich.

Ich musste ein Kippfenster mit einem Brecheisen aufstemmen. Das ist schwieriger, als man denkt. Erst recht, wenn man so Schiss hat, dass man am ganzen Körper zittert.

Auf dem Fenstersims stand ein halbverrotteter Kürbis, in den jemand eine hässliche Fratze geschnitzt hatte. Sie starrte mich die ganze Zeit an. Irgendwie schaffte ich es, das Fenster so weit zu öffnen, dass wir hindurchklettern konnten. Den Kürbis warf ich ins Gebüsch.

Die ganze Zeit wartete ich darauf, dass irgendwo ein Alarm losging. Wie ich erst nach einigen Einbrüchen bemerkte, besassen aber die wenigsten Leute eine Alarmanlage. Die sieht man nur in Filmen. Vielleicht auch an der Goldküste, aber von den dicken Villen hielten wir uns fern. Trotzdem gab es im Haus jede Menge Wertsachen. Ich hätte mich mit dem Bargeld begnügt, doch Timon wollte unbedingt Schmuck und Elektronik mitgehen lassen. Also packten wir alles ein, was wir tragen konnten. Die ganze Zeit pochte mein Herz so laut, dass ich nicht einmal einen herannahenden Schnellzug gehört hätte. Von einem Auto ganz zu schweigen. Timon war total ruhig. Dass die Hausbewohner jeden Moment aufkreuzen könnten, störte ihn überhaupt nicht. Er entkorkte sogar eine Flasche Wein und leerte sie.

Mit jedem Einbruch drehte er mehr auf. Einmal schaltete er den Fernseher ein, weil gerade der FC Zürich spielte. Ich wollte schon längst nicht mehr mitmachen, wusste aber nicht, wie ich da wieder rauskommen sollte. Timon akzeptiert kein Nein.

Jetzt ist aber niemand da, der mich zwingt zu klauen. Ich könnte das Portemonnaie einfach zurücklegen und verduften. Keiner wüsste, dass ich hier gewesen bin. Genau das ist aber so verlockend. Da mich niemand gesehen hat, würde man mich nicht mit dem Diebstahl in Verbindung bringen. Streng genommen ist es nicht einmal Diebstahl. Am Montag werde ich das Geld zurück in den Spind legen. Ich borge mir nur etwas, ohne zu fragen. Banken machen das genauso. Sie benützen das Geld, das man auf dem Konto hat, für andere Zwecke. Hauptsache, es ist da, wenn es der Besitzer abheben will.

Mein Bauch sagt mir, dass etwas mit meiner Logik nicht stimmt. Der Kopf will aber nicht zuhören. Er befiehlt meinen Fingern, das Portemonnaie zu öffnen. Sie gehorchen. Ich ziehe einen Hunderter und zwei Zehnernoten hervor.

120 Franken.

Wenn ich die Kohle mitnehme, fehlen mir nur noch 505 Franken und 40 Rappen. Im Münzfach finde ich sogar Kleingeld. Ich nehme genau 5 Franken und 40 Rappen heraus. Das restliche Münz lasse ich drin. Die Besitzerin der Handtasche wird sich fragen, warum. Welcher Idiot lässt einen Teil der Beute zurück?

Erstmals frage ich mich, wem die Handtasche gehört. Da ich die Hotelangestellten immer in Arbeitskleidung sehe, kenne ich die Jacke nicht. Die graue Wolle gleicht dem Fell eines Tieres.

Einer Ratte.

Habe ich schon gesagt, dass Opossum auf Deutsch Beutelratte heisst? Vielleicht taufte mich Adoda gar nicht Ujetsdi, weil ich mich bei Gefahren tot stelle.

Sondern weil er erkannte, dass ich eine miese Ratte war.

Das schlechte Gewissen packt mich. Ich muss rausfinden, wem die Jacke gehört. Es ist wie der Drang, mit dem Finger in einer Wunde herumzustochern. Obwohl es schmerzhaft ist, kann ich es nicht lassen. Meine Finger gleiten wieder ins Portemonnaie. Sie ertasten einen Ausweis und ziehen ihn hervor.

Ich blicke in das Gesicht von Nana Sakyi.

Saurer Speichel läuft mir im Mund zusammen. Ich schlucke ihn runter. Leos Snickers hat auf dem Boden nichts zu suchen.

Nana Sakyi ist Zimmermädchen. Die Bezeichnung täuscht: Nana Sakyi ist kein Mädchen, sondern um die fünfzig. Sie hat Krampfadern, viel um die Ohren und Lachfalten im Gesicht. Vor drei Wochen ist sie Grossmutter geworden. Das weiss ich, weil sie deswegen ziemlich geweint hat. Ihre Tochter ist erst sechzehn. Ich schätze, das Kind war nicht geplant. Wer der Vater ist, weiss sie nicht. Nana Sakyi, meine ich. Die Tochter vermutlich schon.

Trotzdem ist Nana Sakyi immer nett zu allen. Einmal erwischte sie mich, als ich heimlich im Klo rauchte. Sie wedelte mit ihrem dicken Zeigefinger herum, nahm mir die Zigarette weg und gab mir einen sanften Klaps auf den Hinterkopf. Sie erzählte niemandem davon. Was sie im Männerklo zu suchen hatte, weiss ich nicht.

Ich stelle mir vor, wie sie nach der Schicht in die Garderobe kommt und sieht, dass sie ihren Spind nicht abgeschlossen hat. Als Erstes wird sie die Handtasche herauszerren. Erleichtert wird sie feststellen, dass das Portemonnaie noch da ist. Bis sie hineinschaut und merkt, dass 125.40 Franken fehlen.

Mein Bauch befiehlt meinen Fingern, das Münzfach zu öffnen. Mechanisch lasse ich die 5.40 wieder hineinfallen. Meine Finger sind so steif, dass ich den Verschluss fast nicht zu kriege. Als ich die Noten zwischen eine Einkaufsliste und einen Reinigungsgutschein schiebe, bildet sich ein Kloss in meinem Hals. Ich sehe Lilys Grinsen vor mir. Seit sie zwei Zähne hat, gleicht sie weniger einem Alien. Einmal habe ich ihr eine Zahnbürste in die Hand gedrückt. Mam sagt, Körperhygiene soll man so früh wie möglich lernen. Lily begriff nicht, wozu die Zahnbürste gut sein sollte. Sie fuchtelte damit herum, bis die Borsten ihr Auge trafen. Da schaute sie mich erschrocken an. Als hätte ich ihr weh getan. In Zeitlupe verzog sie das Gesicht. Ich wusste, was kommen würde. Verzweifelt versuchte ich, sie abzulenken. Machte auf Micky Mouse mit Sprachfehler, spielte den Clown und verdrehte die Augen. Keine Chance. Sie heulte los wie ein Feueralarm. Adoda raste ins Bad und warf mir einen seiner stechenden Blicke zu. Im Zweifel gegen den Angeklagten, lautet seine Devise.

Wie es aussieht, liegt er mit dieser Strategie nicht so falsch. Ich habe ein Talent dafür, Sachen zu verbocken. Was immer

Lily heute durchmacht, es ist meine Schuld. Ich lasse mich langsam zu Boden gleiten und vergrabe das Gesicht in beiden Händen. Ich wünsche mir, das Hotel würde über mir zusammenbrechen und mich begraben. Das ist genauso unwahrscheinlich, wie den Tag von vorne beginnen zu können. Ich sollte mich besser darauf konzentrieren, was ich als Nächstes tue. Aber ich weiss es nicht.

Ich schiebe mir die Kopfhörer über die Ohren und hole eine Zigarette hervor.

«Ha stundelang gluegt zu de lüüt, wo nöd mached, was s wänd, nüme frei wien es chind sind, au ich ha das kännt.»

Phenomden kennt Lily nicht. Sonst würde er nicht von Kindern singen, die frei sind. Ich nehme einen tiefen Zug von meiner Zigarette. Vielleicht wäre allen geholfen, wenn ich Lungenkrebs bekäme.

«Debi liets numen am züg, wo die vo eim verlanged, doch die chönd eim au glich si, es git so villi schlange.»

Allerdings. Der Russe zum Beispiel.

Ich blase den Rauch zur Decke und schliesse die Augen. Das Nikotin wirkt auf leeren Magen stärker. Der Boden scheint zu vibrieren; ich sehe förmlich, wie er aufbricht und ich in einen Spalt stürze. Ich male mir aus, wie es sich anfühlt, ins Erdinnere zu fallen. Stelle mir brodelnde Lava vor, glühendes Metall, einen unheimlichen Druck. Ein lauter Knall ertönt. Ich zucke zusammen. Meine Augen fliegen auf. Ich glaube zu träumen. Die Garderobe ist mit Menschen gefüllt. Alle starren mich an. Der Küchenchef reisst mir die Kopfhörer von den Ohren.

13:52

Was zum Teufel machst du?», schreit der Küchenchef.

Verwirrt sehe ich zu ihm hoch. Ich höre eine Sirene, begreife, dass sie echt ist.

«Ruf die Feuerwehr an und sag, dass es sich um einen falschen Alarm handelt», befiehlt der Küchenchef.

Der Souschef rast davon. Jemand nimmt mir die Zigarette aus der Hand und drückt sie aus. Plötzlich kommt mir in den Sinn, dass in der Garderobe Rauchverbot herrscht. Ich versuche aufzustehen.

«Was machst du hier?», wiederholt der Küchenchef.

Mir fällt keine Antwort ein.

«Christopher!»

Ich schwanke. Mir wird schwarz vor Augen. In meinen Ohren rauscht es, so dass ich zwar sehe, wie sich die Lippen des Küchenchefs bewegen, aber nichts verstehe. Ein Speicheltropfen trifft mich am Kinn. Wenn er aufgeregt ist, sprüht der Küchenchef wie ein Springbrunnen. Zum Glück wissen das die Gäste nicht. Vermutlich würde ihnen das Essen nicht mehr so schmecken.

«Sorry», murmle ich.

«Weisst du, was es kostet, wenn die Feuerwehr umsonst ausrückt?» Sein Gesicht ist rot vor Zorn.

Ich verstecke mich hinter meinen Haarvorhang.

«Hunderte von Franken! Warum bist du überhaupt hier? Du hast heute frei. Schau mich an, wenn ich mit dir rede!»

Vorsichtig blinzle ich zwischen zwei Strähnen hindurch. Hinter dem Küchenchef steht die halbe Belegschaft und glotzt. Sogar das Putzpersonal will die Show sehen. Paolo hat die Arme vor der Brust verschränkt und lehnt sich gegen die Wand. Auf seinem Gesicht liegt ein zufriedenes Grinsen. Ich komme mir vor wie Ujetsdi, als er merkt, dass sein Schwanz rasiert ist.

Ich konzentriere mich auf einen Fleck auf dem dunkelgrauen Linoleum. Er hat die Form einer Birne. Nur der Stiel fehlt. Irgendwo habe ich gehört, dass Birnen im Wasser sinken, während Äpfel schwimmen. Oder war es umgekehrt?

Plötzlich schiebt Nana Sakyi die Gaffer beiseite. Sie fordert alle auf, an die Arbeit zurückzugehen. Ausser den Küchenchef, das traut sie sich als Zimmermädchen nicht.

«Es ist ja nichts passiert», sagt sie ruhig, nachdem die meisten die Garderobe verlassen haben.

«Aber fast wäre was passiert!», entgegnet mein Chef.

«Er ist ein Teenager», beschwichtigt sie. «In dem Alter haben wir auch Blödsinn gemacht.»

Ich kann mir nicht vorstellen, dass Nana Sakyi je ein Teenager war. Schon gar nicht, dass sie Mist gebaut hat. Vermutlich hat sie Kinder gehütet und Einkäufe für ihre Mutter erledigt, so wie Julie. Ihre Worte scheinen den Küchenchef jedoch zu beruhigen. Er atmet tief ein und tritt einen Schritt zurück.

«Sagst du mir endlich, was du hier machst?» Er schaut mich genauer an. «Was ist mit deiner Nase passiert?»

Ich weiss, dass meine Antwort wichtig ist. Fieberhaft überlege ich, was ich ihm erzählen soll. Ich bin ein guter Lügner, aber meistens kommen mir die besten Lügen zu spät in den Sinn.

«Chris?»

«Ähm …»

Er kommt wieder einen Schritt näher. Seine Muskeln sind fast so eindrücklich wie die von Adoda. Er sagt, das komme von den schweren Pfannen, die er täglich herumschleppe. Ich krieg davon nur Rückenschmerzen.

«Ich suche etwas», sage ich rasch.

Und dann kommt mir die Erleuchtung. «Mein Portemonnaie», nuschle ich. «Hab es verloren.»

«Und? War es hier?», fragt er.

Ich schüttle den Kopf und hoffe, dass er die Beule in meiner Hosentasche nicht sieht.

«Und deine Nase?»

«Basketball», murmle ich.

«Bist du sicher, dass du das Portemonnaie hier verloren hast?»

«Mmh.»

«War der Spind abgeschlossen?»

Ich zucke mit den Schultern.

Nana Sakyi schnalzt mit der Zunge. «Wo führt das nur hin! Können wir nicht einmal mehr Arbeitskollegen trauen?» Sie schaut mich mitfühlend an. «War viel darin? Geld? Ausweise?»

«Nur Bargeld.»

Nana Sakyi seufzt tief. «Junge, Junge.»

«Hast du das Portemonnaie wirklich hierher mitgenommen?», fragt der Küchenchef.

«Möglich.»

«Könntest du es unterwegs verloren haben?»

«Mmh.»

Der Küchenchef seufzt auch. Ich sehe ihm an, dass er ungeduldig wird. Bald hat er Zimmerstunde. Davor muss er noch in der Küche aufräumen. Rastlos verlagert er sein Gewicht von einem Fuss auf den anderen.

Er deutet auf meine Nase. «Ist sie gebrochen?»

«Nicht schlimm», sage ich, die Hände in die Hosentaschen schiebend. «Ich geh dann mal.»

«Einen Moment!» Der Küchenchef streckt die Hand aus.

Verständnislos starre ich ihn an.

«Die Zigaretten!»

Ich klaube das Päckchen aus der Hosentasche und reiche es ihm. Er steckt es ein, wäscht mir noch einmal gründlich die Kappe und geht. Erleichtert streiche ich mir eine Haarsträhne aus dem Gesicht. Immerhin hat er nicht gesagt, er würde Adoda benachrichtigen. Langsam kehre ich in meinen Körper zurück. Mein Mund fühlt sich trocken an. Ich fahre mir mit der Zunge über die Zähne und bleibe fast an ihnen kleben. Gerne würde ich mir ein Glas Cola aus der Küche holen, aber der Zeitpunkt scheint mir nicht ideal.

«Alles in Ordnung?», fragte Nana Sakyi.

Ich habe gar nicht gemerkt, dass sie noch da ist. Sie kommt auf mich zu und legt mir die Hand auf den Arm.

«Das kann jedem passieren», tröstet sie mich. «Bald ist die Sache vergessen. Das mit dem Portemonnaie tut mir leid. Kann ich dir irgendwie helfen? Brauchst du einen Vorschuss? Bis zum Zahltag dauert es noch über eine Woche.»

Mein Mund klappt auf. Ich kann kaum glauben, was ich höre. Sie geht tatsächlich zum Spind, holt ihre Handtasche und zieht den Geldbeutel hervor. Mir schiesst das Blut in den Kopf. Sie nimmt die Hunderternote heraus und reicht sie mir. Als ich sie entgegennehme, fühle ich mich wie ein Verräter.

«Danke», murmle ich.

Sie streckt den Zeigefinger mahnend in die Höhe. «Nicht für Zigaretten!»

Ich schüttle den Kopf.

«Versprochen?»

Auf einmal höre ich Adoda. Vor langer Zeit waren wir zusammen auf einem Spielplatz. Ich nehme an, dass es lange her ist, denn Adoda hatte damals noch kein Handy. Als ich auf der Schaukel sass, piepte sein Pager. Das bedeutete, dass die Einsatzzentrale ihn suchte. Adoda hob mich herunter und setzte mich auf eine Steinschildkröte. Er erklärte, dass er zur nächsten Telefonkabine müsse. So funktionierte das mit dem Pager. Das Gerät meldete nur, dass jemand angerufen hatte, man konnte aber nicht damit telefonieren. Ich musste Adoda versprechen, auf der Schildkröte sitzen zu bleiben, bis er zurückkäme.

Ich nickte.

Adoda sah mich eindringlich an. «Grosses Indianer-Ehrenwort?»

Voller Stolz wiederholte ich die Worte: «Grosses Indianer-Ehrenwort!»

Ich hielt mein Versprechen. Aber Adoda kam nicht zurück. Es war ziemlich kalt auf dem Stein, und mir tat der grosse Zeh weh. Keine Ahnung, warum. Die Sonne verschwand hinter den Bäumen, und die anderen Kinder packten ihr Zvieri aus. Neben mir plätscherte ein Brunnen. Je länger ich dem Wasser zuhörte, desto dringender musste ich pinkeln. Ich versuchte, nicht daran zu denken. Aber damals hatte ich noch keinen iPod, um mich abzulenken. Irgendwann konnte ich einfach nicht mehr anders: Ich machte mir in die Hosen. Der Rücken der Schildkröte verfärbte sich dunkel. Ich hatte Angst, dass es jemand bemerken würde. Die Sache war mir so peinlich, dass ich zu weinen begann. Kurz darauf kam Mam.

An diesem Abend sagte sie Adoda, dass sie genug von ihm habe.

Nana Sakyi schaut erwartungsvoll zu mir hoch. Mir fällt auf, wie lang ihre Ohrläppchen sind.

«Versprochen?», wiederholt sie.

«Grosses Indianer-Ehrenwort», antworte ich.

Vor dem Hotel lehne ich mich erschöpft gegen die Hauswand. Eine Kirchenglocke schlägt 14 Uhr. Ich hole mein

Portemonnaie hervor und schiebe den Hunderter hinein. Ich habe schon 434.60 Franken zusammen, also fast die Hälfte meiner Schulden. Das klingt besser, als wenn ich sage, mir fehlen noch 525.40 Franken. Ich weiss jedoch nicht, wen ich noch anpumpen soll.

Mir bleibt nichts anderes übrig, als das Gras fürs Konzert zu verkaufen. Das Problem ist, dass ich es in meinem Zimmer versteckt habe. Dorthin kann ich unmöglich. Was, wenn Adoda genau in diesem Augenblick zurückkäme? Irgendjemand muss es für mich holen. Leo würde es bestimmt tun, aber damit würde er zu viel riskieren. Da er im Sommer 18 wurde, gäbe es einen Eintrag ins Strafregister, wenn er mit so viel Gras erwischt würde. Den Schweizer Pass könnte er abschreiben. Julie kann ich auch vergessen. Leo würde ausflippen, wenn ich sie zu etwas Illegalem anstiftete.

Bleibt noch Nic. Hoffentlich ist sie nicht mehr sauer. Sie nimmt sofort ab, als ich anrufe.

«Hey», begrüsse ich sie.

«Chris? Wo bist du? Hast du das Geld? Hat sich der Russe gemeldet? Wie geht es Lily?»

Das sind ziemlich viele Fragen auf einmal. Immerhin weiss ich, dass sie das Abenteuer mit Lu unbeschadet überstanden hat.

«Können wir uns treffen?», frage ich.

«Ist Leo bei dir?»

«Nö.»

«Ich bin im Tram, fahre Richtung City.»

Ich überlege, wo wir am besten abmachen. «Paradeplatz.»

«Okay.»

«Bis dann.»

Ich mache mich auf den Weg zum Güterbahnhof. Von dort gibt es eine direkte Tramverbindung zum Paradeplatz. Die Gegend ist ziemlich heruntergekommen. Niemand will hier leben wegen des starken Verkehrs. Nic wohnt mit ihrer Mutter über einem Restaurant direkt an der Tramhaltestelle. Sie ist vor über einem Jahr hergezogen, weil ihr Vater das ganze Vermögen in illegale Geschäfte gesteckt hat und deshalb die Villa an der Goldküste verkaufen musste. Vorher hatte Nic ein Segelboot, mehrere Schränke voller Klamotten und Eltern, die ihr alles abnahmen. Jetzt hat sie viel Freiheit. Und Leo. Wenn sie ihn noch will.

Bevor sie mit Leo zusammen war, kam sie ab und zu bei mir vorbei, um zu zocken. Das war ziemlich cool. Nicht, dass ich auf sie stehe oder so. Ich könnte nie mit jemandem zusammen sein, der mir die ganze Zeit sagt, was ich zu tun habe. Beim Zocken richtet Nic aber ihre Befehle an die Figuren im Game. Und für ein Mädchen spielt sie echt gut.

Als ich an der Haltestelle ankomme, beginnt es, leicht zu regnen. Nicht so stark wie am Morgen. Der Wind hat die schwere Wolkendecke aufgerissen, graue Fetzen jagen über den Himmel. Ich stelle mich unters Dach und schaue den Autos nach, die um die Kurve brausen. Wo die alle hin wollen? Die meisten Menschen scheinen ein Ziel zu haben. Es reicht nicht, einfach unterwegs zu sein. Nic hat vor, als Tänzerin die Welt zu erobern. Leo will Respekt und ein BMW Cabrio mit Tiefbettfelgen. Julie träumt davon, Modedesignerin zu werden.

Ich brauche nur gute Musik und meine Ruhe. Leo sagt, mir fehle der Ehrgeiz. Warum soll ich aber von etwas träumen, das ich sowieso nicht erreichen kann? Klar hätte ich lieber einen Job als DJ statt als Koch. Oder einen beim Radio. Es muss echt geil sein, den ganzen Tag lang Musik zusammenzustellen. Aber warum sollten die ausgerechnet mich nehmen? Es ist besser, keine Ziele zu haben als unerreichbare.

In der Ferne höre ich ein Tram. Es quietscht wie der Gummifisch, den ich Lily geschenkt habe, als sie zur Welt kam. Sie erhielt damals jede Menge Päckchen. Mam sagt, das sei so bei Geburten. Obwohl sie Regina nicht mag, wollte sie, dass ich Lily auch etwas schenke. Damit man merke, dass ich nicht unter einem Geschwister-Komplex leide. Mam ist es wichtig, dass ich psychisch stabil wirke. Das wirft ein gutes Licht auf sie.

Der Gummifisch ist grün und hat Schlitzaugen.

Ich setze mich auf einen Einzelplatz und konzentriere mich auf den Beat, der aus meinen Kopfhörern dringt. Leute steigen ein und aus. Ein Mann schiebt sich einen Hamburger zwischen die Zähne. Mir läuft das Wasser im Mund zusammen. Ich beobachte, wie Sauce auf seine Lederjacke tropft. Er merkt es nicht. Hinter ihm rümpft eine Frau die Nase und neigt sich zu ihrer Freundin hinüber. Ich kann mir vorstellen, was sie sagt. An einer Haltestelle versucht eine Mutter, einen Kinderwagen ins Tram zu hieven. Sie sieht gestresst aus. Niemand hilft ihr. Plötzlich bin ich total müde. Am liebsten würde ich auf der Stelle einpennen.

Nic wartet schon, als wir ankommen. Von weitem schon sehe ich ihre blonden Haare. Der Wind bläst sie in alle Richtungen. Sie trägt eine Daunenjacke, die so kurz ist, dass ich einen Streifen nackte Haut erkenne. Als sie mich erblickt, stürzt sie auf mich zu. Sie wirkt nervös.

«Hast du Neuigkeiten? Hat sich der Russe gemeldet?»

Ich bin noch nicht einmal ganz ausgestiegen.

«Sag schon!»

Ich schüttle den Kopf. «Leo und Julie sind zu ihm nach Hause gefahren.»

«Hast du mit Leo gesprochen? Hat er … ist er …»

«Easy», beruhige ich sie, obwohl sie sich zu Recht Sorgen macht. Die Ohrfeige wird Leo nicht einfach wegstecken. So ist das, wenn man sich einen Macho als Freund aussucht.

«Und was machen wir jetzt?», fragt sie.

Ich erzähle ihr vom Gras.

«Du willst, dass ich es hole?», errät sie sofort.

Ich nicke.

Sie holt tief Luft und bläht die Wangen auf. «Okay», sagt sie langsam. «Das macht Sinn.»

«Ich habe es in leeren DVD-Hüllen versteckt.» Ich zähle die Filme auf.

«Und was soll ich sagen, wenn dein Vater aufkreuzt?» Sie biegt ihre Finger nach hinten. «Dass du eine DVD von mir hast, die ich unbedingt brauche?»

«Okay.»

«Und wenn er fragt, warum du nicht mitgekommen bist? Ich meine, es ist nicht ganz logisch, dass du mir einfach den Wohnungsschlüssel gibst, oder?»

«Sag, dass Lily im Wagen eingeschlafen ist.»

Als ich Lily erwähne, hört Nic auf, die Finger zu dehnen. Sie schlingt die Arme um den Körper, als wolle sie sich wärmen. Ich stelle mir vor, wie sie dasselbe mit Leo macht. Plötzlich ist mir kalt. Ich reibe die Hände aneinander und schiebe sie in meine Achselhöhlen.

Bevor ich den Hausschlüssel hervorgrübeln kann, klingelt mein Handy.

14:10

«Er ist da!», zischt Leo.

«Wer?»

«Der Russe!»

Mir läuft es kalt den Rücken hinunter. «Lily?»

«Sehe ich nicht. Komm her! Ich brauche Verstärkung.» Er nennt mir die Adresse.

«Mir fehlen immer noch fünf Lappen!»

«Egal! Wir schnappen uns Lily und hauen ab!»

Nic presst sich gegen mich, damit sie mithören kann. Leo erteilt mir Anweisungen. Er will, dass ich mich heranschleiche, damit mich der Russe nicht kommen sieht. Er beschreibt mir den Weg durch die Siedlung. Ich versuche, mir alles zu merken. Nic lenkt mich ziemlich ab. Ihre Wange ist nur einen Zentimeter von meiner entfernt. Ich kann den Erdbeergeruch ihres Lipglosses riechen. Gleichzeitig habe ich ein schlechtes Gewissen, dass ich überhaupt an etwas anderes denke als an Lily. Es ist, als würde sich mein Kopf in zwei Teile spalten. Die Angst um Lily verkriecht sich in die eine Hälfte, während sich die andere fragt, wie weit Nic und Leo schon gegangen sind. Darüber redet Leo nicht.

Nic zerrt an meinem Ellenbogen und deutet auf ein Tram, das sich der Haltestelle hinter dem Kiosk nähert. Mein Kopf fügt sich wieder zu einem Ganzen zusammen. Wir spurten quer über die Traminsel, besser gesagt, sie spurtet, und ich versuche, Schritt zu halten. Sie bleibt auf dem Trittbrett stehen, bis ich komme, damit die Tür nicht zugeht.

Erst als wir losfahren, überlege ich, wie wir das mit Lily anstellen sollen. Was, wenn der Russe doch nicht alleine ist? Vielleicht hat er auch Verstärkung. Oder sogar eine Waffe. Noch schlimmer: Möglicherweise hat Leo eine Waffe! Eine Zeit lang hatte er immer ein Klappmesser bei sich, weil er verprügelt worden war. Nic nahm es ihm ab. Heute würde er vermutlich nicht mehr auf sie hören. Nicht nach der Ohrfeige.

Nic macht wieder ihre Fingerübungen. Daran merkt man, dass sie nervös ist. Ich biete ihr meine Kopfhörer an, doch sie will nicht Musik hören.

«Hat Leo wirklich geglaubt, Lu würde mir etwas antun?», fragt sie.

Ich nicke.

Sie starrt aus dem Fenster. «Weisst du, mein Dad schrieb andauernd über Lu. Sie wollen gemeinsam etwas aufbauen, wenn er wieder draussen ist.»

«Wie lange sitzt er noch?»

«Zwei Jahre.» Ihre Stimme wird leise. «Ich weiss nicht, was Mark ohne Lu macht. Sie haben immer zusammen Tischtennis gespielt.» Plötzlich sieht sie mich an. «Sorry! Ich rede hier über meine Sorgen, dabei steckst du total in der Klemme. Und Lily …»

«Schon gut.»

Sie verstummt, und wir starren beide aus dem Fenster. Als sie den Kopf an die Scheibe lehnt, erinnert sie mich an einen Schwan. Früher habe ich vor Schwänen Angst gehabt. Mich hat mal einer gebissen, als ich ihm Brot fütterte. Es kam so überraschend, dass ich nicht reagieren konnte. Statt das Brot loszulassen, hielt ich es weiter fest. Das passte dem Schwan gar nicht.

Wenigstens kommen Nicoles Angriffe nicht überraschend. Sie spielt einem nichts vor. Ich glaube, Leo wäre es manchmal lieber, sie wäre nicht so direkt. Aber Zurückhaltung ist nicht so ihr Ding. Bei den Cherokee ist Harmonie total wichtig. Sie haben als Volk nur überlebt, weil sie sich an «Duyukta» gehalten haben. Das ist ein moralisches Gesetz. Es heisst so viel wie «Der Weg des Gleichgewichts». Im Alltag bedeutet es, das Wohl der Gemeinschaft vor das Wohl des Einzelnen zu stellen und die Verbindung zur Erde zu bewahren. Ob das mit der Erde heute noch zieht, weiss ich nicht. Leo behauptet, bei den Albanern stehe das Wohl der Gemeinschaft auch an erster Stelle. Deshalb ist die Familie so wichtig. Ich schätze, Indianer und Albaner haben einiges gemeinsam. Nur gehören bei uns Frauen auch zur Gemeinschaft.

«Hat Leo etwas über New York gesagt?», reisst mich Nic aus meinen Gedanken.

«New York?»

«Wenn ich ein Stipendium gewinne, beginne ich im Frühling mit der Schule.» Nic faltet die Hände und drückt sie durch. «Meinst du, er wird auf mich warten?»

«Warten?»

«Bis ich zurückkomme.»

«Wie lange?»

«Vier Jahre.»

Ich versuche, meine Überraschung zu verbergen. Aus irgendeinem Grund habe ich mir eingebildet, so eine Tanzausbildung sei eine kurze Sache. Irgendwann kann man die Schritte doch, oder?

«Wenn er einen Schweizer Pass hätte, könnte er mich ohne Visum besuchen. Aber als Albaner ist es fast unmöglich, ein Visum zu bekommen. Ich glaube, er hat auch überhaupt keinen Pass.» Nic sieht mich an. «Bist du eigentlich Doppelbürger? Dein Vater ist doch Amerikaner.»

Ich schüttle den Kopf. «Mam hält nicht viel von den Amis.»
«Warst du schon mal in den USA?»
«New York.»
Als Adoda noch Tsalagi mit mir sprach, erzählte er oft vom Reservat. Er versprach, mir alles zu zeigen, wenn ich alt genug sei. Die Stadt Cherokee liegt am Fuss der Smoky Mountains, einem Nationalpark in North Carolina. Obwohl ich Wandern öde finde, würde ich mir das gerne ansehen. Meine Grossmutter wohnt etwas ausserhalb von Cherokee. Vielleicht gehe ich sie einmal ohne Adoda besuchen.
«Ich habe Angst, dass er mich vergisst», sagt Nic leise. «Und am Schluss doch eine Albanerin heiratet.»
Ich weiss nicht, was ich sagen soll. Als sie Leo kennenlernte, riet ich ihr, die Finger von ihm zu lassen. In der Regel mische ich mich nicht in Sachen ein, die mich nichts angehen. Aber schon damals tat sie mir irgendwie leid. Sie gab sich zwar zickig, aber eigentlich war sie recht einsam. Warum hätte sie sonst nach Witikon fahren sollen, um mit mir zu zocken? Mädchen haben Besseres zu tun.
Sie seufzt und lehnt den Kopf gegen meine Schulter. Das ist neu. Während das Tram langsam von Haltestelle zu Haltestelle rattert, überlege ich, ob mir das gefällt oder nicht. Offenbar kommt es ihr nicht in den Sinn, dass mich das anturnen könnte. Ich bin wie ein Bruder für sie. Hoffentlich erwartet sie nicht zu viel. Dass ich als Bruder wenig tauge, kann Lily bezeugen.
Unterwegs will Nic meine Eindrücke von New York hören. Viel zu erzählen gibt es nicht. Mam hat mich vor allem in Kleidergeschäfte geschleppt.
Wir sind fast am Ziel. Meine Nerven sind gespannt wie Gitarrensaiten. Ich tröste mich damit, dass bald alles vorbei sein wird. Irgendwie werden wir Lily zurückkriegen. Leo wird sich etwas einfallen lassen. Nur eines beunruhigt mich: Er weiss nicht, dass Nic mitkommt. Wenn er sie sieht, wird er sich an die Ohrfeige erinnern. Das ist, als würde

man sich direkt vor einen Stier stellen und mit einem roten Tuch winken. Er wird an nichts anderes mehr denken können.

«Ähm, Nic?»

«Ja?»

«Ich schätze, du könntest dich bei Leo entschuldigen.»

Ihr Kinn schiesst in die Höhe. «Wenn du die Ohrfeige meinst – er hat sie verdient!»

«Easy.»

«Und überhaupt, was geht dich das an?»

«Bin einfach gegen Gewalt», murmle ich, weil die Erklärung mit Lily zu kompliziert ist.

Ganz unerwartet lande ich einen Volltreffer. Nic schaut beschämt zu Boden. Schweigend warten wir, bis das Tram hält. Als die Tür aufgeht, springt Nic befreit hinaus. Sofort übernimmt sie das Kommando. Sie zeigt auf einen Weg, der an einer Hecke entlangführt. Genau so hat Leo den Schleichweg beschrieben.

«Hier lang», sagt Nic und deutet auf eine Fahrverbotstafel. «Dort vorne müssen wir nach links!»

Ich muss mich anstrengen, um mit ihr Schritt zu halten. Das Pochen in meiner Nase passt sich meinem Herzschlag an. Ich lasse im Kopf einen Song ablaufen, um nicht an den Russen zu denken. Den linken Fuss setze ich beim ersten und dritten Schlag nur leicht auf, den zweiten und vierten Schlag betone ich mit dem rechten Fuss. Tic, tac, tic, tac. Der Reggaepuls. Yeah.

«Chris! Mach schon!», ruft Nic.

Sie ist bei einem Velounterstand angekommen. Ich stelle den Song im Kopf ab und schaue mich um. Die Siedlung ist topmodern. Zwischen den roten Häuserblocks befinden sich wuchtige Betonquader. In den Fensterfronten spiegelt sich der graue Himmel.

Nicole dehnt ihre Beinmuskeln, bis ich sie eingeholt habe. Mit einer Kopfbewegung deutet sie auf ein Gebäude vor uns.

«Das ist Nummer 32. Direkt dahinter wohnt der Russe.»

«Leo hat gesagt, er warte bei der Garageneinfahrt.»

Diese befindet sich hinter dem Gebäude. Als wir darauf zusteuern, halte ich nach Leo und Julie Ausschau. Viele Möglichkeiten, sich zu verstecken, gibt es hier nicht. Die Siedlung erinnert mich an eine Landschaft im Game «Call of Duty». Sie ist genauso kahl. Nirgends wächst auch nur ein Grasbüschel. Weit und breit ist kein Mensch zu sehen. Dagegen ist Witikon direkt lebendig.

Neben der Einfahrt führt eine Treppe hinunter zur Tiefgarage. Plötzlich nehme ich eine Bewegung wahr. Eine pinkfarbene Haarsträhne taucht auf und verschwindet gleich wieder. Kurz darauf kommen Julie und Leo raus. Sie wirken aufgeregt und besorgt zugleich. Leo öffnet den Mund, um etwas zu sagen, da sieht er Nic.

Seine Augen verengen sich zu schmalen Schlitzen, und er bläht die Nasenflügel, ganz der Stier. Ich weiss, es hat keinen Zweck, mich einzumischen. Resigniert suche ich nach meinen Zigaretten, bis mir wieder in den Sinn kommt, dass ich keine mehr habe. Das will mir einfach nicht in den Kopf.

Shit.

Nic macht einen Schritt auf Leo zu und bleibt vor ihm stehen. Der Wind weht ihr das Haar ins Gesicht, aber sie bewegt sich nicht. Wie eine Marmorstatue steht sie da. Ich kenne niemanden, der das so gut kann wie sie. Das kommt vermutlich vom Ballett. Ich weiss nicht, ob sie Leo einzuschüchtern versucht, wenn ja, gelingt es ihr nicht. Ich sehe ihm an, dass er innerlich kocht. Mir ist, als sei die Luft um ihn herum lebendig. Ich muss an Schimmelpilz denken. In der Berufsschule habe ich gelernt, dass der graue Flaum nicht so schlimm ist. Wirklich giftig sind die Sporen des Pilzes, aber die sieht man nicht. Trotzdem leben sie. Wie unsichtbare, gefährliche Ungeheuer. Leos Wut ist genauso. Auch Julie spürt sie. Sie weicht zurück und wirft mir einen unsicheren Blick zu.

Die längste Zeit starren sich Leo und Nic einfach an. Vor Anspannung wird mir fast übel. Gleichzeitig fällt mir auf, wie gut sie zueinander passen. Trotz der Unterschiede sind sie auf eine seltsame Art gleich. Sie sind wie zwei Magnete. Im Moment stehen sie einfach verkehrt herum. Deshalb stossen sie sich ab. Aber wenn sich einer der beiden um 180 Grad drehen würde, kämen sie nicht mehr voneinander los.

Die Frage ist nur: Wer macht den ersten Schritt?

Es ist Nicole. Ich bilde mir ein, dass das mein Verdienst ist, weil ich ihr ins Gewissen geredet habe.

«Es tut mir leid», sagte sie geradeheraus.

Kein Nuscheln, kein beschämter Blick, kein Erröten. Leo entspannt sich ein wenig, wartet aber noch ab. Ich will ihm sagen, dass er jetzt dran wäre, aber das kann ich schlecht. Ein Flugzeug fliegt über uns hinweg und durchbricht die angespannte Stille. Als es sich entfernt, streckt Nic die Hand aus. Einen Moment lang glaube ich, Leo wird sie nicht nehmen. Macht er nicht. Dafür zieht er Nic in seine Arme und beugt sich vor, um sie zu küssen. Nicht sehr liebevoll, meiner Meinung nach, eher wie ein Löwe, der markiert. Nic lässt es durchgehen. Das gehört wohl dazu, wenn man einen Macho zum Freund hat. Warum das Mädchen mögen, ist mir ein Rätsel.

Julie atmet erleichtert auf. Auch ich entspanne mich. Ich merke, dass ich immer noch Hunger habe und ziemlich müde bin.

Und dass ich Lily vermisse.

Noch gestern hätte ich das für unmöglich gehalten. Nein, nicht für unmöglich, es wäre mir einfach nicht in den Sinn gekommen. Man kann keine Meinung über etwas haben, an das man gar nie denkt.

Plötzlich bin ich ungeduldig. «Wo ist der Russe?»

Leo reisst sich von Nics Lippen los. «Zu Hause. Wir haben ihn durchs Wohnzimmerfenster gesehen. Das Problem ist, dass es hier nirgends Deckung gibt. Ihn zu beobachten, ist verdammt schwierig. Wir müssen …»

«Lily?», frage ich aufgeregt.

Leo schüttelt den Kopf. «Nur der Russe.»

Ich schnappe nach Luft.

«Easy», beruhigt mich Leo. «Von aussen sieht man nicht gut in die Wohnung hinein. Die Scheibe spiegelt alles. Lily ist sicher in einem anderen Zimmer.»

«Und wie kommen wir rein?»

Leo erzählt uns, wie er sich das vorstellt. Julie soll klingeln, weil sie harmlos aussieht. Sobald der Russe öffnet, stürmen Leo und ich hinein und holen uns Lily. Nic behält die Terrasse im Auge, falls der Russe abhauen will.

«Was, wenn er nicht alleine ist?», frage ich.

Leo knackt mit den Knöcheln. «Das Risiko müssen wir eingehen.»

Seine Augen leuchten, als freue er sich auf die Aktion. Dass er dabei eins aufs Dach kriegen könnte, stört ihn nicht. Schläge steckt Leo weg wie ich enttäuschte Blicke. Vielleicht gewöhnt man sich an alles.

Nic verdirbt Leo kopfschüttelnd die Freude. «Zu heikel.»

Leo holt schon Luft, aber sie spricht rasch weiter. «Was, wenn Lily doch nicht in der Wohnung ist? Dann weiss der Russe, dass Chris das Geld nicht hat. Er könnte Lily etwas antun! Wir müssen zuerst herausfinden, wo sie ist.»

«Und wie stellst du dir das vor?», spottet Leo. «Klingeln und fragen?»

Nics Kinn schiesst in die Höhe. «Kein Grund, deswegen gleich einzuschnappen!»

«Ich könnte alleine hineingehen», schlägt Julie vor. «Sobald ich Lily sehe, gebe ich euch ein Zeichen!»

«Vergiss es!», fährt Leo sie an.

Nic legt ihm die Hand auf den Arm. «Das ist eine super Idee! Wenn Julie ...»

«Gjyle geht nicht alleine hinein! Das lass ich nicht zu!»

Manchmal vergesse ich, dass Julie in echt Gjyle heisst. Weil das niemand aussprechen kann, nennt sie sich Julie. Meist macht Leo mit, aber wenn er aufgeregt ist, kommt nur noch Albanisch aus seinem Mund. Und jetzt ist er auf hundertachtzig. Er trägt die Verantwortung für seine Schwester. Wenn ihr etwas zustösst, muss er den Kopf hinhalten. Doch hier geht es nicht nur um seine Schwester, sondern auch um meine. Und Lily kann sich nicht so gut wehren wie Julie. Deshalb bin ich für den Plan.

«Hey, Kumpel», beruhige ich Leo. «Was kann schon passieren? Wir sind ja da.»

Julie nickt energisch. «Ich bleib nur ganz kurz in der Wohnung!»

Leo spannt die Muskeln an und knirscht mit den Zähnen. Ich werde nur schon vom Zusehen nervös.

«Nicole könnte mit reinkommen», meint Julie. «Zu zweit geschieht uns bestimmt nichts.»

Leo bleibt stehen. Immerhin überlegt er es sich. Ich werfe ihm den verzweifeltsten Blick zu, den ich drauf habe. Er ist nicht mal gespielt.

«Bitte!», fleht Julie.

«Also ich finde die Idee super!» Nicole stützt die Hände in die Seiten.

Wenn sie sich jetzt nur nicht aufspielt. Leo muss das Gefühl haben, es sei sein Plan. Dann macht er mit. Deshalb bitte ich ihn, die Sache einfach mal durchzudenken.

«Könnten Julie und Nic unter einem Vorwand klingeln?», frage ich ihn. «Hast du eine Idee, wie sie reinkämen?»

Leo grübelt. Seine Kiefermuskeln entspannen sich. Auch sein Atem geht wieder normal. Konzentriert schaut er zu Boden. Julie hält die Luft an.

«Sie könnten so tun, als wollten sie jemanden in der Siedlung besuchen», beginnt er langsam. «Nur finden sie die Person nicht.»

Ich mache ein Geräusch, das ermutigend klingen soll. Wegen meiner Nase erinnert es mich eher an ein Grunzen.

«Sie nennen einen Namen, der nicht existiert.» Leo dreht sich zu Julie hin. «Glaubst du, du kannst den Russen dazu bringen, dir zu helfen? Wenn du einen Zettel mit einer falschen Adresse hervorholst, schaut er den Namen vielleicht im Internet nach.»

«Klar! Das schaff ich locker!»

Leo wendet sich an Nic. «Während der Russe am PC sitzt, siehst du dich in der Wohnung um.» Plötzlich merkt er, was er da sagt. «Aber vorsichtig!»

«Ich könnte fragen, ob ich das Klo benützen dürfe», schlägt Nic vor.

Julie nickt, als stecke ihr Kopf auf einer Feder. Mir schiesst das Blut schon beim Zusehen ins Gesicht, doch ich spüre das Pochen kaum, denn ich merke, dass Leo jetzt einspurt. Er erklärt, dass wir im Treppenhaus warten würden. Wenn Julie und Nic wieder herauskämen, sollten sie in der Tür stehen bleiben und laut wiederholen, in welchem Zimmer sich Lily befinde.

«Dann stürmen wir die Wohnung!», schliesst Leo.

«Cooler Plan», lobe ich ihn.

«Chris sollte vielleicht nicht direkt vor der Tür warten», wirft Nic ein. «Sondern nur du.»

«Warum?», frage ich.

Nic beisst sich auf die Unterlippe. «Vertrau mir.»

«Kapier ich nicht.»

«Weil Lily vielleicht nicht dort ist!», seufzt Nic.

«Hä?»

Nic unterdrückt ein Augenrollen. «Wenn Lily nicht dort ist und der Russe dich sieht … du weisst schon.»

Hätte ich doch nicht gefragt.

Es gibt noch ein Problem. Jemand muss die Terrasse im Auge behalten. Nic sieht Leo herausfordernd an. Wieder schüttelt er den Kopf.

«Ich bin schnell», sagt sie. «Wenn der Russe abhaut, hol ich ihn problemlos ein. Chris hat keine Chance.»

«Mann, ich lasse Gjyle nicht alleine hinein!»

«Was kann schon passieren?», bohrt Nic. «Im schlimmsten Fall rufen wir die Bullen!»

Ich schnappe nach Luft, doch sie wirft mir einen warnenden Blick zu und redet weiter auf Leo ein. Sie kann echt überzeugend sein, wenn sie will. Nach einigen Minuten weiss Leo gar nicht mehr, was er denken soll. Als sie ihn küsst, gibt er endlich nach.

Julie strahlt wie ein Scheinwerfer. Der Russe wird sich nichts dabei denken, wenn sie bei ihm klingelt. Julie traut man nichts Böses zu, obwohl sie ziemlich hinterlistig sein kann, wenn sie will. Sie ist ein bisschen wie der Samichlaus, der mich als Kind besucht hat. Mit fröhlichem Glockengebimmel kam er ins Wohnzimmer, nur um aufzuzählen, was ich alles falsch gemacht hatte.

«Alles klar?», fragt Leo.

Wir nicken.

Meine Handflächen sind feucht. Ich stelle mir vor, wie ich in wenigen Minuten mit Lily im Kinderwagen abhaue. Sie mag es zu rasen. Manchmal nimmt Adoda sie auf seine Joggingrunde mit. Wenn sie zurückkommen, ist Lilys Gesicht rot vor Aufregung und braun von den Tannenzapfen, auf denen sie immer herumkaut. Die bekommt sie von Adoda. Regina weiss nichts davon. Sie würde ausflippen. Bakterien hält sie für richtig gefährlich. Weil Lily zu früh auf die Welt kam, hat sie anscheinend nicht so viele Abwehrkräfte wie andere Kinder. Adoda behauptet, genau deswegen müsse sie im Dreck wühlen. Damit sie stark wird. Bei mir hat es funktioniert. Ich bin nie krank.

Nic gibt Leo einen letzten Kuss, bevor sie sich auf den Weg macht.

«Geh nicht zu nah ran!», sagt er.

«Klar.» Sie geht die Garageneinfahrt hinauf und verschwindet um die Ecke. Ein weiteres Flugzeug nähert sich und übertönt ihre Schritte.

«Hast du einen Schreiber?», fragt Julie.

Leo sieht sie verständnislos an.

«Für den Zettel! Mit dem falschen Namen.» Julie ist ganz aufgeregt.

Leo schaut mich an.

«Sorry», murmle ich, die Schultern zuckend.

Wir starren uns an. Keiner sagt etwas. Der Wind bläst einige Blätter in die Garageneinfahrt. Ich beobachte, wie sie Purzelbäume schlagen. Das Problem mit Leo ist, dass er die Dinge manchmal nicht ganz durchdenkt. Er hat super Ideen, die er sofort umsetzt. Zu spät merkt er, dass er irgendeine Kleinigkeit übersehen hat. Meistens sind die Folgen ziemlich extrem. Deshalb ist er letzten Frühling fast ertrunken. Er wollte mitten auf dem See von einem Boot aufs andere springen. Dabei vergass er, dass er nicht schwimmen kann.

«Ich könnte die Adresse in mein Handy tippen», schlägt Julie vor. «Das macht sowieso mehr Sinn. Ich meine, wenn ich mir etwas notiere, dann mache ich das immer so.»

Leo schaut sie überrascht an. Er hat immer noch nicht kapiert, wie schlau Julie ist. Ich glaube, für ihn ist sie einfach seine kleine Schwester. Ich kann mir auch nicht vorstellen, dass Lily irgendwann Dinge verstehen wird, die ich nicht begreife. Aber vermutlich wird es so sein. Besonders intelligent bin ich nicht. Lily hingegen weiss jetzt schon, wie sie alles bekommt, was sie will. Sogar von Adoda.

Julie wartet Leos Antwort nicht ab. Sie nimmt ihr Handy hervor und gibt eine Notiz ein. Ihr Telefon steckt in einer flauschigen, neongrünen Hülle. Ich frage mich, wie sie die Tasten findet.

«Bereit!», sagte sie nach wenigen Sekunden. «Es kann losgehen.»

14:35

Die Wohnung des Russen liegt im Parterre. Hinter den Briefkästen führt eine Treppe ins Untergeschoss. Leo beschliesst, dass ich dort warten soll. Ich kauere vor der verschlossenen Kellertür und höre, wie Leo einen Stock höher schleicht. Erst dann kommt Julie herein. Im Gegensatz zu uns muss sie nicht leise sein. Schliesslich gibt sie vor, jemanden zu suchen. Ich höre, wie sie vor sich hinmurmelt. Offenbar liest sie die Namen an den Briefkästen. Sie geht ganz in ihrer Rolle auf. Das kann ich verstehen. Ich habe auch einmal in einem Theater mitgespielt. Ich glaube, es war Schneewittchen und die sieben Zwerge. Es hat mir total gefallen. Nicht die Geschichte, sondern das Proben. Wir haben Übungen gemacht, damit wir uns richtig in unsere Rollen hineinfühlen konnten. Eine Theaterfrau kam extra deswegen zu uns in die Klasse. Sie brachte uns bei, wie man die Dinge anders wahrnimmt. Ich übte so viel, dass ich sogar davon träumte. Mit der Zeit wusste ich fast nicht mehr, wer ich war. Weder Mam noch Adoda konnten zur Aufführung kommen. Beide mussten arbeiten. Ich hätte ihnen gern gezeigt, was ich draufhatte. Ich spielte einen Baum.

Julie seufzt laut und geht zur Tür. Ihre Schuhe quietschen auf dem Steinboden. Wie ein Echo ertönt ein zweites Quietschen, diesmal ein bisschen leiser. Das ist Leo, der es in seinem Versteck vermutlich kaum aushält. Als Julie klingelt, juckt es mich ebenfalls in den Beinen. Zuerst passiert gar nichts. Dann höre ich jemanden gedämpft rufen. Kurz darauf geht die Tür auf.

«Ja?», fragt eine Stimme, die mir überhaupt nicht bekannt vorkommt.

Julie leiert ihre Geschichte herunter. Sie macht es echt gut. Ich kann ihre Verzweiflung hören, dass sie die Person nicht findet, die sie sucht.

«Kenn ich nicht», antwortet der Typ an der Tür. Er spricht fast das gleiche Deutsch wie Mam. Sie kommt aus Frankfurt.

«Oh nein!», jammert Julie. «Ich hätte um halb drei dort sein sollen. Was mach ich nur? Den Babysitterjob kann ich mir gleich abschminken!»

Dem Typ an der Tür ist das egal. «Tschüss», brummt er.

«Warte!» Jetzt ist Julies Verzweiflung echt. «Könnte ich nicht… ich meine, hast du einen PC? Um die Adresse nachzuschauen?»

Im Hintergrund fragt eine Frauenstimme, wer an der Tür sei.

«Niemand», antwortet der Typ.

Wo ist der Russe? Warum höre ich Lily nicht? Sie gibt immer irgendwelche Geräusche von sich. Irgendetwas stimmt da nicht. Die Frauenstimme kommt näher. Absätze klicken auf dem Boden. Jetzt spricht sie eine Sprache, die ich nicht verstehe. Vermutlich Russisch. Der Typ antwortet ungeduldig.

«Kennen wir nicht», sagt die Frau mit schwerem Akzent. «Auf Wiedersehen.»

«Nein!», ruft Julie.

Und dann nehme ich es wahr. Wie ein fernes Donnergrollen an einem heissen Sommernachmittag. Alle sind in der Badi, die Sonne scheint, nur die Luft hat sich leicht verändert. Sie ist stiller, als hielten alle Insekten kollektiv den Atem an. Ein leichter Wind kommt auf, aber die meisten merken noch nichts davon. Auf dem Sprungturm kreischt ein Mädchen, das sich in die Tiefe stürzt. Vom Kiosk her weht der Duft von Hamburgern über die Wiese. Alles scheint ganz normal. Aber wenn man genau hinschaut, sieht man in der Ferne etwas Dunkles am Himmel. Gewitterwolken.

Es sind nicht Wolken, die aufziehen, es ist Leo. Ich spüre die Bewegung, obwohl ich ihn nicht sehen kann. Julies «Nein!» war wieder so ein rotes Tuch. Er kann nicht anders, als ihr zu Hilfe eilen, obwohl sie gar nicht in Gefahr ist. Noch bevor er aus seinem Versteck stürzt, schliesse ich die Augen. Ich will ihm sagen, dass es gar nicht der Russe ist, mit dem Julie quatscht. Aber das muss er selbst herausfinden.

Eines der sieben Gesetze der Cherokee ist das Prinzip des Nicht-Einmischens. Das verstehe ich besser als die Sache mit der Dualität. Es geht darum, dass alles einen Zweck hat. Um das zu begreifen, muss man wissen, dass bei den Cherokee jedes Ding lebt. Also auch die Pflanzen, die Steine, der Boden, der Himmel, der Wind und so. Auf Tsalagi sind das Baummenschen, Steinmenschen, Mutter Erde, Vater Himmel und die roten Donnermenschen. Sie sind Teil eines Ganzen. Jeder Mensch, also auch der Baummensch, erfüllt einen Zweck. Unsere Aufgabe ist es, einen Platz im Ganzen zu finden. Nicht, andere wegzuschieben oder platt zu walzen. Deshalb gilt Nicht-Einmischen als Zeichen von Respekt. Wer sich einmischt, zerstört die Harmonie des Lebens. Jede Erfahrung enthält eine wichtige Lektion. Sogar wenn man stirbt. Dann ist es der Geist, der das Gelernte weiterträgt. Das finde ich etwas krass. Aber sonst kann ich gut mit dem Prinzip des Nicht-Einmischens leben.

Leo kennt das Gesetz nicht. Deshalb rast er jetzt den Gang hinunter. Ich höre, wie Julie nach Luft schnappt. Aber im

Gegensatz zu Leo kann sie noch denken, wenn sie aufgeregt ist.

«Leo!», kreischt sie. «Ich dachte, du klapperst die Briefkästen gegenüber ab! Hier wohnen sie nicht.» Dann beginnt sie zu jammern wegen ihres Babysitterjobs.

Leo macht eine Vollbremsung.

Julie redet weiter. «Ich habe gefragt, ob wir kurz im Internet …»

Ich höre, wie die Tür zuknallt. Offenbar hält die Frau mit dem Akzent nicht viel von schnaubenden Stieren. Leo entfährt ein überraschtes «Hey!», dann verstummt er.

Langsam krieche ich aus meinem Versteck hervor. Leo sieht die Tür an, als wolle er sie einschlagen. Dass das in diesen modernen Häusern nicht geht, daran denkt er nicht. Timon und ich haben Neubauten immer gemieden. Die sind absolut einbruchsicher. Ausser, jemand lässt ein Kippfenster offen oder so. Aber nicht einmal dann ist es einfach. Zudem verursacht das Aufbrechen einen Höllenlärm.

«Lass mal», sage ich.

«Wie sollen wir herausfinden, ob deine Schwester in der Wohnung ist?»

«Ist sie nicht.»

«Das wissen wir nicht! Es kann doch sein, dass sie schläft!»

Ich schüttle den Kopf. «Ist nicht der Russe.»

Langsam geht Leos Mund auf, doch es kommt kein Ton heraus.

«Was?», quietscht Julie. «Aber … er wohnt hier.»

Ich wiederhole, dass der Typ, der zur Tür kam, nicht der Russe war.

Leo gibt noch nicht auf. «Wir müssen Nic Bescheid sagen. Vielleicht hat sie etwas von ihrem Posten aus gesehen.»

Ein kühler Wind weht uns entgegen, als wir den Block verlassen. Weil ich nur an Lily denke, trete ich voll in eine Pfütze. Es ist mir egal. Meine Schritte klingen, als würde ich über nasses Zeitungspapier gehen. Nic sieht uns und eilt uns entgegen.

«Warum bist du nicht hineingegangen?», fragt sie Julie. «Was war da an der Tür los?»

Leo berichtet.

«Aber wenn das nicht der Russe war, wer dann?», will sie wissen. «Ich habe sonst niemanden in der Wohnung gesehen. Nur die alte Frau und diesen Typen.»

Leo starrt grimmig auf den Wohnblock.

«Vielleicht sein Bruder?», meint Julie.

«Da stand nirgends etwas von einem Bruder», antwortet Leo. «Weder in Facebook noch sonst wo.»

«Fuck», rutscht es mir heraus.

«Könnte es die falsche Wohnung sein?», fragt Nic.

«Die Adresse stimmt», behauptet Leo.

«Die Frau hatte einen russischen Akzent», wirft Julie ein. «Also sind wir schon am richtigen Ort. Der Russe ist einfach nicht zu Hause. Ich meine, er kann Lily ja nicht gut in der Wohnung verstecken, wenn seine Mutter dort ist.»

Mir wird ganz leicht. Das passiert mir heute ziemlich oft. Meine Kopfhaut kribbelt, und die Wohnblöcke um mich herum beginnen zu wanken. Ich weiss nicht, ob das vom Hunger kommt, oder weil ich mich so darauf eingestellt habe, dass der ganze Albtraum bald vorbei ist. Von weit weg höre ich, wie Julie meinen Namen ruft. Ich spüre warme Hände, kann aber nicht sagen, wem sie gehören. Das Gefühl ist schön. Ich will noch eine Weile in diesem Zustand verharren, aber das ist gar nicht so einfach. Alle reden auf mich ein – wie drei Wecker, die mich gleichzeitig aus dem Schlaf reissen wollen. Eine Zeit lang hatte ich tatsächlich drei Wecker, weil dies die einzige Möglichkeit war, nicht zu verpennen. Der erste piepte friedlich auf meinen Nachttisch. Der zweite klang wie eines dieser alten Telefone mit Wählscheibe. Er stand auf dem Boden, aber wenn ich mich streckte, konnte ich ihn erreichen, ohne aufzustehen. Am Schluss spielte mein Handy «Sound of the police». Das vertrieb die letzten Traumfetzen, die in meinem Gehirn herumwaberten.

«Chris! Schau mich an!» Wenn Nic etwas befiehlt, macht man es. Also schaue ich sie an. Langsam wird ihr Gesicht scharf. Im Blau ihrer Augen tanzen kleine, grüne Punkte.

«Du darfst jetzt nicht schlapp machen!», sagt sie. «Wir werden Lily finden!»

«Vielleicht sollten wir doch zur Polizei?», meint Julie ängstlich.

Jetzt bin ich richtig wach. Ich stelle mir das Polizeigefängnis vor: die kleine Zelle, die gleichgültigen Wärter; kein Fernseher, um die Zeit totzuschlagen. Eingesperrt, ohne Musik, alleine mit meinen Gedanken. Angeklagt wegen Dealens und … was eigentlich? Lily zu verlieren, ist bestimmt ein Verbrechen. Fahrlässiges Kidnappen? Mit viel Verständnis kann ich nicht rechnen. Bestimmt übernimmt Regina den Fall gleich selbst. Und Adoda sammelt die Beweise. So machen die das. Die Polizei schnüffelt, nimmt Fingerabdrücke, bringt die Leute zum Reden. Der Staatsanwalt verpetzt sie beim Richter. Teamwork.

In meinem Kiefer zieht es heftig, als hätte ich in eine Zitrone gebissen. Ich weiss, was das heisst. Dass ich nächstens kotzen werde. Schon sammelt sich die Spucke in meinem Mund. Doch dann ist Leo da, der die Mädchen wegscheucht und mir auf den Rücken klopft. Augenblicklich sind die Schreckensbilder weg. Ich rieche Aftershave und frage mich, wieso mir das an Leo noch nie aufgefallen ist.

«Ganz locker, Indianer», sagt er. «Wir machen das so: Ich gehe …»

Wohin er gehen will, erfahre ich nicht mehr. Mein Handy läutet. Und diesmal weiss ich, dass es weder Leo, Nic noch Julie sein kann.

14:53

Unbekannter Teilnehmer.

Sofort ist der saure Geschmack zurück. Ich spucke auf den Boden und staune, als ich Blut sehe. Ich muss mir auf die Zunge gebissen haben. Oder blutet meine Nase innerlich? Eigentlich müsste mir etwas weh tun, aber mein Körper ist taub.

Leo, Julie und Nic drücken sich an mich. Ich habe keinen Platz, das Handy ans Ohr zu ziehen. Sie sehen nicht, wie ich mit der Hand wedle.

«Nimm ab!», bellt Leo.

Mit zitternden Fingern nehme ich den Anruf entgegen. Mein Mund formt ein «Hallo», aber ich höre nichts.

«Cavalli?», zischt der Russe.

«Mmh.»

«Hast du die Kohle?»

«Mmh.» Ich schaue mich um, weil ich das Gefühl habe, dass er mir zusieht. Weit und breit bewegt sich nichts. Nur die Wolken ziehen über die Wohnblöcke hinweg.

«Scheisse, Mann, hast du sie oder nicht?»

Leo nickt heftig.

«Yeah», presse ich hervor.

«Dann hör mir ganz genau zu», grunzt der Russe. «Du fährst jetzt in die Stadt. An die Bahnhofstrasse.» Er nennt ein Warenhaus. «Dort wartest du um vier vor dem Eingang, kapiert?»

Nicole bewegt stumm die Lippen. Ich begreife nicht, was sie mir sagen will. Sie zieht eine Grimasse. Mit dem Finger zeichnet sie ein «L» auf mein Bein.

«Lily», sage ich.

Nicole streckt den Daumen in die Höhe.

«Die kriegst du, wenn ich mein Geld habe!», schnauzt mich der Russe an.

Nicole rudert mit den Händen. Auf einmal macht es klick.

«Ein Lebenszeichen!», verlange ich, wie im Film. Erst jetzt merke ich, dass es verdächtig ruhig ist beim Russen im Hintergrund. Wo telefoniert er? Und warum höre ich Lily nicht?

«Hier stelle ich die Regeln auf», sagt er. Noch einmal wiederholt er den Namen des Warenhauses. Dann bricht die Verbindung ab.

Ich behalte das Handy trotzdem am Ohr. Weil ich nicht weiss, was ich sonst tun soll. Stockend berichte ich, was der Russe gesagt hat. Um das Gras zu holen und zu verkaufen, reicht die Zeit nicht mehr. Mir bleibt nur noch eine Stunde. Und dann? Was wird er mit Lily machen, wenn er merkt, dass 525.40 Franken fehlen? Stimmt es, was man über ihn sagt? Ist er wirklich so skrupellos?

Julie kniet vor mir und reicht mir ein Taschentuch. Erst als mich etwas am Kinn kitzelt, merke ich, dass ich weine. Rasch wische ich mir mit dem Ärmel übers Gesicht und fummle an meinen Kopfhörern herum. Leo wendet sich ab und tut so, als würde er etwas in seiner Tasche suchen. Nic sieht mich seltsam an.

Ich weiss nicht, ob ich mich schämen oder Angst haben soll. Da prallen zu viele Gefühle gleichzeitig aufeinander. Sie verursachen einen Kurzschluss in mir. Julie tätschelt meinen Arm und sagt ausnahmsweise mal nichts. Sie ist so nah, dass ich das Smiley erkenne, das an ihrem Ohr baumelt. Ich frage mich, ob sie Reggae mag.

«Ähm, Chris», räuspert sich Leo. «Sorry, aber wir müssen Gas geben.»

«Eine Stunde ist echt knapp», stimmt Nic zu. «Wo könnten wir noch Geld auftreiben? Was ist mit dem Gras?»

«Welches Gras?», fragt Leo.

Nic schildert ihm meine Idee. Leo ist natürlich dagegen. Da die Zeit sowieso nicht reicht, um das Gras zu verkaufen, wehre ich mich nicht.

«Wir könnten deine Mutter um Hilfe bitten», sagt Julie zu Nicole.

Frau Ritzi arbeitet in einer Boutique. Dort liegen bestimmt eine Menge Scheine herum. Aber Nic schüttelt grimmig den Kopf. Mit ihrer Mutter hat sie es nicht so.

«Es ist doch einen Versuch Wert!», beharrt Julie.

«Würde deine Mam für dich etwas aus der Kasse klauen?», entgegnet Nic.

«Das ist nicht das Gleiche!» Frau Ramadani arbeitet im Denner.

«Doch», behauptet Nic.

Julie schüttelt den Kopf. «Sie ist dort ein Niemand. Aber deine Mam ist die einzige Verkäuferin in der Boutique.»

«Das heisst doch nicht, dass sie …»

«Girls!», unterbricht Leo. «So kommen wir nicht weiter. Strengt eure Hirnzellen an!»

Nic verzieht kurz das Gesicht, dann holt sie Luft. «Ich weiss jemanden! Den Kaminfeger! Er ist total hilfsbereit!»

Das ist für Leo fast so schlimm wie eine Ohrfeige. Der Kaminfeger ist in Nicole verknallt. Sie hat ihn beim Midnight Basketball kennengelernt. Dort geht sie zwar nicht mehr hin, weil sie sich keine Verletzung leisten kann, wegen dem Ballett und so. Aber der Kaminfeger findet immer einen Weg, Nicole scheinbar zufällig irgendwo zu treffen. Das weiss ich von Leo, der das voll Scheisse findet. Ich erwarte einen Riesenprotest. Doch Leo knackt nur mit den Knöcheln.

«Okay», sagt er langsam.

Ich bin mir sicher, dass ich ihn falsch verstanden habe. Auch Nic wartet vorsichtshalber, bevor sie weiterspricht. Erst als Leo über zehn Sekunden ruhig bleibt, öffnet sie den Mund wieder.

«Wir könnten auch noch Lothar fragen», schlägt sie vor.

Jetzt bin ich ganz sicher, im falschen Film zu sein. Als Leo im Frühling aus Versehen in den Zürichsee sprang, war er mit einem geklauten Boot unterwegs. Er hatte den Besitzer bedroht und ihm die Schlüssel abgenommen.

Der Typ war dieser Lothar.

«Er schwärmt immer noch von dir», sagt Nic. «Wie du sein Boot gewaschen hast als Entschuldigung und so. Ausserdem schämt er sich für seine Sprüche über Jugos. Das würde er sicher gern wieder gut machen. Während ich den Kaminfeger aufsuche, könntest du zu Lothar fahren.»

«Und du meinst, der leiht mir einfach so Geld?», spottet Leo.

«Wenn du ihm erklärst, dass du wieder auf Rettungsmission bist ...»

Leos Augen werden zu Schlitzen. Er weiss nicht, was er von Nicoles Tonfall halten soll. Ich auch nicht. Macht sie sich über ihn lustig? Fände ich echt unfair. Dass Leo das mit dem Kaminfeger schluckt, ist krass. Das ist fast so, als würde ich mein ganzes Gras verschenken, um einem Freund zu helfen.

«Sheila fragt ständig, ob sie meinen pinkfarbenen Pulli haben kann», sagt Julie. «Du weiss schon, Nic, den mit den Spitzen an den Ärmeln. Sie will mir dafür 50 Franken geben.»

«Aber du hast gesagt, den verkaufst du nie und nimmer!», entfährt es Nic. «Du hast ewig daran genäht!»

«Dann mach ich mir eben einen neuen», Julie zuckt mit den Schultern.

Leo hebt die Hand. «Hey, so viel Zeit haben wir nicht. Bis ihr vom Kaminfeger zurück seid …»

«Warum muss ich mit zum Kaminfeger?», unterbricht Julie.

Plötzlich ist es still. Alle starren Leo an. Jetzt hat er ein Problem. Er will nicht, dass Nic alleine zu einem 1.90 m grossen liebeskranken Kaminfeger geht, der nicht nur cool aussieht, sondern auch noch den Führerschein hat. Und Julie ohne Begleitung losziehen zu lassen, kommt für ihn auch nicht in Frage. Wenn sein Vater davon erfährt, gibt's Krach. Damit könnte Leo leben, aber ich glaube, er macht sich wirklich Sorgen um Julie. Warum, verstehe ich nicht. Julie hat nie Ärger. Leo ist derjenige, der dauernd Mist baut.

Nic schiebt das Kinn vor. «Vertraust du mir nicht?»

«Mir auch nicht?» Julie verschränkt die Arme vor der Brust.

Das ist Leo zu viel. Dass sich Nicole nichts sagen lässt, damit hat er sich abgefunden. Aber Julie? Eher rechnet Leo damit, am Steuer eines BMWs aufzuwachen. Julie erinnert mich an den Rotkardinal, als er noch nicht rot war. Das ist ein kleiner Vogel, der in den USA ziemlich weitverbreitet ist. Vor langer Zeit war er mausbraun und total unauffällig. Er träumte davon, respektiert zu werden, so wie der mächtige Adler. Deshalb wollte er unbedingt rot sein. Ausserdem dachte er sich, dass Rot ihm gut stünde. Aber die Weisen sagten ihm, diese Belohnung müsse er sich erst verdienen, denn Rot sei eine heilige Farbe. Nur besondere Vögel hätten rote Federn. Der Kardinal hatte keine Ahnung, was er dafür tun musste.

Eines Tages stritten der Wolf und der Waschbär. Um den Wolf zu ärgern, schlug der Waschbär ein Wettrennen vor. Das fand der Wolf lustig, denn er war ziemlich schnell. Der Waschbär hingegen war schlauer. Er rannte zum Fluss, weil er wusste, dass der Wolf Angst vor den Stromschnellen hatte. Der Wolf jagte ihm hinterher, konnte nicht rechtzeitig bremsen und fiel ins Wasser. Irgendwie gelang es ihm, sich ans Ufer zu retten. Er kletterte an Land und schlief vor Erschöpfung ein. Schnell bedeckte der Waschbär die Augen des Wolfs mit nassem Ton. In der Sonne trocknete der Ton und wurde hart. Als der Wolf erwachte, dachte er, er sei blind.

Der Kardinal, der unbedingt rot sein wollte, sah alles von seinem Ast aus. Als der Wolf verzweifelt schrie, hämmerte der kleine Vogel mit seinem Schnabel auf den harten Ton ein, bis er bröckelte und der Wolf wieder sehen konnte. Der Wolf war so dankbar, dass er dem Kardinal ein Geheimnis verriet: Im Wald wuchs eine Pflanze, die roten Farbstoff enthielt. Damit malte sich der Vogel an. Von da an war er leuchtend rot. Deshalb heisst er heute Rotkardinal.

Die Cherokee erzählen diese Geschichte, um zu zeigen, dass sich auch ein unscheinbarer Vogel in etwas Spezielles verwandeln kann. Man muss es nur richtig wollen und dafür kämpfen. Mit Julie ist das gerade passiert. Bis jetzt war sie der mausbraune Vogel und Leo der Adler. Nicht einmal eine pinkfarbene Haarsträhne macht ein Mädchen farbig, wenn es immer das macht, was alle von ihm erwarten. Ist ja auch kein Problem. Ausser es will eben rot sein. Bei mir ist das nicht so. Ich hab null Bock darauf, im Rampenlicht zu stehen. Ich brauche nur guten Sound und meine Ruhe. Aber Julie ist anders. Deshalb trägt sie flippige Klamotten. Und deshalb schiebt sie sich jetzt eine farbige Haarsträhne aus dem Gesicht und erklärt, dass sie alleine zu Sheila fahre. Das Smiley an ihrem Ohr leuchtet auf, als ein Sonnenstrahl zwischen den Wolken aufblitzt.

Leo schaut ziemlich hilflos drein. Er kam als Adler zur Welt. Bis jetzt wusste er nicht, dass Vögel ihre Farbe ändern können.

«Ich gehe alleine zu Sheila», beharrt Julie.

«Vergiss es», sagt Leo.

Julie gibt nicht auf. «Was kann mir schon passieren? Es ist Samstagnachmittag. Hunderte von Menschen sind unterwegs.»

«Eben!»

«Sheila wohnt nur zehn Minuten von unserer Wohnung entfernt. Mein Schulweg ist länger. Da begleitest du mich schliesslich auch nicht.»

«Gjyle! Ich hab nein gesagt!» Es folgt ein Redeschwall auf Albanisch.

Julie kaut auf ihrer Unterlippe. «Egal», sagt sie schliesslich. «Ich gehe zu Sheila. Verpetz mich halt.»

Leo sieht sie wütend an. Ich bin froh, stecke ich nicht in seiner Haut. Sein Vater wird ihm nie und nimmer glauben, dass Julie sich geweigert hat, seine Anweisungen zu befolgen.

«Und was mache ich?», frage ich.

Leo schaut mich mit leerem Blick an. Er kann nicht zwei Probleme aufs Mal lösen. Nic sieht ihre Chance.

«Du suchst Carla», sagt sie in einem Tonfall, der keine Widerrede zulässt.

Ich schlucke leer.

Augenblicklich vergisst Leo seine Schwester. Gespannt hört er zu. Auch er kennt Carla. Genau wie ich hat er aber noch nie mit ihr gesprochen.

Carla ist die Prostituierte, die beim Güterbahnhof anschafft.

«Ihr könnt eure Mäuler wieder zumachen!», sagt Nic. «Carla ist total nett.»

Leo und ich wechseln einen Blick.

Nic rollt die Augen. «Mein Gott, wie alt seid ihr eigentlich?»

Alt genug, um zu verstehen, wie Carla ihr Geld verdient, denke ich. Zum erstenmal ist mir heute zum Lachen zumute. Zugegeben, eher zu einem nervösen Kichern, aber immerhin. Nicht, dass ich etwas gegen Carla hätte. Es muss jeder selber wissen, was er tut. Trotzdem wäre mir lieber, ich müsste sie nicht um Geld bitten.

«Wenn du Carla erklärst, dass du in der Klemme steckst, wird sie dir bestimmt helfen», meint Nicole. «Sag ihr, ich hätte dich geschickt.»

«Easy», murmle ich.

Leo schaut auf die Uhr. «Wir müssen los!»

Gemeinsam laufen wir zur Tramhaltestelle. Unterwegs erklärt mir Nic, wo ich Carla finde. Wenn sie nicht beim Güterbahnhof herumsteht, ist sie möglicherweise mit einem Kunden unterwegs.

«Dann warte einfach auf sie, okay?», sagt Nic, als wäre es die normalste Sache der Welt.

«Was, wenn sie mich für … du weisst schon», nuschle ich verlegen.

«Wenn sie dich für einen Freier hält?», fragt Nic. «Kaum. Sie hat uns schon mehrmals zusammen gesehen. Sie weiss, dass wir befreundet sind.»

Ja und? Sind Freunde nie Freier? Ich meine, jeder Freier hat Freunde, oder nicht? Bin ich jetzt völlig falsch gewickelt? In meinem Kopf denkt es so schnell, dass ich nicht mehr mitkomme. Leo grinst mich an. Als er merkt, dass Nic ihn beobachtet, setzt er eine ernste Miene auf.

«Ihr seid so was von doof!», schimpft sie. «Meint ihr, Carla macht das aus Spass? Sie schickt ihr ganzes Geld nach Brasilien. Ohne sie hätte ihre Familie nichts zu essen.»

Wir sind an der Haltestelle angekommen und steigen ins Tram. Leo schaut auf seinem Handy die Fahrpläne nach und rechnet für jeden die schnellste Verbindung aus. Fünf Minuten später trennen sich unsere Wege. Nur ich kann sitzen bleiben. Als Leo, Nic und Julie umsteigen, schaue ich ihnen nach. Plötzlich ist mir kalt.

Neben mir schält ein Kind Marroni. Ich rieche den süssen, schweren Duft und stelle mir vor, wie die verbrannten Stellen zwischen den Zähnen knacken. Das Mädchen versucht, das pelzige Häutchen von einer Marroni wegzukratzen, dabei zerbröckelt sie. Das Kind weiss nicht, ob es alles wegwerfen oder die Marroni mitsamt dem Pelz essen soll. Zu seinen Füssen liegen braune Schalen. Die Mutter schreibt eine SMS.

Obwohl ich nicht mit Fremden rede, wenn es sich irgendwie vermeiden lässt, bitte ich das Kind um eine Marroni. Es drückt sich an seine Mutter, senkt den Blick und presst die Tüte gegen die Brust. Mein Magen knurrt. Ein Lieferwagen überholt das Tram. Auf der Längsseite prangt eine Werbung für Tiefkühlprodukte. Sogar die gefrorenen Erbsen sehen lecker aus. Dabei hasse ich Erbsen. Nicht wegen des Geschmacks, sondern weil sie klein und rund und grün sind. Als Kind stellte ich mir vor, wie sie in meinem Körper herumrollten und steckenblieben. Ich dachte ernsthaft, so würden Warzen entstehen. Die Frau des Metzgers hatte am Kinn eine erbsengrosse Warze. Sie war braun, nicht grün, aber ich war mir trotzdem sicher, dass sich dort eine Erbse versteckte. Deshalb zerquetschte ich die Erbsen auf dem Teller mit der Gabel, wenn Mam mich zwang, welche zu essen.

Heute bin ich nicht mehr so heikel. Ich esse viele Dinge, die ich früher nicht einmal für essbar gehalten habe. Garnelen, Artischocken, Shitake-Pilze und Blutwurst zum Beispiel. Die ganze Zeit in der Küche zu stehen, härtet ab. Im Moment würde ich sogar Innereien verschlingen. Aber nur, weil ich solchen Hunger habe. Als das Mädchen beim Aussteigen die Marronitüte in den Abfall stopft, überlege ich mir, sie herauszusuchen und nach Resten zu durchwühlen. Ich tue es nicht.

Ich muss an Carla denken und daran, was Nic gesagt hat: Ohne Carlas Verdienst hätte ihre Familie in Brasilien nichts zu essen. Ich konnte mir nie vorstellen, dass es Menschen gibt, die wirklich hungern. Ich meine, klar weiss ich, dass es Menschen gibt, die nichts zu essen haben. Mam warf mir früher immer an den Kopf, ich solle den Teller leer essen, andere wären froh, wenn sie genug Nahrungsmittel hätten. In der Weihnachtszeit hängen überall Plakate mit mageren Kindern aus Afrika, die man mit Spenden retten kann. Aber was es bedeutet, nichts zu essen zu haben, begreife ich erst jetzt. Dass man in der Wüste hungert, scheint mir irgendwie logisch. Aber inmitten von Menschen, die satt sind, das finde ich echt krank. Man sollte meinen, irgendjemand hätte irgendetwas übrig. So stell ich mir das auch bei Carla in Brasilien vor. Es ist ja nicht so, dass es dort nichts zu essen gäbe. Trotzdem hat ihre Familie anscheinend nicht genug. Und ich kippe fast vom Stuhl. Wenigstens weiss ich, dass ich nur nach Witikon fahren müsste, wo mich ein voller Kühlschrank erwartet. Okay, halbvoll vielleicht. Und bestimmt sind einige Lebensmittel vergammelt. Aber immerhin. Carlas Familie hat anscheinend nirgends einen Kühlschrank.

Und Lily weiss nicht einmal, was ein Kühlschrank ist.

Um mich abzulenken, schiebe ich mir die Kopfhörer über die Ohren.

Phenomden bringt es mal wieder auf den Punkt: «Jede tobt mal i de wüeschti und verlangt nach em wasser, villi gsehnd d oase, doch si gönd nöd ab de strasse.»

Ich schliesse die Augen und sehe eine Oase vor mir.

Kokosnüsse, aus denen Milch tropft.

Weiche, klebrige, süsse Datteln.

Fette, pralle Ananas.

Saftige Papayas.

Bananen.

Lily.

Ich erwache mit einem Ruck, weiss nicht, wo ich bin. Panik erfasst mich. Wie lange habe ich gepennt? Ist schon 16 Uhr? Wartet der Russe mit Lily? Ich springe auf und hechte zur Tür. Mir wird schwarz vor Augen. Ich ertaste den Halteknopf und drücke ihn. Das Tram rattert weiter. Mit einer Hand halte ich mich fest, mit der anderen suche ich nach meinem Handy. Mein Arm verfängt sich im Kabel des Kopfhörers. Mein iPod fliegt aus meiner Hosentasche. Der Kopfhörer kippt nach vorne, schleift über meine Stirn und landet auf meiner gebrochenen Nase. Ich jaule.

Endlich geht die Tür auf. Ich stolpere aus dem Tram. An der Haltestelle weichen die Leute zurück. Sie halten mich für einen Drögeler. Ich lasse mich auf einen Plastikstuhl im Wartehäuschen fallen. Starre auf die Zigarettenkippen, die auf dem Boden liegen. Endlich legt sich der Schwindel, so dass ich mich aufrichten kann. Ich streiche mir das Haar aus dem Gesicht. Meine Stirn ist schweissnass.

Langsam entwirre ich den Kabelsalat. Endlich kommt mein Handy zum Vorschein. Eine feuchte Zehnernote klebt am Display. Sorgfältig löse ich den Schein. Ich kann es mir nicht leisten, auch nur einen Franken zu verlieren. Nachdem ich das Geld ordentlich gefaltet zu den anderen Noten gesteckt habe, wecke ich das Handy aus dem Schlafmodus, damit ich die Uhr sehen kann.

15:20

Auf dem Display steht 15.20 Uhr. Uff! Hab das Treffen nicht verpennt. Mein Herz hämmert trotzdem weiter wie eine Powwow-Trommel.

Eine neue SMS.

Ich versuche auszurechnen, ob es noch reicht, Carla aufzusuchen, bevor ich den Russen treffe. Doch dazu müsste ich wissen, wo ich mich befinde. Ich öffne die SMS.

«mir schaffed das ^^ bin immR dah für diCh!!!»

Absender: Julie

Plötzlich kommen mir meine Tränen in den Sinn. Shit. Jetzt meint sie, sie müsse mich trösten. Sie hält mich bestimmt für einen totalen Schwächling. Mädchen haben immer Mitleid mit Behinderten, Kranken und Idioten. Aber wer will von einem Mädchen schon Mitleid? Nicht, dass ich überhaupt etwas von Julie will. Sie ist viel zu jung. Sogar als Rotkardinal.

Keine Zeit für solche Gedanken.

Stressen.

«Carla», murmle ich, während ich mich im Kreis drehe und mich zu orientieren versuche. Mein Blick fällt auf einen Stadtplan, der neben den Abfahrtszeiten des Trams hängt. Ich hechte hin und stelle fest, dass ich mich in der Nähe der

Innenstadt befinde. Jetzt, da ich weiss, wo ich bin, kommt mir auf einmal alles bekannt vor. Da ich zwei Haltestellen früher hätte umsteigen müssen, gehe ich zu Fuss Richtung Hauptbahnhof. Wirklich schnell bin ich nicht, aber immerhin mache ich grosse Schritte. Dank meiner langen Beine bin ich bald dort.

Es wimmelt von Menschen. Samstags ist in der Stadt immer die Hölle los. Normalerweise schaffe ich es locker, mich auszuklinken. Ich lasse mich einfach vom Flow treiben. Aber jetzt, da ich ein Ziel habe, ist es viel schwieriger. Ich will zur Bushaltestelle, aber die meisten Menschen strömen Richtung Bahnhofstrasse. Sie schneiden mir den Weg ab, stossen mich an, schlagen mir ihre Einkaufstaschen an die Knie. Mir bleibt fast der Atem weg.

Endlich ist die Haltestelle in Sichtweite. Ich muss nur noch am Taxistand vorbei. Als ich mich zwischen zwei Autos hindurchquetsche, geht ein Fenster runter.

«Christopher!», höre ich eine Stimme direkt neben mir. «Was ist passiert? Hattest du einen Unfall? Wo sind Julie und Leo?»

Herr Ramadani lehnt sich aus dem Fenster seines Taxis. Ich betaste meine Nase und gucke ihn doof an. Ich weiss nicht, was Julie und Leo ihm erzählt haben. Haben sie verschwiegen, dass sie mit Nicole Stoff kaufen wollten? Warum glaubt er, sie wären bei mir?

Ich nuschle etwas, das eigentlich keinen Sinn ergibt.

«Wo sind Julie und Leo?», wiederholt er aufgebracht, während er aussteigt. «Ist ihnen etwas zugestossen?»

«Easy», beruhige ich ihn. «Bin nur im Tram ausgerutscht. Nasser Boden.»

Erleichtert lehnt er sich gegen die Fahrertür. «Julie hat gesagt, ihr geht noch zusammen etwas trinken. Ich dachte … ich bin froh, ist nichts passiert.»

Meine gebrochene Nase als «Nichts» zu bezeichnen, finde ich etwas schwach. Als ich mir über den Nasenrücken fahre, fragt er, ob ich beim Arzt gewesen sei. Plötzlich kommt mir eine Idee. Normalerweise reagiere ich langsamer, aber heute herrscht Ausnahmezustand. Einer Eingebung folgend, erkläre ich, dass mir der Arzt ein Medikament verschrieben habe.

«Ich war in der Apotheke. Aber die wollten, dass ich bar bezahle.» Ich verziehe das Gesicht, als hätte ich Schmerzen. Es ist nicht einmal gespielt.

«Hast du keine Karte von deiner Krankenkasse?», fragt Herr Ramadani.

«Weiss nicht.»

Er erklärt mir, wie die Abrechnung funktioniert. Gleichzeitig greift er in seine Hosentasche. Ich halte die Luft an, als er eine Fünfzigernote hervorzieht.

«Das sollte reichen. Du kannst es mir zurückgeben, wenn die Krankenkasse dir den Betrag überweist.» Er erklärt mir, dass ich die Quittung fürs Medikament aufbewahren und an die Kasse weiterleiten müsse. Ich höre nicht mehr zu. Ich rechne.

Mit den 50 Franken habe ich nun 484.60 Franken beisammen. Es fehlen mir also nur noch 475.40 Franken. Mein Lehrer hätte sich über meine Leistung im Kopfrechnen gewundert. In der Schule bin ich in Mathe eine Niete. Als ich auszurechnen versuche, wie viel Lothar und Carla beisteuern müssten, wenn Julie ihre Bluse tatsächlich für 50 Franken verkaufen kann, versagen meine Hirnzellen. Alles hat seine Grenzen.

«Hast du eine Hirnerschütterung?», fragt Herr Ramadani.

Ertappt sehe ich auf. Mir wird klar, dass er nicht Gedanken lesen kann, sondern nur fragt, weil ich scheisse aussehe. «Muss los.» Ich schiebe das Geld in die Tasche. «Danke», füge ich gerade noch rechtzeitig hinzu.

Herr Ramadani schaut mir mit seltsamer Miene nach, als ich zur Bushaltestelle gehe. Fast ein bisschen so, als erwache er aus einem Traum, den er für Wirklichkeit hielt. Begreift er erst jetzt, was er soeben getan hat? Zu Hause ist Herr Ramadani ziemlich streng. Bis zu seinem achtzehnten Geburtstag musste Leo seinen ganzen Lohn abgeben. Sogar jetzt will sein Vater immer wissen, wo Leo und Julie hingehen, wie lange sie dort bleiben und wann sie zurückkommen. Er ist auch über ihre Hausaufgaben informiert. Wenn diese nicht erledigt sind, kann er knallhart sein. Dann gibt es weder Ausgang, noch darf Leo zocken.

Da ist mir Adoda lieber. Er vergisst in der Regel, dass ich existiere. Seit Lily da ist, hat er sich aber verändert. Ich vermute, er will Regina imponieren. Vielleicht denkt er, wenn Regina sieht, dass er sich mir gegenüber wie ein richtiger Vater benimmt, schaut sie ihm bei Lily nicht zu sehr auf die Finger. Als Lily neu war, redete Regina ihm immer drein. Nicht nur wegen der Tannenzapfen und so, sondern auch, weil er Lily falsch hielt oder sie eine Minute allein liess.

Ich schlucke. Eine Minute ginge ja noch. Wenn Regina wüsste, dass ich Lily seit heute morgen nicht mehr gesehen habe, würde sie durchdrehen. Mit ihren Sommersprossen und den blauen Augen sieht sie zwar harmlos aus, aber sie kann ganz schön giftig werden, wenn ihr etwas nicht passt. Deshalb ist sie Staatsanwältin.

Als ich die Haltestelle erreiche, rollt gerade der Bus heran. Ich freue mich schon über mein Glück, als ich auf einmal begreife, was mit Herr Ramadani los ist. Wegen meiner Lügengeschichte mit der Krankenkasse erwartet er, dass ich in die Apotheke gehe. Und die ist im Bahnhof. Wenn ich jetzt in den Bus steige, weiss er, dass etwas nicht stimmt. So, wie ich ihn kenne, glaubt er, Leo habe etwas damit zu tun. Egal, was schief läuft, Herr Ramadani gibt immer Leo die Schuld. In dieser Beziehung sind sich Adoda und er sehr ähnlich.

Die Versuchung, trotzdem einzusteigen, ist riesig. Ich muss mich zwingen, stehen zu bleiben. Dass ich damals im Schultheater einen Baum gespielt habe, hilft mir dabei. Sobald der Bus ausser Sicht ist, drehe ich mich um. Herr Ramadani starrt immer noch in meine Richtung. Ich lächle gequält und mache mich auf in Richtung Apotheke. Als ich am Taxi vorbeikomme, murmle ich etwas von «crazy» und «Hirnerschütterung». Zu dick will ich nicht auftragen, sonst fährt er mich noch in die Notaufnahme.

Kaum bin ich in der Apotheke, verschwinde ich durch den zweiten Ausgang. Jetzt bleibt mir nichts anderes übrig, als zu joggen. Wenn ich auf den nächsten Bus warte, schaffe ich es nie rechtzeitig zum Treffen. Ein Kickboard wäre praktisch, doch ich besitze keines. Normalerweise muss ich nicht stressen.

Die Strecke kommt mir viel länger vor, als ich sie in Erinnerung habe. Ich bin sie auch noch nie gelaufen. Bei jedem Schritt schmerzt meine Nase. Vielleicht wäre ein Medikament gar nicht schlecht gewesen. Auf diese Idee kam Mam nicht.

Als ich am Hotel vorbeijogge, kommt es mir vor, als drehte ich mich im Kreis. Es gibt einen Film, da erwacht der Typ immer wieder am selben Tag. Nur, dass sich dann alles anders entwickelt. Wenn ich also wieder ins Hotel ginge, würde ich diesmal nicht den Feueralarm auslösen, sondern vermutlich die ganze Bude abfackeln oder so. Ich mache einen grossen Bogen um den Personaleingang.

Ich bin schon fast beim Güterbahnhof, als mich der Bus überholt. Das gibt mir den Rest. Genauso gut hätte ich also gemütlich an der Haltestelle warten können. Auf die Uhr zu schauen, traue ich mich nicht. Stattdessen suche ich die Umgebung nach Carla ab. Ein Teil von mir wünscht sich, dass sie nicht da ist. Ich weiss, dass das keinen Sinn ergibt, schliesslich ist sie meine letzte Hoffnung. Man muss schon tief in der Scheisse stecken, wenn eine Prostituierte die Einzige ist, die einem noch helfen kann.

Genau wie am Hauptbahnhof strömen die Menschen an mir vorbei. Diesmal sitzen sie in ihren Autos. Eine endlose Kolonne biegt um die Ecke. Das ist der Anblick, den Nic jeden Morgen hat, wenn sie aus dem Fenster sieht. Ich frage mich, ob New York anders ist. Als ein Auspuff direkt vor mir laut knattert, zucke ich zusammen. Von den Abgasen wird mir übel. Das liegt vermutlich am leeren Magen.

Hinter der Kurve fährt ein Audi aufs Trottoir und hält an. Die Beifahrertür geht auf, und eine Latina in Minirock steigt aus. Vorsichtig setzt sie die Füsse auf den Boden. Ihre Absätze sind so hoch, dass sie eigentlich auf den Zehen geht. Irgendwie gefällt mir das. Als sie aufrecht steht, wackelt sie nicht mehr. Sie lächelt dem Fahrer zu und dreht sich um. Sobald er sie nicht mehr sehen kann, verschwindet das Lächeln. Aus der Handtasche nimmt sie einen Spiegel und hält ihn vors Gesicht. Dann macht sie irgendetwas mit ihren Lippen.

Das ist Carla.

Jetzt oder nie.

Ich vergrabe die Hände in den Taschen und pirsche mich an sie heran. Dabei gehe ich seitwärts, wie ein Krebs, und tue so, als studiere ich die Autos. Unauffällig blicke ich mich um. Was, wenn mich jemand beobachtet?

Ich bin schon so nah, dass ich die Farbe des Lippenstifts in Carlas Hand ausmachen kann. Da sieht sie auf. Sie hat mich bemerkt. Kurz flackert ein ängstlicher Ausdruck in ihren Augen auf, der aber gleich wieder verschwindet, als sie mich erkennt. Oder hält sie mich für einen Kunden? Shit.

Sie hängt die Handtasche über die Schulter und hält sich die Jacke zu. Der Ausschnitt im Kunstpelz ist so weit, dass ich trotzdem zwei grosse, runde Wölbungen sehe. Mir wird warm.

«Willst du zu mir, Schätzchen?», fragt sie.

Schätzchen? So nennt sie Nicole immer. Ich könnte im Boden versinken. Offensichtlich hält sie mich nicht für einen Kunden. Das empfinde ich fast als Beleidigung. Einen Dreitagebart habe ich zwar nicht gerade, aber dass ich kein Kind mehr bin, sieht man schon.

Ich bin immer noch nicht sicher, ob sie mich kennt. Soll ich sie fragen? Im Stil von: «Hallo, wir kennen uns doch.» Das klingt voll daneben. Oder: «Erinnerst du dich an mich?» Wie eine billige Anmache. Eine andere Möglichkeit: «Wir haben eine gemeinsame Freundin.» Haha. Als ich endlich den Mund aufkriege, bin ich selbst überrascht, was herauskommt.

«Cheiro Verde», sage ich.

Carla lächelt. Ihre Augenbrauen krümmen sich, als forme sie damit Fragezeichen. Kein Wunder, denn Cheiro Verde heisst «Grüner Duft» und besteht aus Petersilie, Schnittlauch, Koriander und grüner Minze. Letzte Woche haben wir die Stengel benützt, als wir Quibe gekocht haben. Das sind brasilianische Teigrollen aus Hackfleisch und Weizengrütze.

Offenbar glaubt Carla, sie rieche nach Cheiro Verde, denn sie zieht ein Päckchen Minzpastillen aus ihrer Handtasche und zeigt sie mir als Erklärung. Dabei sticht mir ein Feuerzeug ins Auge. Sofort schreit mein Körper nach Nikotin. Ich kämpfe mit mir. Irgendwie kommt es mir total unfair vor, eine zu rauchen. Es geschieht mir recht, dass ich leide.

Lily leidet auch.

Carla kramt in ihrer Handtasche und zieht eine Schachtel Parisienne hervor. Sie bietet mir eine an. Ich lehne schweren Herzens ab. Sie steht so nah, dass ich direkt in ihren Ausschnitt blicken kann.

«Suchst du Nicole?», fragt sie.

Also kennt sie mich doch.

«Mmh», antworte ich.

«Sie ist etwa um zehn gegangen», sagt Carla. «Ich glaube nicht, dass sie schon zurück ist. Wenn sie zu Hause ist, läuft meistens Musik. Hast du es schon versucht?»

«Hä?»

«Geklingelt. Hast du schon bei ihr geklingelt?»

«Nö.»

«Warum bist du hier? Brauchst du Rat?» Carla neigt den Kopf zur Seite. «Ich fürchte, ich kann dir nicht helfen. Ehrlich gesagt, sehe ich wenig Chancen. Tut mir leid! Ich würde dir gerne Mut machen, aber das wäre nicht fair. Nicole ist in festen Händen. Sie will ihren Leo. Und wenn dieses Mädchen etwas will, gibt es nichts daran zu rütteln.» Carlas lackierte Fingernägel fahren durch ihre Haare. «Nimm's nicht zu tragisch, Schätzchen. Es gibt noch andere Mädchen.»

Ich starre sie an.

«Woher kennst du Cheiro Verde? Warst du in São Paulo?» Sie beginnt, mir vom Essen in Brasilien zu erzählen, um mich von Nicole abzulenken. Es ist ziemlich spannend. Ich erfahre, dass man zu Vatapa – einem Krabbengericht – einen Molho de Pimenta Baiano reicht. Das ist eine Pfeffersauce. Aber man mischt sie nicht dem Gericht bei, wie es mein Chef gemacht hat, sondern serviert sie separat.

«Kannst du kochen?», fragt sie.

Ich nicke.

Das gefällt ihr. «Wenn du Malaguetta-Pfeffer brauchst, kannst du zu mir kommen. Meine Mutter schickt mir immer welchen.» Sie beugt sich vor. «Mach dir keine Sorgen, Schätzchen. Einem Mann, der kochen kann, liegen die Frauen zu Füssen!»

«Echt?»

«Aber sicher! Glaub mir, damit kenne ich mich aus. Meine Freundinnen und ich haben uns erst kürzlich darüber unterhalten, wie schön es wäre, einmal richtig verwöhnt zu werden. Feines Essen, Kerzenlicht, alles, was dazugehört.»

Ich frage mich, was noch dazugehört. Vielleicht könnte mich Carla ihren Freundinnen vorstellen?

«Ich kann auch Quindim machen», sage ich. Dass ich übertreibe, ist mir egal. Mein Chef hat das Rezept. Quindim ist ein Kokos-Ei-Pudding.

«Ich sehe schon, wir müssen dich einmal einladen!»

Ich stelle mir eine Runde Brasilianerinnen vor, und mir wird schwindlig. Diesmal nicht vor Hunger.

Der Klingelton meines Handys befördert mich ziemlich schnell in die Realität zurück. Die Landung ist hart. Ob der Russe anruft? Ist es schon vier Uhr?

«Chris?», fragt eine bekannte Stimme. «Hallo? Chris! Bist du dran?»

Nicole.

«Sag doch etwas!»

«Easy.»

«Ist etwas passiert? Wo bist du?»

«Da.»

«Da?»

«Güterbahnhof.»

«Immer noch? Mein Gott, es ist Viertel vor vier! Du müsstest längst auf dem Weg sein!»

«Ich bin unterwegs», sage ich und mache einen Schritt Richtung City.

Sie atmet laut aus. «Ich dachte, es sei etwas schiefgelaufen. Du klingst so komisch. Ich hab super Nachrichten! Stell dir vor, der Kaminfeger hat mir 200 Franken geliehen! Ist das nicht toll? Wie viel fehlt jetzt noch? Hast du Carla gefunden? Sie war bestimmt verständnisvoll, oder?»

Sie stellt so viele Fragen aufs Mal, dass ich nicht weiss, welche ich beantworten muss. Zwei Lappen! Kein Wunder macht sich Leo Sorgen. Dem Kaminfeger ist die Sache mit Nicole ziemlich ernst.

«Chris? Hörst du überhaupt zu?»

Ich mache ein zustimmendes Geräusch.

«Findest du das nicht cool?»

«Was?»

«Dass der Kaminfeger so viel beigesteuert hat! Was denn sonst?»

Ich habe soeben etwas Neues gelernt: Ein Augenrollen kann man auch hören.

«Ein bisschen mehr Begeisterung könntest du schon zeigen», fährt Nic fort. «Ich finde es mega süss von ihm. Und? Was ist jetzt? Wie viel fehlt dir noch? Warst du bei Carla?»

Ich versuche, mich daran zu erinnern, wie viel Kohle ich in der Tasche habe. Waren es 430 oder 440 Franken? Nein, das war vor den 50 Franken von Herrn Ramadani. Irgendetwas mit 480. Normalerweise habe ich ein gutes Gedächtnis, aber wenn ich gleichzeitig denken, handeln und reden soll, kann ich mich schlecht konzentrieren.

Ich hab's. 484.60 Franken. Plus die 200 vom Kaminfeger. Das macht 684.60. Ich bin so vertieft ins Rechnen, dass ich gar nicht merke, wie ein Mercedes neben Carla hält. Sie beugt sich zum Beifahrerfenster und lehnt sich in den Wagen hinein. Dabei sehe ich problemlos unter ihren kurzen Rock. Hören ihre Strumpfhosen dort oben auf? Mam hatte mal welche, die nur aus zwei Beinen bestanden. Ohne Mitte. Mit einem Clip befestigte sie die Ränder an einem Gürtel, damit sie nicht hinunterrutschten. Wenn ich daran denke, wird mir richtig schlecht. Als Kind begriff ich nicht, warum sie so etwas Kompliziertes trug. Es gab schliesslich auch Strumpfhosen, die keinen Clip brauchten. Mit einer Hose in der Mitte. Jetzt ist mir natürlich klar, was das Ganze sollte. Ich verdränge das Bild, das die Erinnerung in mir weckt. Dass Mam mit einem Typen… ich versuche zu schlucken, aber mein Mund ist zu trocken.

«Chris! Was ist los?»

«Ich rechne», stammle ich.

«Was?»

«Du wolltest wissen, wie viel…»

Nic stöhnt. «Vergiss es. Wo bist du jetzt?»

Carla öffnet die Tür des Mercedes. Ich weiss nicht, was ich tun soll. Sie aufhalten? Dann glaubt der Typ im Wagen womöglich, ich sei ein Freier. Was, wenn er keine Konkurrenz will? Kann ich darauf beharren, dass ich zuerst war? Aber dann denkt Carla, ich wolle etwas von ihr.

«Bist du noch dran?», fragt Nic.

Carla rutscht auf den Beifahrersitz. Sie streicht sich das Haar glatt und schenkt dem Fahrer ein Lächeln. Ich starre sie an, als könnte ich sie mit meinem Blick festnageln. Aber es funktioniert nicht. Kaum ist die Tür zu, gibt der Typ Gas. Er reiht sich in den Verkehr ein und fährt davon.

Carla hat nicht einmal gewunken.

15:52

«Chris!» Nics Stimme ist inzwischen ziemlich schrill.

«Hä?»

«Wo bist du? Was war mit Carla?»

«Ähm …»

«Wie viel hat sie dir gepumpt?»

Mein Blick klebt noch am Mercedes, der immer kleiner wird. Bereits beginnt es zu dämmern. Einzelne Lichter brennen in den Gebäuden. Das Stadtviertel sieht aus wie ein Schachbrett, das zum Leben erwacht. Früher habe ich gerne Schach gespielt. Aber nach meinen eigenen Regeln. Ich wollte die Bewegungsfreiheit der Figuren nicht einschränken. Ich fand es toll, wenn sie überallhin durften. Manchmal verliessen sie sogar das Spielfeld. Besonders gefallen hat mir der Turm. Ich stellte mir vor, darin zu wohnen und nur hinauszugehen, wenn ich es wollte.

«Sag endlich etwas!», schreit Nic.

Ich zucke zusammen. «Nö.»

«Was soll das heissen?»

«Hat nicht geklappt.»

«Sie hat dir nichts geliehen?»

«Nö.»

Endlich senkt Nic die Stimme. «Das tut mir leid, ich dachte … ich war mir so sicher. Normalerweise ist sie nicht so. Vielleicht hat sie dich doch nicht erkannt.»

Ich sage nichts.

«Hast du etwas von Leo gehört? Julie und ich sind bereits beim Warenhaus. Julie hat übrigens die Windeln mitgebracht, die du bei Ramadanis vergessen hast.»

Jetzt macht sie es schon wieder. Worauf soll ich antworten? Zum Glück rauscht es in diesem Moment. Rasch breche ich die Verbindung ab. Nic wird glauben, der Empfang sei gestört. Ich muss mich jetzt darauf konzentrieren, an die Bahnhofstrasse zu kommen. Wenn ich den Russen warten lasse, wird er sauer. Ein Blick aufs Display zeigt mir, dass ich genau acht Minuten Zeit habe. Um eine Strecke zurückzulegen, für die ich normalerweise eine halbe Stunde brauche. Das schafft nur Leo. Verzweifelt blicke ich mich um. Kein Bus in Sicht. Dafür fährt ein Taxi vorbei. Lohnt es sich, einen Teil des Geldes dafür auszugeben? Ich weiss nicht, wie lange die Fahrt an die Bahnhofstrasse dauert. Als ich einmal den letzten Bus verpasst und ein Taxi nach Hause genommen habe, musste ich fünfzig Franken dafür hinblättern. Das hat mich fast umgehauen. Besser, ich gehe das Risiko nicht ein. Wo ist Herr Ramadani, wenn man ihn braucht?

Schicksalsergeben setze ich mich in Bewegung. Meine Beine fassen es nicht, dass sie schon wieder stressen müssen. Während ich die Strasse entlangrenne, strecke ich den Daumen raus. Vielleicht nimmt mich jemand mit. Weil das Pflaster auf meiner Nase nicht gerade vertrauenserweckend wirkt, reisse ich es weg. Mein Kopf explodiert. Erst jetzt realisiere ich, dass Mam mit dem Pflaster das Nasenbein stabilisiert hat. Deshalb war es so dick und reichte mir bis zu den Wangen. Vermutlich habe ich gerade den Knochen verschoben.

Fast blind vor Schmerzen renne ich weiter. Es würde mich nicht wundern, wenn ich mit dem nächsten Pfosten kollidieren würde. Zum Glück steht mir keiner im Weg. Fussgänger hat es um den Güterbahnhof herum auch kaum, erst als ich ins Rotlichtmilieu gelange, kommt Gegenverkehr auf. Hier ist eine Menge los für einen Samstagnachmittag. Ich frage mich, wo die vielen Leute hinwollen. Alle sind in Bewegung. Es hat wieder zu nieseln begonnen. Die Wassertropfen fühlen sich gut an auf meinem Gesicht. Sie dämpfen das Hämmern in meiner Nase ein bisschen.

Noch immer jogge ich mit hochgehaltenem Daumen. Es sieht eher nach Beten als nach Autostop aus. Cherokee beten mit Handbewegungen. Bevor man zu essen beginnt, schwebt die Hand zum Beispiel über die Nahrungsmittel auf dem Tisch. Eine offene Handfläche ist ein Zeichen des Dankes. Richtet man sie gegen den Himmel, so gilt der Dank dem universellen Geist und dem Mächtigen. Vielleicht ist beten jetzt gar keine schlechte Idee. Ohne Hilfe von oben schaffe ich es nicht rechtzeitig zum Treffen.

Neben mir verlangsamt ein Wagen, ich bin baff. Es hat genützt! Jemand nimmt mich mit! Doch als ich den Kopf drehe, blicke ich direkt in die Augen eines Streifenpolizisten. Rasch ziehe ich den Arm zurück, aber es ist zu spät. Der Beifahrer sagt seinem Kollegen etwas, gleichzeitig greift er nach der Türfalle. Ich sehe mich durch seine Augen: gehetzt, verzweifelt, mit gebrochener Nase, schmutzigen Kleidern und Haaren, die nass und wirr im Gesicht kleben. Die Bullen denken bestimmt, ich hätte soeben jemanden überfallen und dabei einen Schlag ins Gesicht abgekriegt. Wenn ich ihnen erkläre, dass ich nur in Eile sei, glauben sie mir kein Wort. Das kenne ich von Adoda.

Ich sehe einen schmalen Durchgang, der in einen Hinterhof führt. Ich versuche, mich zu erinnern, ob es auf der anderen Seite einen Ausgang gibt. Mir ist, ich hätte mal einen gesehen. Manchmal nehme ich nach der Arbeit diesen Weg, wenn ich nicht direkt nach Hause fahre. Ich habe bestimmt schon dutzende Male in den Hinterhof geschaut, aber weil ich mir nichts dabei dachte, achtete ich nicht auf mögliche Ausgänge. Es ist einen Versuch wert. Eine grosse Wahl habe ich eigentlich nicht. Bevor ich es mir anders überlegen kann, biege ich ab und schlüpfe unter einem Coiffeurschild hindurch. Ich packe einen Container auf Rädern und schleudere ihn nach hinten. Ohne zu schauen, ob er den Bullen trifft, renne ich weiter. Ich höre, wie eine Autotür zuknallt und jemand «Halt» ruft. Das muss der zweite Bulle sein. Ich achte nicht darauf. Es gibt kein Zurück mehr.

Ich weiss nicht, woher die plötzliche Energie kommt. Als ich sehe, dass tatsächlich ein kleiner Durchgang aus dem Hof hinausführt, rase ich darauf zu. Dabei stosse ich mit zwei ziemlich breiten Typen zusammen. Einer trägt eine schwarze Lederjacke und Punkerstiefel. Sein Haar steht wie ein violetter Fächer von seinem Kopf ab. Normalerweise sind Punks friedlich, aber dieser macht eine Bewegung, als wolle er mich packen. Doch dann schaut er zum Hof. Vermutlich sieht er dort den Bullen, der mir folgt. Obwohl er nicht weiss, warum ich auf der Flucht bin, blockiert er den Ausgang des Hofs, nachdem ich weggerannt bin. Aus Solidarität vielleicht. Ich sehe nur noch, wie der Bulle ihn zur Seite schiebt, höre eine Reihe Fluchworte, dann bin ich auch schon um die nächste Ecke verschwunden. Ich wähle verschlungene Wege, damit mich die Bullen nicht abfangen können. Ich renne hinter einen Velounterstand und quer über einen Quartierspielplatz; in eine Einbahnstrasse hinein und unter einer Werbetafel durch. Bei einer Schule klettere ich über den Zaun und verlasse das Areal auf der anderen Seite. Meine Füsse fliegen über den Asphalt. Noch nie bin ich so schnell gerannt. Ich spüre weder Hunger noch Müdigkeit, sogar meine Nase ist taub. Zum erstenmal begreife ich, warum Leo Sport mag. Es ist wie ein Rausch, ich bin total high. Als ich bei einem Rotlicht stehen bleiben muss, wippe ich mit dem Fuss ungeduldig auf und ab. Leo wird es mir nicht glauben, wenn ich es ihm erzähle. Am liebsten würde ich mich zwischen die Autos stürzen. Ich muss daran denken, wie Leo heute morgen losgerannt ist. Ist es wirklich erst einige Stunden her? Mir kommt es vor, als sei es eine Ewigkeit. Kann ein Tag länger dauern als andere? Ich habe keine Zeit, mir das zu überlegen, obwohl mich der Gedanke an die Zeit schon immer fasziniert hat. Die Ampel wird grün, und schon hauen meine Beine wieder ab. Weil ich so darauf konzentriert bin, ihnen zu folgen, übersehe ich einen Velofahrer, der trotz Rotlicht – für ihn, nicht für mich – vor mir durchfahren will. Als mein Knie in sein Vorderrad kracht, begreife ich zuerst nicht, was sich mir in den Weg gestellt hat. Erst als er schimpfend zu Boden geht, nehme ich ihn wahr. Neben mir lässt ein alter Mann seinem Ärger über Velofahrer freien Lauf. Es tut gut, dass mal jemand anders einen Zusammenschiss kassiert.

Ich kümmere mich nicht um den Gestürzten und renne weiter. Schliesslich bin ich nicht Schuld an seinem Unfall. Als ich einen kühlen Luftzug am Knie spüre, blicke ich nach unten. Ein grosses Loch klafft in meiner Hose und gibt die Sicht frei auf eine Schramme, die verdächtig rot aussieht. Kleider sind mir zwar nicht besonders wichtig, trotzdem nervt es mich, dass meine Jeans hin sind. Es reut mich, Geld dafür auszugeben. Einmal habe ich mir deshalb Kleider zu Weihnachten gewünscht. Ich dachte, wenn Mam schon unbedingt etwas kaufen will, dann wenigstens etwas Nützliches. Die Designerhose, die sie mir schenkte, war so was von peinlich, dass ich seither so tue, als würde ich mich über die Bücher freuen, die sie mir immer gibt.

Je näher ich der City komme, desto mehr Leute drängen sich auf dem engen Trottoir. Ich kann kaum noch ausweichen. Doch ich verlangsame mein Tempo nicht. Mein Körper hat nichts mehr mit mir zu tun. Ich schaue nicht einmal zurück, um zu sehen, ob der Bulle noch hinter mir her ist.

Wenn er Verstärkung gerufen hat, bin ich am Arsch. Im Moment sehe ich aber nirgends Blaulicht. Ich höre auch keine Sirenen. Vielleicht habe ich ihn tatsächlich abgehängt. Bestimmt hat er den Zusammenstoss mit dem Velofahrer beobachtet und stellt nun diesem eine Busse aus, weil er ein Rotlicht missachtet hat. Manchmal habe ich den Verdacht, Bullen verdienen mehr, wenn sie viele Bussen verteilen. Adoda bestreitet das.

Vor mir taucht die erste Einkaufsstrasse auf. Viele Läden sind bereits mit Weihnachtsdekos geschmückt, obwohl es erst Anfang November ist. Die Lichter verwirren mich. Überall ziehen Farben an mir vorbei. Es kommt mir vor wie im Fieber. Steigt meine Temperatur über 38 Grad, sehe ich meistens bunte Streifen. Früher nannte ich die Grippe deshalb Regenbogen-Krankheit. Mam verstand nie, was ich damit meinte.

Als mein Handy wieder klingelt, bin ich schon fast an der Bahnhofstrasse. Ich hechte in ein Kleidergeschäft hinein und ducke mich hinter eine Schaufensterpuppe. Ich bin in der Hutabteilung gelandet. Rasch werfe ich einen Blick aufs Display. Leo. Ich habe keine Zeit, den Anruf entgegenzunehmen. Er will bestimmt wissen, wo ich stecke. Ich schleiche zwischen den Gestellen durch, mustere mit gespieltem Interesse einen Schal, dann eine Handtasche, bis ich beim Haupteingang ankomme. Bevor mich eine Verkäuferin ansprechen kann, verlasse ich das Geschäft. Davor hat sich eine Menschentraube gebildet. Lauter in Mäntel und Jacken gehüllte Rücken. Alle Leute starren auf etwas, das ich nicht sehen kann. Als ich auf die Gaffer zujogge, teilt sich die Menge. Ich komme mir vor wie ein Marathonläufer, der von den Zuschauern angefeuert wird. Fehlt nur noch, dass mir jemand eine Wasserflasche hinstreckt. Dagegen hätte ich im Moment nichts.

Aus dem Augenwinkel sehe ich rot-weisses Polizeiabsperrband. Normalerweise würde ich stehenbleiben, um zu erfahren, was los ist. Im Moment ist es mir aber ziemlich egal. Ich habe meine eigenen Probleme. Ich bin bereits in der Bahnhofstrasse, als das Glockenspiel des Juweliers die volle Stunde ankündigt.

Es ist 16 Uhr.

Ich lege einen gewaltigen Endspurt hin, schlittere um einen Abfalleimer herum und mache eine Vollbremsung vor dem Warenhaus.

16:00

Das Schlimmste, was ein Cherokee über jemanden sagen kann, ist, er benehme sich, als habe er keine Familie. Wo man hingehört, ist total wichtig. Deshalb fragt man bei einer Begegnung mit einem Fremden nicht als Erstes, welchen Beruf er ausübe, wie bei uns in der Schweiz, sondern, woher er komme. Ob er Familie habe. Wo diese lebe. So kann man herausfinden, in welcher Beziehung man zum Fremden steht. Das muss man wissen, um zu begreifen, wo man selbst hingehört. Es ist die natürliche Ordnung der Dinge. Familie heisst aber nicht nur Blutsverwandte. Spirituelle Verwandte sind genauso wichtig. Da macht man keine grossen Unterschiede. Menschen kann man in die Familie aufnehmen. Sowohl die spirituellen Verwandten als auch die Blutsverwandten sind immer für einen da. Sie zeigen einem den Weg, wenn man sich verirrt hat.

Als ich zum erstenmal hörte, wie wichtig die Familie für Cherokee sei, konnte ich es nicht recht glauben. Bei uns ist Familie so etwas wie ein Schimpfwort. Adoda hat meine Grossmutter seit Ewigkeiten nicht mehr gesehen. Er spricht nicht einmal ihren Namen aus. Meine beiden Onkel findet er auch total daneben. Er wollte mich sogar davon abhalten, sie im Tessin zu besuchen. Eigentlich sind sie nur Adodas Halbbrüder, aber immerhin. Besser als gar nichts, würde man meinen.

Trotzdem wollte ich sie kennenlernen. Mir meine eigene Meinung über meine Verwandten bilden. Nicht erst, als ich erfahren habe, dass sie für Cherokee wichtig sind. Es ist einfach seltsam, Verwandte zu haben, die man noch nie gesehen hat. Mams Eltern sind tot. Sie waren uralt, als Mam zur Welt kam. Deshalb habe ich in Deutschland nur einige senile Grosstanten und Grossonkel. Adodas Familie hingegen lebt noch. Da er sie mir nicht vorstellen wollte, kümmerte ich mich selbst darum. Ich schrieb nicht nur meiner indianischen Grossmutter, vor etwa einem Jahr fuhr ich sogar ins Tessin, um meinen Grossvater, meine Onkel und die vier Cousins kennenzulernen.

Der Besuch ging völlig in die Hosen. Mir war überhaupt nicht wohl. Ich gehörte einfach nicht dazu. Meine Onkel sind Anwälte, meine Cousins gehen aufs Gymnasium. Ich kam mir vor wie Ujetsdi beim Tanzen – als er noch nicht bemerkt hatte, dass sein Schwanz kahl war. Seither ist mir die Sache mit der Familie nicht mehr so wichtig. Ich schreibe nur noch meiner Grossmutter im Reservat regelmässig. Zu den anderen Verwandten habe ich keinen Kontakt. Ich habe schon lange nicht mehr an sie gedacht. Erst jetzt kommt mir die ganze Sache wieder in den Sinn. Denn plötzlich gehen mir die Augen auf. Ich habe eine Familie. Ich habe sie nur immer am falschen Ort gesucht.

Die Cherokee würden sie spirituelle Verwandte nennen. Für mich klingt das etwas abgehoben. Nach Gedankenübertragung, Teleportieren und Psychokram. Doch egal, wie man sie nennt, sie sind hier.

Leo, Julie und Nic.

Vor dem Warenhaus warten sie auf mich. Damit ich die Sache mit dem Russen nicht alleine durchstehen muss.

Julie kaut auf ihren Fingernägeln herum. Sie hat ihre Jacke aufgeknöpft, weil es vor dem Eingang zum Warenhaus ziemlich warm ist. Ein Ende ihres Schals hängt ihr bis zum Knie, wie ein riesiges, grünes Palmenblatt. In Gedanken versunken wedelt sie damit herum. Auf ihrem Gesicht liegt ein besorgter Ausdruck. Sie fürchtet, ich schaffe es nicht rechtzeitig. Vielleicht bereut sie auch die SMS, die sie mir geschrieben hat. Ehrlich gesagt, macht die Mitteilung mich auch ein bisschen nervös. Ich hatte sie ganz vergessen, aber nun frage ich mich, was Julie mir damit sagen wollte. Neben ihr liegt die Windelpackung, die ich heute morgen bei Ramadanis vergessen habe.

Nic steht ganz ruhig da, den Rücken zum Eingang. Weil es im Laden heller ist als draussen, leuchten ihre blonden Haare. Ihr Gesicht liegt im Schatten. Sie sieht aus wie eine Strassenlaterne. Wie kann man nur so gerade stehen? Sie zuckt mit keinem einzigen Muskel. Kaum zu glauben, dass sie mich vorhin am Telefon mit Fragen bombardiert hat. Ihr Gesicht ist auch völlig ruhig. Nur der skeptische Zug um ihren Mund verrät, dass sie mir nicht zutraut, die Geldübergabe ohne Pannen hinter mich zu bringen. Sie meint es nicht böse. Sie hat einfach das Gefühl, sie könne alles besser. Meistens stimmt es sogar.

Leo geht natürlich auf und ab. Immer wieder schaut er auf sein Handy. Sein Anruf kommt mir in den Sinn. Ich habe gar nicht nachgeschaut, ob er eine Nachricht hinterlassen hat. Und noch ein Versäumnis kommt mir in den Sinn: Seit langem wollte ich ihm erzählen, dass Adlereltern sich gemeinsam um ihre Kinder kümmern. Sie teilen sich auch die Hausarbeit. Besser gesagt, die Nestarbeit. Zudem sind sie einander ein ganzes Leben lang treu. Das mit der Treue wird Leo freuen. Jedesmal, wenn er an Nic vorbeigeht, sieht er sie an, als wolle er sich vergewissern, dass sie noch da ist. Aber die Nestarbeit wird ihn angurken.

Als ich einen Vollstop reisse, starren mich alle drei an.

«Chris!», kreischt Julie als Erste.

Sie stürzt auf mich zu, dicht gefolgt von Leo. Nic geht die Sache etwas langsamer an, trotzdem ist sie vor Leo und Julie bei mir. Vielleicht muss ich nochmals übers Teleportieren nachdenken. Offenbar geht es doch. Nic packt mich am Ärmel und schiebt mich aus dem Lichtkegel. Sie zeigt auf eine dunkle Stelle um die Ecke. Dort lässt Julie die Windeln fallen und kramt in ihrer Handtasche. Sie zieht 50 Franken hervor und drückt sie mir in die Hand. Gleichzeitig hält mir Nic die Scheine des Kaminfegers entgegen.

«Wie viel hast du jetzt?», fragt sie. «Wir haben versucht, es auszurechnen, aber wir haben den Überblick verloren.»

«Wo ist der Russe?», zischt Leo. «Siehst du ihn?»

Ich schaue mich um. «Nö.»

«Es ist vier Uhr!», quietscht Julie. «Er hält sich bestimmt versteckt, um sicher zu gehen, dass du alleine bist.»

«Alleine?» Ich hatte mir gedacht, dass wir zusammen aufkreuzen. Aber nun, als ich darüber nachdenke, merke ich, dass das vermutlich keine gute Idee ist. Erwartungsvoll blicke ich zu Leo.

Er schüttelt den Kopf. «Der Russe darf uns nicht sehen. Zu riskant.»

«Wie viel hat Lothar locker gemacht?», frage ich.

Leo verzieht das Gesicht. «Sorry! Er ist in den Ferien.»

Shit.

Mir fehlen 275.40 Franken.

Hätte ich doch Carla gefragt. Ich habe es vermasselt. Genau wie Nic befürchtet hat. Ich sehe ihr nicht an, was sie denkt. Sie hat sich abgewandt. Aber ich kann es mir vorstellen. Julie hängt an meinem Arm, als könnte mich das trösten. Es nützt nicht viel. Plötzlich bemerkt sie den Riss in meiner Hose. Ich erwarte, dass sie wieder loskreischt. Stattdessen sieht sie mich ganz ernst an.

«Ich kann es dir nähen», sagt sie.

«Wie viel hast du?», wiederholt Nic.

«684.60 Franken.»

Leos Kiefermuskeln arbeiten wie wild. «Das wird schon, Indianer! Wir kriegen das hin!»

Er rauft sich die Haare, während er seine Runden dreht. Seine Hände werden nach Gel riechen, aber das stört ihn vermutlich nicht.

Plötzlich bleibt er stehen. «Hör zu! Du stellst dich jetzt vor den Eingang und tust so, als hättest du die ganze Kohle dabei, kapiert? Wenn der Russe kommt, leerst du deine Taschen, packst Lily und kommst hierher. Bis er alles gezählt hat, ist es zu spät. Gegen uns vier hat er keine Chance!»

Dass er Julie und Nic mitzählt, rechne ich ihm hoch an.

«Was, wenn er nicht alleine ist?», will Julie wissen.

Gleichzeitig fragt Nic: «Und wenn er Lily nicht mitgenommen hat?»

«Klar hat er Lily dabei!», beharrt Leo. «Wo soll er sie schon lassen? Er kann sie nicht gut irgendwo deponieren, oder?»

Ich denke daran, dass ich heute morgen genau das mit ihr gemacht habe. Aber ich komme gar nicht zu Wort, denn Leo gibt mir schon weitere Anweisungen.

«Okay, hör zu. Falls Lily aus irgendeinem Grund nicht dabei ist – was ich nicht glaube – gibst du ihm die Hälfte. Von 960, nicht von 684.60, klar? Das sind 480! Kannst du dir das merken? Dann sagst du ihm, die andere Hälfte bekomme er, sobald du Lily hättest.»

«Schaffst du das?», fragt Julie.

Ich nicke benommen. Bevor ich begreife, wie mir geschieht, schiebt mich Nic um die Ecke. Das plötzliche Licht blendet mich. Den Russen sehe ich nirgends. Hat er wirklich gesagt, ich solle vor dem Eingang warten? Oder habe ich ihn falsch verstanden? Die Anweisungen vergessen? Auf einmal beginne ich zu schwitzen. Es ist bestimmt schon einige Minuten nach vier. Wo steckt er? Menschen strömen an mir vorbei, volle Einkaufstaschen in der Hand. Eine Mischung aus Flieder und Vanille weht mir aus der Parfümerieabteilung im Erdgeschoss des Warenhauses entgegen.

Trotz der Bewegung um mich herum scheint die Zeit stillzustehen. Ich fühle mich wie im ersten Lehrjahr, als ich meinem Chef eine Pfanne Broccolisuppe über die Schuhe geleert habe. Sie rutschte mir einfach aus den Händen. Ich merkte es, konnte aber nichts dagegen unternehmen. Alles geschah in Zeitlupe. Zuerst verfehlte ich mit der Hand den Griff, dann kippte die Pfanne, und schliesslich schwappte die Suppe über den Rand, direkt auf seine Schuhe. Ich schwöre, die Pfanne schwebte dabei noch in der Luft. Am Schluss krachte sie zu Boden. Erst dann hatte ich wieder die Kontrolle über meine Glieder.

Der Russe zeigt sich immer noch nicht. Mir fällt auch kein Kinderwagen auf. Mein Magen zieht sich zusammen. Ein Glück, dass er leer ist. Gerade als ich überlege, eine Runde um das Warenhaus zu drehen, klingelt mein Handy. Hastig nehme ich ab. Bestimmt macht es der Russe wie im Film: Er gibt mir per Handy einen neuen Treffpunkt durch, falls hier in der Nähe Bullen lauern. Er weiss sicher, dass Adoda bei der Kripo arbeitet, und denkt, ich hätte ihn trotz allem eingeschaltet. Vermutlich muss ich nachher aus einer Telefonzelle zurückrufen, falls mein Handy abgehört wird. Wenn es überhaupt noch Telefonzellen gibt.

«Ja?», hauche ich.

«Chris? Alles in Ordnung bei euch beiden?»

Es dauert eine Sekunde, bis ich kapiere, dass es Adodas Stimme ist. Ich habe nicht einmal gemerkt, dass mein Handy geheult und nicht geklingelt hat. Dann dauert es eine weitere Sekunde, bis mir klar wird, was das bedeutet. Der Schock ist so heftig, als hätte ich einen Stromstoss erhalten. Kann ich so tun, als sei ich nicht ich? Ich könnte irgendjemandem das Handy ans Ohr halten, damit Adoda glaubt, er habe sich verwählt. Oder man habe mir das Handy gestohlen. Da geht eine Frau mit rotem Hut und bitterer Miene an mir vorbei. Was würde sie Adoda sagen? Oder der Typ mit der Zahnspange. Er sieht abenteuerlustig aus. Die Frau mit dem kaputten Schirm? Sie ärgert sich gerade, sie ist bestimmt in der richtigen Verfassung, um Adoda abzuwimmeln.

Aber natürlich tue ich es nicht. Ich bleibe einfach wie erstarrt stehen, während 220 Volt durch meine Zellen jagen.

«Chris? Bist du dran?»

Nein.

«Hallo?»

Ich könnte ein Rauschen simulieren. In Französisch haben wir früher die Aussprache des Buchstabens J geübt. Wie in «Julie». Jjjj. Klingt fast nach Störung in der Leitung. Jjjj kk jjjj kk könnte ein Knacken in der Verbindung sein. Zzz wäre vielleicht etwas knisternder. Jjjj kk zzz.

«Chris! Hörst du mich? Ich bin's.»

Echt?

«Ich versuch's noch einmal, bis gleich.» Er legt auf.

Uff! Überstanden. Doch meine Erleichterung ist nur von kurzer Dauer. Es klingelt erneut. Und mir ist klar, dass ich nicht so tun kann, als hätte ich keinen Vater. Der bestimmt zu Hause ist und sich fragt, wo Lily und ich stecken. Ich drehe mich im Kreis, halte Ausschau nach Leo, Julie oder Nic. Einfach nach jemandem, der mir sagen kann, was ich Adoda antworten soll. Aber ich sehe sie nicht. Vermutlich denken sie, ich würde vom Russen beobachtet und trauen sich nicht aus ihrem Versteck. Möglicherweise stimmt es sogar. Vielleicht lauert der Russe im Schatten und wartet darauf, dass die Leitung frei ist. Der Schweiss sammelt sich in meinem Nacken.

Ich muss den Anruf entgegennehmen.

Und zwar jetzt.

«Ja?», krächzt eine Stimme, die mir nicht bekannt vorkommt, obwohl es meine eigene ist.

«Chris?»

«Mmh.»

«Wo bist du? Hast du mich vorhin gehört?»

«Hä?»

«Ich habe vor einer Minute angerufen, aber nur Umgebungsgeräusche gehört.»

«Ah.»

«Vielleicht war etwas mit der Verbindung. Ich wollte fragen, ob alles in Ordnung ist.» Täusche ich mich, oder schwingt in Adodas Stimme eine Entschuldigung mit? Das ist etwa so wahrscheinlich, als würde ich den Silvestermarathon gewinnen. Allerdings habe ich heute bewiesen, dass ich viel schneller rennen kann, als ich es je für möglich hielt. Und bereits bei seinem ersten Anruf heute nachmittag klang Adoda, als habe er ein schlechtes Gewissen. Also träume ich wohl nicht.

«Easy.»

«Hör zu, ich bin hier gleich so weit. Ich habe nicht damit gerechnet, dass es sich um so eine grosse Sache handelt.»

Ein Hoffnungsschimmer.

«Kommst du mit Junebug klar?», fragt er.

«Mmh.»

«Du hast etwas zugut, Chris.»

«Okay.»

«Hast du Regina zufälligerweise gesehen? Hat sie vorbeigeschaut?»

«Ähm … wieso?»

«Vielleicht hat sie in den Nachrichten davon gehört», erklärt Adoda. «Sie weiss zwar nicht, dass ich Brandtour habe, aber …»

Er spricht nicht weiter. Meine angeschlagenen Hirnzellen versuchen, die vielen Infos zu verarbeiten. Erstens: Es muss etwas Grosses geschehen sein. Sonst käme es nicht in den Nachrichten. Zweitens: Adoda hat Regina angelogen. Drittens: Er fürchtet, dass sie ihm auf die Schliche kommt.

Als sich die Fakten zu einem Ganzen zusammenfügen, klappt mir die Kinnlade herunter. Adoda hat etwas zu verstecken. Deshalb hat er ein schlechtes Gewissen. Nicht, weil ich ihm leid tue. Mein freier Tag ist ihm Wurst. Auf eine seltsame Art bin ich erleichtert. Er hat sich nicht über Nacht verändert. Er ist vielleicht nicht der beste Vater, den man sich wünschen kann, aber immerhin weiss ich, woran ich bin. Würde er plötzlich zu einem Unbekannten mutieren, hätte ich echt Stress.

Adoda und Regina streiten sich oft wegen Lily. Regina wirft Adoda vor, er übernehme Lily nur, wenn es ihm in den Kram passe. Sie sagt, sie müsse sich schliesslich auch organisieren. Deshalb verlangt sie, dass er sich festlegt. Ich höre jeweils nicht genau zu, eigentlich geht es mich nichts an. Aber einmal habe ich mitbekommen, wie sie über Brandtouren sprachen. So nennen sie ihre Pikettdienste. Keine Ahnung, warum. Mit brennen hat das nichts zu tun. Als Staatsanwältin muss auch Regina ausrücken, wenn etwas los ist. Deshalb müssen sie sich beide organisieren. Heute scheint das nicht geklappt zu haben. Aus irgendeinem Grund hatte Adoda Brandtour, obwohl er eigentlich zu Lily schauen musste. Ich schätze, er hoffte einfach, die Verbrecher würden auch freinehmen.

Da hat er wohl Pech gehabt.

«Was war in den Nachrichten?», frage ich.

«Du hast es nicht gesehen?» Er klingt überrascht. «Am Fernsehen?»

«Keine Zeit», murmle ich. «Lily.»

Er erzählt, dass jemand in einem Juweliergeschäft an der Bahnhofstrasse zwei Kunden erschossen und eine Geisel genommen habe. Auf einmal kommt mir das Polizeiabsperrband in den Sinn. Warnlichter leuchten in meinem Hirn auf. Das ist grad um die Ecke! Adoda könnte ganz in der Nähe sein! Meine Gedanken geraten ins Stolpern.

«Muss los», stammle ich.

«In Ordnung. Und Chris», er holt Luft, «falls Regina vorbeikommt, ich bin mit Lily im Wald, ja?»

«Easy.»

Nachdem ich auf «Aus» gedrückt habe, versuche ich zu denken. Was mir Adoda soeben gebeichtet hat, ist wichtig. Ich spüre die Macht, die ich dadurch erlange. Ich weiss nur nicht, was ich damit anfangen soll. Meine Gedanken werden von einer vertrauten Stimme hinter mir unterbrochen.

«Da lang», zischt es.

Es ist der Russe.

Ihn habe ich ganz vergessen. Als ich mit ihm rechnete, kam er nicht. Jetzt, da er hier ist, habe ich nicht mit ihm gerechnet. Ich bringe kein Wort heraus. Mir fällt auf, dass er ohne Kinderwagen erschienen ist. Plötzlich zittere ich.

Wo ist Lily?

Zielstrebig entfernt sich der Russe vom Eingang und steuert auf die Ecke zu, wo sich Leo, Julie und Nic verstecken. Ich will ihn zurückhalten, aber mir klebt die Zunge am Gaumen. Hoffentlich sehen sie uns rechtzeitig. Fieberhaft versuche ich zu überlegen, ob der Russe sie erkennen würde. Hat sein Bruder ihm etwas von Leo und Julie erzählt? Die beiden beschrieben?

Meine Sorgen sind umsonst. Als wir um die Ecke biegen, ist niemand da. Erstaunt schaue ich mich um. Nirgends entdecke ich drei Gestalten, die sich gegen eine Wand drücken oder hinter einem Auto kauern. Sie haben sich einfach in Luft aufgelöst. Einen Moment lang fühle ich mich total einsam. Ich weiss zwar, dass sie nicht weit weg sein können, trotzdem ist es, als hätten sie mich im Stich gelassen. Völlig unlogisch.

«W-wo ist Lily?», frage ich.

«Hast du die Kohle?», fragt der Russe.

Seine Augen sind zu schmalen Schlitzen verengt, das weiche, runde Gesicht hat er zu einer Grimasse verzogen.

Mir fällt ein Grübchen an seinem Kinn auf. Er wirkt wie der nette Clown, der im Horrorfilm plötzlich zum Killer wird. Aber hinter der Maske sehe ich noch etwas: Er ist völlig fertig. Warum? Ist etwas mit Lily passiert? Hat er sie …

Ich kann den Gedanken nicht zu Ende denken.

«Die Kohle!», brüllt er.

Voller Panik stecke ich die Hände in die Taschen. Was hat Leo gesagt? Wie viel soll ich ihm geben?

Die Taschen leeren.

Leo hat gesagt, ich soll die Taschen leeren. Ungeschickt ziehe ich ein Bündel Scheine hervor. Dazwischen stecken einige Münzen. Sie fallen zu Boden, als ich das Geld abzählen will. Ich bücke mich, um sie aufzuheben, doch der Russe hat die gleiche Idee. Unsere Köpfe prallen zusammen. Besser gesagt: sein Kopf und meine Nase.

Ich bin noch nie mit einer Ladung Dynamit in die Luft geflogen.

Auch noch nie aus einem Flugzeug gefallen.

Oder überfahren worden.

Jetzt passiert mir alles gleichzeitig. Leuchtende Blitze durchzucken mich. Die Helligkeit kommt von innen, so dass es nichts nützt, die Augen zuzudrücken. Ich höre eine Explosion. Es klingt, als würde man Poulet im Mikrowellenherd erhitzen, einfach tausendmal lauter. Meine Sinne sind überfordert. Mein Körper macht nicht mehr mit. Meine Beine geben nach wie weichgekochte Spaghetti. Totaler Kollaps.

Dann trennt mir auch noch etwas den Sehnerv durch. Oder springen mir die Augen wegen des Drucks aus den Höhlen?

Jedenfalls ist es auf einmal schwarz.

Pechschwarz.

Und still.

16:08

Wach auf, Indianer!»

Ein leichtes Krabbeln auf meiner Wange, als würde eine Ameise darüber spazieren.

«Ist halb so wild», tröstet er mich. «Nur ein bisschen Nasenbluten.»

Das kann nur Leo sein. Wer sonst findet eine gebrochene Nase nicht weiter erwähnenswert? Aber da sind auch noch Finger, die mich streicheln; sie passen nicht zur Stimme. Leo würde mich in den Arm boxen. Bestenfalls auf den Rücken klopfen. Ganz bestimmt nicht streicheln.

«Es hört nicht auf zu bluten», sagt eine andere Stimme. «Hast du noch ein Taschentuch?»

Der Boden unter meinem Rücken ist hart und kalt. Mein Kopf liegt auf etwas Weichem. Ich spüre die Wärme darunter. Ich möchte mein Gesicht darin vergraben, mich zurück in die Schwärze ziehen lassen.

«Hier.»

«Gib mir noch etwas Wasser.»

«Die Flasche ist leer.»

Eine Bewegung. Etwas berührt mein Gesicht. Ich kann mich nicht entscheiden, ob ich es schön oder schmerzhaft finde. Als Kind war ich im gleichen Dilemma, wenn ich krank war. Ich hasste es, wenn ich erbrechen musste. Gleichzeitig genoss ich das Gefühl von Mams Händen, die mich dabei stützten. Ich beschliesse, mich auf das Schöne zu konzentrieren.

«Chris!» Leos Stimme hat einen dringlichen Tonfall angenommen. «Mach die Augen auf!»

Ich will nicht. Mir gefällt die Dunkelheit. Die Hände, die Wärme, die Fürsorge. In diesem Zustand könnte ich eine ganze Weile verharren. Ich muss schon wieder an eine Geschichte denken. Das zeigt mir, wie gestresst ich bin. Die hat mir meine Grossmutter erzählt, als ich sie fragte, warum Adoda keinen Kontakt zu ihr habe. Es ist die Geschichte des Jungen, der nie erwachsen werden wollte.

Dieser Junge spielte gern im Wald. Er fand das so cool, dass er das Erwachsenwerden verdrängte. Wenn seine Freunde ums Feuer sassen und diskutierten, was sie später machen wollten, wandte er sich immer ab. Er hatte null Bock, sich darüber Gedanken zu machen. Irgendwann wurde sein Vater so wütend, dass er dem Jungen verbot, den ganzen Tag zu spielen. «Ab jetzt wirst du Verantwortung übernehmen!», befahl er. Er beschloss, den Jungen zu seinem Onkel zu schicken. Dort sollte er alles lernen, was ein Mann wissen muss. Der Junge fühlte sich so elend, dass er sich an den Fluss setzte und weinte. Er weinte und weinte, merkte dabei nicht einmal, dass seine Tierfreunde einen Kreis um ihn gebildet hatten und ihm etwas zu sagen versuchten. Irgendwann begriff er, dass sie ihm helfen wollten. «Komm morgen hierher, so früh wie möglich.» Nach einer schlaflosen Nacht schleppte sich der Junge wieder zum Fluss. Lange sass er dort. Auf einmal spürte er etwas. Als er aufsah, waren die kleinen Leute da. Das sind Wesen, die genau gleich aussehen wie Indianer, aber nur etwa einen Meter gross sind. Es gibt viele Mythen über sie, aber nur wenige Menschen haben die kleinen Leute je gesehen. Sie kicherten und hüpften herum.

«Junge, du musst nicht erwachsen werden», zwitscherten sie. «Du kannst bei uns bleiben!»

Und das machte er. Bis heute lebt der Junge bei den kleinen Leuten, spielt den ganzen Tag und freut sich darüber, dass er ein Kind bleiben darf. Manchmal findet man sogar Spuren von ihm im Wald. Wenn man beim Angeln zum Beispiel glaubt, man habe einen riesigen Fisch am Haken, und es ist nur ein Ast, dann war es der Junge, der sich einen Scherz erlaubt hat. Er sorgt dafür, dass die Erwachsenen etwas zu lachen haben. Das ist die Aufgabe der kleinen Leute: Sie halten die Herzen der Menschen jung.

«Chris! Wach auf!» Ich erkenne Nics Stimme.

Obwohl ich wie der Indianerjunge bei den kleinen Leuten bleiben möchte, reisse ich die Augen auf. Es ist schwierig, sich Nicoles Willen zu widersetzen.

«Er ist zu sich gekommen!» Julie beugt sich über mein Gesicht.

Sie ist verkehrt. Ich schaue direkt in ihre Nasenlöcher. Es dauert einen Moment, bis ich begreife, dass sie hinter mir sitzt. Ihre Beine sind das Warme, das ich unter meinem Kopf spüre. Über mir erkenne ich Leo und Nic. Ihre Umrisse sind verschwommen. Das Licht einer Strassenlaterne scheint mir direkt ins Gesicht und löst einen stechenden Schmerz aus. Rasch schliesse ich die Augen wieder.

«Chris! Bleib wach!» Wieder Nic. «Was hat der Russe gesagt? Wo ist Lily?»

Nur ein Wort bleibt hängen: Lily. Ich zwinge meine Lider nach oben. Es ist, als zöge ich eine Bürste über meine Augäpfel. Lily zählt auf mich. Ich darf nicht abdriften. Ich bin kein Kind mehr.

Wo ist der Russe?

Die Erinnerungen stürzen über mich herein. Ruckartig bewege ich meine Hand Richtung Hosentasche. Gleichzeitig versuche ich aufzusitzen. Beides misslingt. Ich zapple zwar wie ein Fisch an Land, doch ich schaffe es nicht, eine andere

Position einzunehmen. Meine Hand landet auf etwas Hartem. Meine Finger ertasten kalten Asphalt, keinen Jeansstoff.

Ich muss wissen, ob das Geld noch da ist. Verzweifelt bewege ich die Lippen, doch das Gebrabbel ergibt nicht einmal in meinen Ohren einen Sinn.

Zu meiner grossen Überraschung versteht mich Julie. Ich spüre ihre Hand an meiner Hüfte. Sie schiebt sie in meine Hosentasche.

«Leer», stellt sie fest.

Ich stöhne.

«Das Geld ist weg?», fragt Nic ungläubig.

Leo stösst eine ganze Reihe Flüche aus. Einige davon habe ich noch nie gehört. Seine Faust knallt gegen den Laternenpfahl, kurz darauf höre ich ein Krachen, als sein Fuss etwas Hartes trifft. Ich wünsche mir, es wäre der Russe.

Langsam rapple ich mich auf. Das Gebäude gegenüber schwankt bedrohlich. Ich registriere, dass in einzelnen Fenstern Licht brennt, und frage mich, warum. Das ist doch ein Bürogebäude. Samstags arbeitet dort niemand. Nicht, dass es wichtig wäre. Mein Hirn sucht einfach Halt. Deshalb überlege ich mir seltsame Dinge.

«Wir müssen zur Polizei», jammert Julie. «Wer weiss, was er mit Lily …»

«Halt die Klappe!», fährt Leo sie an.

Julie beginnt zu weinen. Zugleich streichelt sie meinen Arm. Langsam wird es mir unangenehm. Ich versuche, auf Händen und Knien wegzurobben.

«Hört auf!», befiehlt Nic mit kühler Stimme. «Das hilft Chris nicht. Und ein Streit ebenso wenig!» Sie wirft Leo einen strengen Blick zu und wendet sich an mich. «Kannst du dich daran erinnern, was genau passiert ist?»

Ich schildere es ihr, so gut ich kann.

«Jede Wette, der Russe zählt in diesem Moment das Geld», sagt Nic. «Danach wird er sich melden! Erstens, weil du ihm noch etwas schuldest, zweitens, weil er Lily loswerden will.

Was soll er mit einem Baby? Das ist Kidnapping! Dafür kommt er in den Knast!»

«Heim», murmle ich. Minderjährige kommen nicht in den Knast.

Nic verdreht die Augen. «Mach dir lieber Gedanken darüber, wo wir die fehlenden 275 Franken auftreiben. Darauf wird er nicht verzichten.»

Ich erwähne nicht, dass es 275.40 Franken sind.

«Meinst du wirklich, er ruft noch einmal an?», fragt Julie. «Vielleicht hat er die Nase voll.»

Meine Hand fährt automatisch zu meiner Nase. Sie sieht inzwischen bestimmt wie eine Aubergine aus.

«Nic hat recht», meldet sich Leo zu Wort. «Dem Russen geht es um die Kohle. Er weiss, dass Chris völlig fertig ist. Das wird er ausnützen.»

Wie um Nics Theorie zu bestätigen, klingelt mein Handy. Zum Glück bin ich schon auf den Knien, sonst wäre ich erneut in Ohnmacht gefallen. Mit klappernden Zähnen ziehe ich das Telefon aus der Tasche. Nic kauert neben mir, damit sie mithören kann.

«Es fehlen fast dreihundert!», schreit der Russe so laut, dass auch Leo und Julie ihn verstehen.

«Übertreib mal nicht», murmle ich.

Nic blitzt mich wütend an. Leo grinst.

«Ich will mein Geld!», tobt der Russe. «Sofort!»

Hilfesuchend blicke ich zu Nic. Sie legt den Zeigefinger an die Lippen, also schweige ich. Hoffentlich weiss sie, was sie tut.

«Das ist deine allerletzte Chance, kapiert? Wenn du es noch einmal vermasselst, siehst du deine Schwester nie wieder!»

Nic presst die Hand auf meinen Mund.

«Mmh», antworte ich.

«17 Uhr! Gleicher Ort! Und wehe, du legst mich noch einmal rein!»

Ich versuche, Nics Hand wegzuschieben. Keine Chance. Sie glaubt, ich würde das Falsche sagen. Aber darum geht es mir nicht. Ich kriege durch die Nase keine Luft.

«Ich mein es ernst! 275.50 Franken! Um 17 Uhr!»

Wusste ich es doch, dass er auf jedem einzelnen Rappen beharren würde, der kleine Scheisser. Aber es sind nur 40 Rappen, nicht 50; das würde ich ihm am liebsten an den Kopf werfen. Nic lässt nicht locker, mein Sauerstoffmangel wird akut. Zum Glück merkt Julie, was los ist. Sie gibt Nic ein Zeichen. Die Hand verschwindet. Ich schnappe nach Luft. Der Russe hat bereits aufgelegt.

«17 Uhr?», wiederholt Nic.

Ich nicke. Eigentlich müsste ich erleichtert sein. Ich habe 45 zusätzliche Minuten gewonnen. Aber es gibt niemanden, den ich noch um Kohle bitten könnte. Betteln ist auch keine Alternative, so, wie die Shopper an uns vorbeieilen. Keiner bleibt stehen, um zu fragen, ob ich Hilfe brauche. Die meisten drehen den Kopf weg oder tun so, als sähen sie uns nicht. Einige wechseln sogar die Strassenseite.

Auf der Jugendanwaltschaft hat mir der Sozialarbeiter eingetrichtert, ich solle Hilfe holen, wenn ich in der Klemme stecke. Er behauptete, dafür seien Eltern, Lehrer und Beratungsstellen da. In der Realität sieht es aber anders aus. Mam hat mich ohne einen Rappen weggeschickt. Was Adoda machen wird, wenn er von der ganzen Sache erfährt, will ich mir gar nicht erst ausmalen. Mich an einen Lehrer zu wenden, käme mir nicht im Traum in den Sinn.

Mein Blick fällt auf etwas Glänzendes. Es ist ein Zehner. Ich strecke die Hand aus, um ihn aufzuheben. Der Russe hat doch richtig gezählt.

Leo, Nic und Julie sind seltsam still. Leo lässt die Schultern hängen, eine Haltung, die so ungewöhnlich bei ihm ist, dass ich sie sogleich nachahmen muss. Zwischen Nics Augenbrauen hat sich eine tiefe Furche gebildet. Sie denkt.

Julie spricht aus, was mir durch den Kopf geht: «Alle sagen immer, sie seien für einen da. Aber wo sind sie, wenn es darauf ankommt? Gibt es echt niemanden mehr, der uns Geld leihen würde?»

«Doch», sagt Nic. «Aber nicht, ohne zu wissen, wofür.»

«Aber darum geht es ja! Immer wird uns erzählt, wie wichtig Vertrauen ist. Wenn man jemandem vertraut, braucht man keine Erklärung.» Julie wendet sich an mich. «Chris, kennst du niemanden, der helfen würde? Einfach so? Ohne Fragen?»

Beim Stichwort «helfen» taucht ein Gesicht vor mir auf. Ich sass auf dem Boden und versuchte, meinen Schuh zu binden. Ich muss bereits etwa sieben oder acht Jahre alt gewesen sein, trotzdem schaffte ich es nicht. Vermutlich war da ein Knopf im Schuhbändel oder so. Je verbissener ich es versuchte, desto schlimmer wurde es. Schliesslich gab ich auf. Damit niemand merkte, dass ich mich von einem einfachen Schuhbändel hatte ins Bockshorn jagen lassen, kam ich auf die Idee, den Schuh zu verstecken. Ich erinnere mich noch gut an die Hoffnung, die in mir aufstieg. Ich glaubte tatsächlich, so sei ich fein raus.

Ich entdeckte eine Schublade voller Einkaufstaschen. Bevor ich den Schuh dazwischenschieben konnte, drang mir ein Sommerduft in die Nase. Eine Mischung aus Rosen, Sonne und Petersilie. Ich spürte jemanden in meinem Rücken. Ich wusste, wer es war, doch ich drehte mich nicht zu ihr um. Das Opossum in mir dachte, wenn ich sie nicht sehe, sieht sie mich auch nicht. Eine schmale Hand berührte mein Haar. «Komm, ich helfe dir», sagte sie. «Gib mir den Schuh.» Ohne einen Kommentar darüber zu verlieren, dass ich so etwas in meinem Alter alleine schaffen müsste, löste sie den Knopf im Bändel und zog mir den Schuh an.

Es war Regina.

Adoda hatte sie kurz nach der Trennung von Mam kennengelernt. Schon bald war sie immer dabei, wenn ich die

Sonntage bei ihm verbrachte. Obwohl ich sie mochte, war ich in ihrer Gegenwart meistens nervös. Irgendwie hatte ich das Gefühl, sie erwarte etwas von mir, aber ich wusste nicht, was. Fast wie Adoda. Nur, dass ich bei ihm wusste, was er erwartete. Ich konnte seine Wünsche einfach nicht erfüllen.

Regina kaufte Spielsachen für mich, damit mir bei ihr zu Hause nicht langweilig wurde. An den Bastelbogen mit einer Burg erinnere ich mich besonders gut. Ich musste alle Türme, Pfeiler, Mauern und sogar die Zugbrücke ausschneiden und zusammenkleben. Erst dann konnte man damit spielen. Schon beim ersten Turm machte ich einen Fehler. Ich schnitt die Klappe weg, die ich zum Kleben gebraucht hätte. Regina war ziemlich überrascht. Sie hielt mich wahrscheinlich für schlauer. Ich liess die Burg links liegen und behauptete, sie gefalle mir nicht. Von da an kaufte mir Regina fertige Sachen.

Als ich in der sechsten Klasse war, trennte sie sich von Adoda. Mam sagt, Regina habe ihn rausgeschmissen, weil sie sein wahres Wesen erkannt habe. Sie meint damit die anderen Frauen. Die gab es schon immer. Ich habe sie nie kennengelernt, aber als Adoda noch bei uns wohnte, roch er manchmal eigenartig. Nach der Trennung von Regina verschwand Adoda für drei Jahre. Zuerst ging er ins Reservat, dann zum FBI. Warum er doch wieder in die Schweiz kam, weiss ich nicht. Während dieser Zeit sah ich Regina nie.

Ich war ziemlich überrascht, als sie plötzlich wieder zusammen waren. Regina war noch genau gleich, einfach ein bisschen älter und ein wenig dünner. Noch immer versuchte sie, mich zu verstehen. Ich weiss nicht, was es da zu verstehen gibt. Besonders kompliziert bin ich nicht. Trotzdem ist es, als hielten wir zwei ausgeschaltete Handys ans Ohr und versuchten, miteinander zu telefonieren.

Aber sie ist immer da, wenn ich sie brauche. Als ich wegen der Einbrüche verhaftet wurde, holte sie mich aus dem Polizeigefängnis raus. Später las sie meinen Lehrvertrag durch, weil ich den ganzen juristischen Kram nicht verstand. Sogar als Nic Hilfe brauchte, nahm sich Regina Zeit, weil Nic meine Freundin ist. Sie fand heraus, in welchem Knast Nics Vater sass und erklärte ihr, wie sie es anstellen musste, damit sie ihn besuchen konnte. Ohne Nic bei ihrer Mutter zu verpetzen.

«Es gibt jemanden, der mir helfen kann», sage ich langsam.

Julies Augen werden weit vor Hoffnung. «Wer?»

«Regina», antworte ich.

«Regina?», wiederholt Leo fassungslos.

«Lilys Mutter?», stösst Nic aus. «Bist du total bescheuert?»

«Lass ihn doch ausreden!», wehrt sich Julie für mich. «Wie meinst du das, Chris? Du kannst ihr doch nicht erzählen, was passiert ist!»

«Muss ich nicht», erkläre ich. «Ich pump sie einfach an.»

«Und wenn sie dich nach Lily fragt?», will Nic wissen.

Trotz der ganzen Scheisse muss ich lächeln. «Warum sollte sie? Sie weiss nicht, dass mein Vater arbeitet. Sie denkt, er kümmere sich um Lily.»

Und er wird sich hüten, ihr die Wahrheit zu sagen, schätze ich. Die Hoffnung, die in mir aufkommt, gibt mir Energie. Ich stehe auf. Sofort ist der Schwindel zurück. Julie packt mich am Arm, damit ich kein zweites Mal umkippe.

«Das könnte funktionieren», sagt Nic langsam. «Wenn du sie bittest, die Sache vertraulich zu behandeln …»

«Hat sie als Anwältin nicht Schweigepflicht oder so?», fragt Leo.

«Sie ist nicht Anwältin», korrigiert Julie, «sondern Staatsanwältin. Das ist nicht das Gleiche.»

«Egal», sagt Nicole, auf einmal ganz aufgeregt. «Wenn Chris sie bittet, seinem Vater nichts zu erzählen, wird sie es bestimmt nicht tun. Sie war damals total nett zu mir. Ruf sie an!»

Das geht mir nun doch ein bisschen zu schnell.

«Chris! Wir dürfen keine Zeit verlieren!»

Ich schlucke. Eigentlich würde ich mir gerne überlegen, was ich sagen soll. Aber auch Leo beginnt, ungeduldig auf und ab zu wippen.

«Easy», beruhige ich die beiden.

Mit gemischten Gefühlen wähle ich Reginas Nummer. Ein nervöses Lachen bleibt mir in der Kehle stecken. Die Situation ist total schräg. Ich muss Regina fragen, ob sie mir das Lösegeld für ihre Tochter leiht. Während ich darauf warte, dass sie abnimmt, drehe ich den Zehner in der Hand, den der Russe übersehen hat.

16:24

Flint.»

«Ähm, hallo.»

«Chris? Bist du das?»

«Mmh.»

«Alles in Ordnung?» Reginas Stimme klingt skeptisch. «Chris? Geht's dir gut?»

«Hast du Zeit?», frage ich.

«Ich bin gerade unterwegs», erklärt sie. «Aber heute abend bin ich zu Hause. Brauchst du etwas? Möchtest du reden?»

«Nö. Nur eine Frage.»

«Komm doch vorbei. Dein Vater bringt Lily gegen sechs. Du kannst mit ihm fahren. Ich brauch dann einfach einen Moment. Lily ist meistens ziemlich müde, wenn sie den ganzen Tag weg war.»

Mein Herz flattert seltsam. Als wäre ein verzweifeltes Tier in meiner Brust gefangen. Vielleicht ist es kein Tier, sondern ein böser Geist. Ich stelle mir vor, wie er es sich bequem gemacht hat und mit den Fingern gegen meine Herzkammer trommelt. Möglicherweise hat er sogar ein Schlagzeug mitgenommen. Das würde nicht nur das Pochen, sondern auch die Schmerzen erklären. Herzschmerz, denke ich. Ich hielt das immer nur für ein Wortspiel.

Ich atme tief ein und versuche es nochmals. «Jetzt», sage ich und füge noch ein «Bitte» hinzu, weil Regina auf so was steht.

«Du willst jetzt mit mir reden?», fragt sie.

«Mmh.»

Sie zögert einen Moment. «Schiess los.»

Nic, die wieder ihren Kopf gegen den meinen gepresst hat, um mithören zu können, schüttelt den Kopf. Sie zeigt auf ihre Augen.

«Was?», frage ich.

Regina meint, ich rede mit ihr. «Ich hör dir zu.»

«Nein, ich … ähm.»

Ich kann nicht gleichzeitig mit Regina reden und mich mit Nic in Zeichensprache verständigen. So etwas Ähnliches habe ich früher zwar geübt, aber es hat nichts gebracht. Mam hatte mich zu einer Therapeutin geschickt, weil ich so ein Bewegungstrottel war. Dort musste ich mit dem linken Fuss stampfen und mit der rechten Hand Kreise in die Luft zeichnen. Als ich den Dreh endlich raus hatte, sollte ich dazu noch reden. Mein Mund war wie ein Schalter: Kaum öffnete ich ihn, erstarrte alles andere.

«Nicht am Telefon», zischt Nic.

Endlich begreife ich. «Können wir uns treffen?», frage ich Regina.

«Ich bin in der Stadt», erklärt sie.

Ich atme auf. Nach Gockhausen und zurück hätte ich es nie rechtzeitig geschafft. Das ist noch umständlicher als nach Witikon. «Ich auch.»

«Wo?»

«City.»

«In der Nähe der Bahnhofstrasse?»

«Mmh.»

«Perfekt! Ich stehe an der Kasse und muss nur noch zahlen. Wollen wir uns in, sagen wir, zehn Minuten treffen?»

Sie nennt das Warenhaus, vor dem ich auf den Russen gewartet habe. Ich stöhne leise. Sogar Nic weicht vor Entsetzen zurück. Leo will wissen, was los ist, doch Nic bringt ihn mit einer Handbewegung zum Schweigen und hält fünf Finger hoch.

«Fünf», sage ich.

«Gut, in fünf Minuten.» Regina gibt sich Mühe, nicht genervt zu klingen.

Jetzt streckt Nic den Daumen in die Höhe. Ich drücke auf «Aus» und lehne mich erschöpft gegen ein Schaufenster. Teddybären spielen auf künstlichem Schnee. Obwohl ich nicht daran denken will, stelle ich mir vor, wie der Russe Lily im Kinderwagen an Regina vorbeischiebt. Würde sie ihren Augen trauen? Vielleicht würde sie denken, sie träume. Mir ging das so, als ich einmal die Schule schwänzte und Adoda plötzlich vor mir stand. Er hätte an irgendeinem Kongress oder so sein sollen, jedenfalls weit weg. Deshalb glaubte ich, er wäre gar nicht er. Was natürlich nicht stimmte, wie ich dann ziemlich rasch herausfand.

Julie wischt mit einem Taschentuch in meinem Gesicht herum. Als sie auch noch eine Haarbürste hervorzieht, weiche ich zurück.

«So kannst du nicht zu Regina!», motzt sie. «Du siehst aus, als wärst du in einen Tornado geraten.»

«Julie hat recht», stimmt Nic ein. «Das lenkt Regina nur unnötig ab.»

Grummelnd greife ich nach der Bürste. Julie gibt sie mir widerwillig. Vermutlich hätte sie mich am liebsten selber frisiert, aber ich bin keine Puppe. Sie zuckt zusammen, als ich mir zwei-, dreimal grob durchs Haar fahre und es zu einem Zopf flechte. Gerade jetzt wäre ich froh um den Vorhang.

«Weisst du noch, was du sie fragen musst?» Leo wartet nicht auf eine Antwort. «Du brauchst 275 Franken! Kapiert? 2-7-5.»

«40», murmle ich. «275.40. Kapiert.»

«Du schaffst das, Indianer! Bald ist alles vorbei!» Leo boxt mich in den Arm.

Widerwillig schlurfe ich zum Eingang des Warenhauses. Ich staune, dass mir meine Beine gehorchen. Wenn alles vorbei ist, werde ich sie belohnen. Mindestens 24 Stunden dürfen sie dann Pause machen. Ich werde einfach im Bett liegen bleiben. Neben mir werde ich Food auftürmen, so viel ich kriegen kann. Vielleicht lasse ich sogar den Pizzakurier kommen. Als ich mir vorstelle, wie lange 24 Stunden sind, kommt mir das Konzert morgen abend in den Sinn. Es erscheint mir unendlich weit weg. Ich setze die Kopfhörer auf. Zum Glück sind sie bei meinem Sturz nicht kaputtgegangen. Auch mein iPod funktioniert wie durch ein Wunder.

Phenomden singt immer noch über gestresste Menschen.

«Si sind plötzli alt und frustriert in ihrem alter, hey. Ich wett das nöd, darum mues i mi fern halte.»

Das denke ich mir normalerweise auch. Fernhalten finde ich immer eine gute Idee. Dazu ist mein Vorhang da. Aber jetzt ist mein Gesicht ungewöhnlich exponiert. Mein Haar fühlt sich im Zopf gefangen. Ich bin es nicht gewohnt, dass mir das Licht direkt in die Augen scheint. Es ist viel zu hell. Aber ich nehme Bewegungen seitlich von mir wahr, die mir sonst entgehen.

«Stundelang im dschungel, will i mängisch gar nüme checke, was all lüüt wänd, nei.»

Der Sound lässt mich für einen kurzen Moment Angst und Schmerzen vergessen. Das ist das Tolle an der Musik. Egal, wie beschissen es mir geht, die Welt um mich herum verschwindet. Doch jetzt funktioniert es nur einige Takte lang. Zum erstenmal ist die Realität stärker als der Sound. Ich versuche, mich dagegen zu wehren, aber es klappt nicht. Ein Teil von mir will nicht wegdriften. Lily zählt auf mich. Ich trage für sie die Verantwortung. Deshalb kann ich nicht einfach abhauen, egal, wie verlockend es ist.

Fertig Opossum.

Ich schalte den iPod aus. Die Geräusche des Samstagnachmittags überfluten mich. Der Brei aus Summen, Klacken,

Dröhnen und Rauschen ist zäh und penetrant. Er legt meine Gedanken lahm.

«Chris!», ruft Regina. Sie kommt mir mit eiligen Schritten entgegen. In beiden Händen trägt sie Einkaufstaschen.

«Hey», begrüsse ich sie.

Sie lässt die Taschen mitten im Gewühl fallen. «Was ist denn mit dir passiert? Mein Gott, das sieht schlimm aus!»

Meine Hand schiesst zu meiner Nase. Ich versuche, sie zu verdecken. «Nichts. Nur ein kleiner … Unfall.»

«Das muss höllisch weh tun!» Ihre blauen Augen sind voller Mitleid.

«Easy», beruhige ich sie.

«Wolltest du mich deshalb treffen? Hast du mit jemandem Ärger?»

Mir ist nicht wohl hier am Eingang. Ich rechne die ganze Zeit damit, dass der Russe auftaucht. Weit weg will ich aber auch nicht, in zwanzig Minuten muss ich wieder hier sein. Regina fasst mein Schweigen als Zustimmung auf.

«Lass uns etwas trinken gehen», schlägt sie vor. «Dann erzählst du mir, was passiert ist.»

«Nein!», entfährt es mir. «Ich will … hier bleiben.»

Sie runzelt die Stirn. «Es gibt im Warenhaus ein Restaurant. Ganz oben. Wollen wir dorthin? Das ist nicht weit.»

Damit bin ich einverstanden. Hauptsache, ich entferne mich nicht vom Warenhaus. Wir tauchen ins Gedränge ein und steuern auf die Rolltreppe zu. Als wir an der Bijouterieabteilung vorbeigehen, kommt mir plötzlich der Überfall auf den Juwelierladen in den Sinn. Ob Adoda noch am Tatort ist? Gleich um die Ecke? Die Vorstellung macht mich so nervös, dass ich stolpere. Rasch schiebe ich den Gedanken wieder weg.

Zwischen den Shoppern verschwindet Regina fast. Zum Glück bin ich grösser als die meisten, so behalte ich den Überblick. Die Hektik, die parfümgeschwängerte Luft und die plötzliche Wärme treiben mir den Schweiss aus den Poren. Fremde Körper pressen sich gegen meinen, Hände streifen mich. Erst auf der Rolltreppe ist es vergleichsweise ruhig. Regina steht eine Stufe über mir. Jetzt sind wir gleich gross. Sie schaut mir direkt in die Augen. Sie ist so nah, dass ich ihre Sommersprossen zählen könnte. Mir kommt es vor, als hätte jemand ihre Nase mit Paprika gewürzt.

«Es ist schön, dich zu sehen», sagt sie.

Kleine Lachfalten bilden sich an ihren Augenwinkeln. Mich packt das schlechte Gewissen. Lily bedeutet ihr alles. Ich senke den Blick. Er fällt auf die Einkaufstaschen. Darin sehe ich Kinderkleider und Spielsachen.

Wir sind in der Herrenabteilung angekommen. Dem Menschenstrom folgend, verlassen wir die Rolltreppe, machen einen Bogen um einen Weihnachtsbaum und reihen uns wieder ein.

«Was wünschst du dir eigentlich zu Weihnachten?», fragt Regina.

Mein schlechtes Gewissen meldet sich erneut. «Nichts», murmle ich.

«Gar nichts? Nicht einmal einen Gutschein? Für ein Konzert zum Beispiel?»

«Nö.»

Sie sieht enttäuscht aus. Ich will ihr erklären, dass ich kein Geschenk verdient hätte, aber dann würde sie fragen, warum. Weil ich das Gefühl habe, ich müsste etwas sagen, frage ich, was sie sich wünsche.

Sie lächelt. «Auch nichts. Ich habe mehr, als ich mir je erträumt habe.» Ihre Augen leuchten. «Wie geht es Lily? Hast du sie heute gesehen?»

Die Worte treffen mich wie ein Faustschlag. Zum Glück kommen wir endlich im obersten Stock an. Ich höre das Geklapper von Geschirr aus dem Restaurant. Mit hängendem Kopf folge ich Regina. Wir kommen an einem Kinderhütedienst vorbei. Hinter der Glasscheibe sehe ich ein Meer von farbigen Plastikkugeln. Lautes Kreischen dringt zu mir. Ein Schild kündigt an, dass in der Vorweihnachtszeit auch Babys gehütet werden. Heute morgen hätte ich die Vorstellung, Lily irgendwo abzugeben, cool gefunden. Jetzt stresst es mich. Wenn alles gut ausgeht, werde ich sie nie mehr aus den Augen lassen.

Regina schaut sich nach einem Tisch um. Am Fenster werden zwei Plätze frei. Noch bevor die jetzigen Gäste ihre Jacken angezogen haben, stellt Regina ihre Taschen auf die Stühle, damit niemand die Plätze wegschnappen kann. Ich warte, bis der Durchgang frei wird, und lasse mich dann auf den Stuhl fallen.

«Was möchtest du trinken?», fragt Regina.

«Cola.»

Schon beim Gedanken daran läuft mir das Wasser im Mund zusammen. Erst als Regina aufsteht, wird mir klar, dass Selbstbedienung ist. Nervös schaue ich auf mein Handy. In zwölf Minuten muss ich unten am Eingang sein. Mit 275.40 Franken.

Ich lasse Regina nicht aus den Augen. Langsam schlendert sie an den Säften vorbei zur Teeausgabe. Sie nimmt eine Tasse, dreht sie in der Hand und stellt sie wieder zurück. Dann geht sie zum Saftbuffet zurück, wo sie nach einem Glas mit farbigem Strohhalm greift und den Inhalt prüft. Irgendetwas passt ihr daran nicht. Sie entscheidet sich für ein anderes Glas. Als sie es in der Hand hat, merkt sie, dass sie kein Tablett mitgenommen hat. Sie geht zum Eingang zurück. Ich wische meine feuchten Handflächen an meinen Jeans ab.

Nun schreitet sie mit dem Tablett zur Getränkeausgabe. Dort bleibt sie stehen und sucht nach etwas. Hinter ihr kommt ein Angestellter mit einem Harass voller Gläser. Sie wartet, bis er die Gläser eingereiht hat, erst dann nimmt sie eines und stellt es unter den Colahahn. Bevor sie zur Kasse geht, nimmt sie aus einem Behälter einen Zitronenschnitz und versucht, ihn auf den Rand des Glases zu stecken. Offenbar spritzt es, denn jetzt sucht sie eine Serviette.

Mein Handy zeigt 16.51 Uhr.

Drei Leute stehen vor Regina an der Kasse. Eine alte Frau bezahlt ein Tortenstück. Sie schafft es fast nicht, das Kleingeld aus dem Portemonnaie zu klauben. Endlich lässt sie einige Münzen aufs Tablett fallen und beginnt, sie zu zählen. Statt ihr zu helfen, mustert die Kassiererin ihre Fingernägel. Sie sind violett lackiert.

16:52

Weil ich die ganze Zeit an die Cola denke, merke ich, dass ich schon lange pinkeln müsste. Seit dem Morgen war ich nicht mehr auf dem Klo. Gut, ich habe auch nicht gerade viel getrunken. Meine körperlichen Bedürfnisse standen heute nicht zuoberst auf meiner Prioritätenliste. Irgendwann verstummten sie dann einfach. Aber jetzt, da ich an der Wärme sitze, meldet sich mein Körper zurück. Am lautesten schreit der Durst, die volle Blase und der leere Magen teilen sich Platz zwei. Dafür ist meine Nase etwas leiser. Und müde bin ich eigentlich gar nicht mehr.

«Tut mir leid, dass es so lange gedauert hat», sagt Regina, während sie mir das Glas Cola hinstellt. «Ich wusste nicht, ob du Eis wolltest. Soll ich noch einige Würfel holen?»

«Nö», antworte ich. «Danke.»

Sie setzt sich und lächelt. «Also, schiess los.»

Zuerst brauche ich einen Schluck Cola. Doch bevor ich den Strohhalm zum Mund führen kann, kündigt mein Handy eine SMS an. Ich bin unschlüssig. Lesen oder nicht? Wenn es eine schlechte Nachricht ist, lenkt es mich ab. Doch vielleicht ist sie wichtig. Möglicherweise haben Leo, Julie und Nic den Russen mit Lily gesehen. Sich den Kinderwagen geschnappt. Den Entführer k.o. geschlagen. Ich stelle mir vor, wie die drei in diesem Moment mit Lily davonrasen, mitten durchs Gewühl. Wie Lily jauchzt, weil der Wind sie im Gesicht kitzelt. Mein Magen schlägt Purzelbäume.

«Sorry», murmle ich und ziehe mein Handy aus der Tasche.

Eine Mitteilung. Absender: Adoda.

Mein Daumen fährt automatisch zur Taste «zeigen», obwohl ich nicht wissen will, was er geschrieben hat.

«Fahre los.»

Ich starre auf die zwei Worte, als könnte ich nicht lesen. Von seinem Büro aus braucht Adoda etwa eine Viertelstunde nach Witikon. Auch wenn er im Stau steckenbleibt, wird er vor mir zu Hause sein.

«Chris?», fragt Regina sanft.

Ich ignoriere sie. Ich muss denken. Wenn Adoda vor mir zu Hause ist, merkt er, dass wir den ganzen Tag nicht da waren. Schliesslich ist er Bulle. Er ist es sich gewohnt, Spuren auszuwerten. Es wird ihm auffallen, dass im Abfall keine schmutzigen Windeln liegen oder dass nirgends Brei oder sonstiges Geschmier klebt. Was wird er sich denken? Ich muss mir etwas einfallen lassen. Und zwar schnell.

Das Problem ist, dass Schnelligkeit noch nie meine Stärke war. Ich weiss nicht recht, wie ich den Gang meiner Gedanken beschleunigen kann. Wenn ich es versuche, prallen sie aufeinander und ergeben keinen Sinn mehr. Es ist, als würde ich ein Bild in Blau und Gelb malen. Wenn ich den Pinsel in beide Farben tauche, so habe ich plötzlich Grün, nicht mehr Blau und Gelb. Ich muss zuerst Blau auftragen, dann den Pinsel auswaschen und erst danach Gelb hinzufügen. Genauso mache ich es normalerweise beim Denken.

Der Druck, schnell sein zu müssen, lähmt mich. Ich starre auf die Kohlensäurebläschen in meiner Cola. Sie erinnern mich an Leo, weil sie so rasch auftauchen. Was würde Leo an meiner Stelle tun? Ich versuche, mich in ihn hineinzuversetzen.

«Chris? Ist dir schlecht?», fragt Regina.

Plötzlich kommt mir eine Idee. Keine Ahnung, woher. Sie ist einfach da.

Ich muss mein Telefon auf den Tisch legen, um Adodas SMS zu beantworten. Meine Hände sind so feucht, dass es mir sonst herunterfallen könnte.

«Hunger», tippe ich.

Ich zähle auf Adodas schlechtes Gewissen.

Kurz darauf kommt seine Antwort: «Chinese oder Pizza?»

Volltreffer! Ich überlege, was länger dauert. Mir kommt ein thailändisches Take-away in den Sinn. Dort muss man ziemlich lange warten. Ausserdem liegt es nicht gerade am Weg.

«Thai», antworte ich.

«Ok.»

Erleichtert atme ich auf. Ich habe gar nicht gemerkt, dass ich die Luft angehalten habe. Als mein Display in den Stand-by-Modus wechselt, zeigt die Uhr 16.56. Bevor meine Gedanken kollidieren, platze ich mit der Wahrheit heraus.

«Ich brauche Kohle.»

«Wie bitte?», fragt Regina.

«Geld», erkläre ich.

«Ich weiss, was Kohle ist. Aber wofür? Und wie viel? Wolltest du mich deshalb unbedingt sprechen? Steckst du in Schwierigkeiten?»

Das mit den vielen Fragen aufs Mal ist wohl eine Frauensache.

«275.40 Franken.»

Regina starrt mich mit offenem Mund an. Scheisse, das habe ich falsch angepackt. Ich hätte mir irgendeinen Einstieg ausdenken sollen. Aber jetzt ist es zu spät.

Sie schüttelt den Kopf. «Wenn du Probleme hast, helfe ich dir gern. Aber ich glaube nicht, dass Geld die Lösung ist.»

«Bitte», flehe ich.

Ich stelle mir Julies Hundeblick vor und setze ihn auf. Schade, dass meine Augen so schmal sind. Das hat nicht die gleiche Wirkung. Vermutlich sehe ich eher wie ein Pitbull aus. Trotzdem ist Regina baff. Vielleicht hat sie mich noch nie «bitte» sagen hören. Auf einmal werden ihre Augen auch schmal.

«Deshalb bist du also zusammengeschlagen worden.» Sie presst die Lippen zusammen. «Du hast Schulden.»

Ich nicke. In diesem Moment hätte ich allem zugestimmt. Doch nun beginnt sie, mir eine Predigt über Schulden zu halten. Das kann ewig dauern. Vor Gericht spricht sie manchmal über eine Stunde. Ohne Pause. Eine Welle der Verzweiflung baut sich in mir auf. Mir schiessen die Tränen in die Augen.

Das haut sie um. Mich auch. Da weine ich seit Jahren nicht mehr, und dann gleich zweimal an einem Tag. Es ist mir total peinlich. Ich muss mich wieder in den Griff kriegen. Sonst kann ich morgen niemandem mehr in die Augen schauen. Ich fahre mir mit dem Ärmel übers Gesicht. Am liebsten würde ich meine Haare aus dem Zopf lösen, aber ich beherrsche mich. Als ich aufblicke, sehe ich, wie Regina ihr Portemonnaie hervorholt.

«Ich gebe dir das Geld unter einer Bedingung.» Sie sieht mir in die Augen. «Ich will, dass du eine Budgetberatungsstelle aufsuchst.»

Ich nicke.

«Mit mir zusammen», ergänzt sie.

Dumm ist sie nicht. Ich stimme der Bedingung zu. Auf einmal kommen meine Gedanken ganz schnell. Es ist, als wären sie jetzt geölt.

«Bitte sag Adoda nichts!», flehe ich. «Auch von diesem Treffen nicht!»

Sie ist einverstanden. «Aber nur, wenn du dich an die Abmachung hältst. Ich werde Montag gleich einen Termin vereinbaren.»

«Okay.»

Sie zieht einen Hunderter heraus und legt ihn auf den Tisch. Eine Sorgenfalte bildet sich auf ihrer Stirn. Ich traue mich kaum zu atmen. Zwischen zwei Quittungen findet sie eine Zehnernote.

Langsam schüttelt sie den Kopf. «Das ist alles, was ich dabeihabe.»

Ich starre auf die 110 Franken, während Regina im Münzfach nachschaut. Sie legt ein Fünffrankenstück dazu. 115 Franken. Das macht total 799.60 Franken.

«Es gibt ganz in der Nähe einen Bancomaten», sagt Regina. «Lass uns …»

«Hast du noch 30 Rappen?», unterbreche ich.

Als mir Regina verwirrt 30 Rappen zuschiebt, lege ich den vergessenen Zehner dazu. 800 Franken. Immerhin. Das muss einfach reichen. So viel hat mir der Russe geliehen. Das mit dem Zins finde ich sowieso nicht fair.

Mein Handy zeigt 16.59 Uhr.

Ich stehe auf und stecke das Geld ein.

«Willst du schon gehen?», fragt Regina. «Was ist mit der Cola?»

Ich werfe einen sehnsüchtigen Blick auf das Glas, doch meine Beine tragen mich bereits zur Rolltreppe.

17:00

Ich steuere auf den Ausgang zu, erkenne in der Dunkelheit jedoch nichts. Erst als mir die kühle Luft entgegenschlägt, kann ich einzelne Gestalten ausmachen. Ich suche die Strasse nach dem Russen ab. Leo wartet bestimmt auf eine Rückmeldung. Er weiss nicht, ob ich die Kohle beisammen habe oder nicht. Wir müssen die nächsten Schritte besprechen. Was soll ich tun, wenn der Russe Lily nicht dabei hat? Ihm das Geld trotzdem geben? Darauf beharren, dass er mich zuerst zu ihr bringt? Meine Finger umklammern das Handy in meiner Tasche, doch ich traue mich nicht, es hervorzuziehen. Wenn der Russe zuschaut, glaubt er womöglich, ich rufe Verstärkung. Das gibt Trouble.

Ich kann nur hoffen, dass der Russe genauso erschöpft ist wie ich. Wenn er Lily loswerden will, begnügt er sich vielleicht mit den acht Lappen. Das ist eine ziemlich schwache Idee, aber was Besseres kommt mir nicht in den Sinn. Dass ich kein Schlägertyp bin, weiss er. Sonst wäre er nicht alleine zur Geldübergabe gekommen. Vielleicht hatte er aber auch Komplizen, die versteckt warteten.

Zwei Polizisten gehen an mir vorbei. Mein Herz setzt einen Schlag aus, doch dann meldet sich meine Vernunft. Sie fahnden kaum nach mir, nur weil ich mich einer Kontrolle entzogen habe. Vielleicht waren sie beim Juweliergeschäft, das überfallen wurde. Zum Glück ist Adoda nicht mehr dort. Immerhin etwas Beruhigendes. Dass er auf dem Heimweg ist, blende ich aus.

«Dreh dich nicht um!», zischt eine Stimme hinter mir.

Der Russe.

Ich erstarre. Angestrengt lausche ich auf Babygeräusche. Ich höre nur Gesprächsfetzen und das Gebläse der warmen Luft beim Warenhauseingang. Hat er Lily wieder nicht dabei? Vielleicht schläft sie nur. Wie soll ich reagieren? Nun bereue ich es, dass ich Leo nicht angerufen habe.

«Gib mir die Kohle», befiehlt er. «Ganz langsam. Schön geradeaus schauen!»

Ich ziehe das Geld aus der Tasche und halte es hinter meinen Rücken. Kalte Finger streifen meine Handfläche, dann sind die 115.40 Franken weg.

«Wo ist meine Schwester?», frage ich.

Vor mir dreht ein Mann den Kopf in meine Richtung. Für ihn sieht es aus, als rede ich mit mir selbst. Den Russen hinter mir sieht er nicht.

«Wo ist sie?», wiederhole ich lauter.

Als ich immer noch keine Antwort bekomme, drehe ich mich um.

Da ist niemand.

Ich drehe mich zweimal um die eigene Achse.

Nichts.

Eine neue Welle der Verzweiflung baut sich auf. Bevor sie über mich hereinbricht, erblicke ich eine vertraute Daunenjacke.

Leo.

Er jagt die Strasse hinunter, dicht gefolgt von Nicole. So, wie die beiden rennen, zweifle ich keine Sekunde daran, dass sie den Russen einholen werden. Ihnen zu folgen, hat keinen Zweck. Genauso gut könnte ich versuchen, mir Flügel wachsen zu lassen. Ziemlich verloren stehe ich da.

«Chris!», keucht Julie auf einmal neben mir. «Was ist passiert? Hat dir Regina das Geld gegeben?»

Ich nicke.

«Wo ist Lily?»

Ich zucke mit den Schultern.

«Er hat es dir nicht gesagt? Obwohl du deine Schulden bezahlt hast?»

«Acht», stammle ich.

«Was?»

«Lappen. Acht Lappen. Keinen Zins.»

Nun löse ich den Zopf. Wie ein Vorhang fällt mir das Haar ins Gesicht. Julie zerrt ihr Handy aus der Handtasche und tippt eine SMS.

«Leo muss wissen, was los ist», erklärt sie atemlos. «Damit er sich den Russen vorknöpfen kann. Wir hatten keine Ahnung, wie es bei dir lief. Mach dir keine Sorgen! Leo bringt ihn zum Reden!»

Mir fällt nichts dazu ein. Ich fühle mich wie ein Block Eis. Kaum hat Julie die SMS abgeschickt, höre ich Schritte. Als ich aufblicke, stehen Leo und Nic vor mir. Leos Augen sehen aus, als loderten Flammen darin. Jeder Muskel seines Körpers ist gespannt. Die Energie, die ihn umgibt, erdrückt mich. Nic strahlt tiefe Konzentration aus, wie ein Karatekämpfer, der vorhat, ein zehn Zentimeter dickes Holzbrett zu halbieren. Zusammen wirken sie unbesiegbar.

Aber warum sind sie ohne den Russen zurückgekommen?

«Der kleine Scheisser wurde abgeholt!», flucht Leo.

«Abgeholt?», wiederholt Julie. «Von wem?»

«Keine Ahnung», erklärt Nic. «Da war einfach ein Wagen. Könnte sein Vater gewesen sein.»

«Du meinst, die ganze Familie steckt mit drin?»

«Quatsch», sagt Leo.

«Vielleicht hat er einfach etwas vor heute abend», erklärt Nic.

«Aber … wo ist Lily? Er kann sie doch nicht mitnehmen? Was würden seine Eltern sagen?» Julies Stimme ist schrill. Rote Flecken bilden sich auf ihren Wangen.

Leo rauft sich die Haare. «So bescheuert kann er nicht sein! Ich kapier das einfach nicht!»

«Er wird sich melden.» Nic klingt überzeugt. «Er wird telefonisch durchgeben, wo wir sie finden können.»

Erst jetzt sieht Leo die SMS von Julie. Ein ungläubiger Ausdruck tritt auf sein Gesicht. Langsam dreht er den Kopf in meine Richtung. «Du hast ihm die Kohle nicht gegeben?»

«Doch», nuschle ich. «115.40. Das macht total 800.»

Leo flucht laut.

«Ich finde das fair», verteidigt Julie mich. «Mehr hat er nicht verdient!»

«Hier geht es nicht um fair oder nicht!», zischt Leo. «Der Russe will 960, und wenn er die Kohle nicht …»

Mein Handy klingelt.

Alle verstummen.

Das Eis in mir schmilzt so weit, dass ich meine Hand bewegen kann. Ich nehme den Anruf entgegen, bringe aber keinen Ton heraus. Das ist auch nicht nötig, denn der Russe will nicht hören, was ich zu sagen habe.

«Verdammte Sau! Es fehlen 160 Franken! Wenn du glaubst, dass du mich verarschen kannst, vergiss es! Deine Schwester siehst du nie mehr! Soll ich dir beschreiben, wie sie jetzt aussieht?»

Seine Worte sind wie Feuer. Das Eis in mir löst sich auf.

«Ich geb dir meinen iPod!», schreie ich verzweifelt. «Das Gras! Du kannst das ganze Gras haben! Und den iPod dazu!»

«Ich will die Kohle! Lange macht es die Kleine nicht mehr. Sie ist vom Schreien schon ganz heiser.» Er lacht wie ein Irrer. «Bald wird sie verdursten. Sie fühlt sich schon jetzt total heiss an. Ihr Kopf glüht. Gekotzt hat sie auch. Und sie stinkt wie ein Schwein.»

Ich schlottere. Über meinen Körper habe ich keine Kontrolle mehr. Ich spüre, wie Nic mir das Handy wegnimmt und wie ein Maschinengewehr Worte losfeuert. Ich verstehe nicht, was sie sagt. Meine Zähne schlagen aufeinander. Das Geräusch hallt in meinem Schädel. Alles wackelt. Mein Blickfeld verengt sich. Ich bin in einem Tunnel. Nur, dass ich nirgends einen Ausgang sehe. Dort, wo Licht sein sollte, ist es schwarz.

Julie packt mich am Arm. Sie zieht mich runter. Ich begreife, dass ich mich hinkauern soll, damit ich nicht umkippe. Sie drückt mir den Kopf zwischen die Knie. Ich starre auf meine Füsse. Sie kommen mir riesig vor. Sie erinnern mich an die Geschichte des ungeschickten Vogels. Auch er hatte riesige Füsse. So gross, dass er dauernd darüber stolperte. Alle Tiere lachten ihn deswegen aus, denn kein anderer Vogel hatte so grosse Füsse. Nur die Heuschrecke hielt zu ihm. Sie versuchte, den Vogel zu trösten. «Eines Tages wirst du froh sein um deine grossen Füsse», versprach sie. Der Vogel schüttelte traurig den Kopf.

An einem sonnigen Morgen beschloss ein Bauer, das Gras auf seinem Feld zu mähen, um dort Mais zu pflanzen. Was er nicht wusste: Genau in diesem Feld hatte eine Vogelmutter ihr Nest gebaut. Der Bauer sah es zwischen den hohen Grashalmen nicht. Als die Vogelmutter merkte, dass der Bauer mit der Sense das Gras schneiden wollte, flippte sie aus. Sie versuchte, das Nest wegzutragen, aber es war ihr zu schwer. Die Heuschrecke sah ihre Panik und dachte an den Vogel mit den grossen Füssen. Rasch flog sie zu ihm und bat ihn um Hilfe. Zuerst weigerte sich der Vogel. Er hatte Angst, dass er die Eier fallen lassen oder sie mit seinen grossen

Füssen platt drücken würde. Schliesslich liess er sich aber erweichen. Er flog zum Nest, nahm ein Ei heraus und legte es auf seinen Fuss. Er flog damit an den Rand des Feldes, wo die Vogelmutter wartete. Jedes Ei holte er so, bis alle in Sicherheit waren. Die Vogelmutter war so glücklich, dass sie allen Tieren von der Heldentat berichtete. Seither will jeder grosse Füsse.

Lily sitzt im Nest fest.

Die Sense schwebt über ihr.

Ich habe zwar grosse Füsse, jedoch keine Ahnung, wie ich sie retten kann.

Julie kniet vor mir. Sie legt mir die Hände an den Kopf. Sie sind warm. Meine zappelnden Gedanken beruhigen sich etwas. Klare Bilder entstehen in meinem Kopf. Ich sehe Lily nach der Geburt. Verschrumpelt wie eine Dörrpflaume, die Hände zu Fäusten geballt. Als hätte sie gewusst, dass ein Kampf auf sie wartete. Zwei Wochen lang war sie in einem Brutkasten, weil sie zu früh auf die Welt gekommen war.

Eigentlich hatte ich sie gar nicht im Spital besuchen wollen. Nicht, dass ich etwas gegen sie hatte. Sie interessierte mich einfach nicht. Doch Adoda beharrte darauf. Das war ziemlich untypisch für ihn. Normalerweise ist er froh, wenn er vor mir Ruhe hat. Vermutlich tat er es wegen Regina. Schon während der Schwangerschaft hatte Regina das Gefühl, es müsse für mich etwas Besonderes sein, einen Bruder oder eine Schwester zu bekommen. Weiss nicht, wieso. Es war von Anfang an klar, dass Lily bei Regina in Gockhausen wohnen würde. Was kümmerte es mich, dass wir gemeinsame Gene hatten? Wie viel Blutsverwandte wert waren, hatte ich im Tessin erlebt.

Deshalb erstaunt es mich jetzt, dass mir Lily wichtig ist. Dahinter steckt nicht nur ein schlechtes Gewissen. Irgendwie gehören wir zusammen. Ich ertrage es nicht, dass es ihr schlecht geht. Sie hat niemandem etwas zuleide getan. Die Worte des Russen hallen mir noch im Kopf wider. Hat er Lily wirklich nichts zu trinken gegeben? Das ist nicht nur gemein, es kann auch echt gefährlich sein. Sie könnte austrocknen. Ich glaube, das geht bei Babys schneller als bei Erwachsenen. In einer Gratiszeitung habe ich gelesen, dass eine Mutter ihr Baby allein zu Hause gelassen hat und es verdurstet ist. Allerdings war die Frau mehrere Tage weg. Sie wurde zu vierzehn Jahren Gefängnis verurteilt. Adoda hat einmal in einem ähnlichen Fall ermittelt. Da starb das Baby ebenfalls, weil es nichts zu trinken bekam. Es war erst einen Tag alt gewesen. Ein Spaziergänger fand die Leiche im Wald. Mit der Nabelschnur dran.

Früher wusste ich nicht, dass sich Polizisten Leichen ansehen müssen. Als Kind dachte ich mir, Adoda fahre einfach mit Blaulicht durch die Gegend und verhafte Verbrecher. Sogar als ich begann, im Fernsehen Krimis zu schauen, war mir nicht wirklich klar, dass Adoda den gleichen Beruf ausübte wie der Kommissar im Film. Natürlich wusste ich, dass er Mordfälle aufklärte. Irgendwie dachte ich mir einfach, in der Realität sei die Arbeit weniger dramatisch. Aber es ist genau umgekehrt. In echt ist sie schlimmer. Nicht nur, weil die Leichen aus Fleisch und Blut sind. Adoda muss zu den Angehörigen fahren und ihnen beibringen, dass ihre Mutter, ihr Vater, ihr Bruder oder ihre Schwester tot ist. Manchmal auch ihr Kind. Keine Ahnung, warum das jemand beruflich machen will. Da wäre ich sogar lieber Maler geblieben.

«Geht's?», fragt Julie besorgt.

War ich wieder abgetaucht? Plötzlich nehme ich alle Geräusche um mich herum wieder wahr. Nic und Leo diskutieren heftig. Noch immer eilen Shopper an uns vorbei. Mir wird bewusst, dass uns jeder vom Eingang des Warenhauses aus sehen kann. Ich denke an Regina, die oben im Restaurant sitzt. Was, wenn sie mich hier entdeckt? Völlig fertig?

Ich rapple mich auf und zeige um die Ecke, dorthin, wo wir uns vor dem ersten Treffen beraten haben. Es kommt mir vor, als sei es ewig her.

Julie begreift und folgt mir. Sie sagt etwas zu Leo und Nic, die verstummen. Erst als wir vom Eingang aus nicht mehr zu sehen sind, reden sie weiter.

«Wir müssen zur Polizei!», sagt Leo.

«Und wie erklären wir den Bullen, dass wir den ganzen Tag zugewartet haben?», fragt Nic.

«Egal!», meint Leo. «Der Russe ist völlig übergeschnappt! Die ganze Sache ist eine Nummer zu gross für uns!»

«Leo hat recht», stimmt Julie zu. «Wir wissen nicht, was der Russe als Nächstes tut. Er hat keine neue Zeit genannt, keinen Treffpunkt, überhaupt nichts. Er weiss nicht mehr weiter. Und das ist mega gefährlich!» Sie schaut mich mitleidig an. «Tut mir leid, Chris, aber ich glaube, es bleibt uns keine Wahl.»

Ich nicke. Dass ich wegen Dealens drankomme, macht mir auf einmal keine Angst mehr. Adodas Reaktion hingegen schon. Bei der Vorstellung wird mein Mund noch trockener, als er ohnehin schon ist. Wenn Adoda richtig wütend ist, schweigt er. Aber so laut, dass es weh tut. Manchmal wäre es mir lieber, er würde schreien. Fast noch schlimmer ist die Vorstellung, dass mich Regina für immer hassen wird.

Mein Handy heult, und ich zucke zusammen. Dass Adoda ausgerechnet jetzt anruft, ist, als hätte er unser Gespräch belauscht.

«Yeah», nehme ich resigniert ab.

«Chris, ich …» Adoda zögert kurz. «Es dauert noch ein bisschen. Höchstens eine halbe Stunde. Geht's mit dem Hunger?»

«Easy.»

Jetzt, sage ich mir. Ich muss es ihm sagen. Aber die Worte verlassen meinen Mund nicht. Wenn ich schon zur Polizei muss, dann lieber zu einem fremden Bullen. Julie nickt ermutigend, sie will, dass ich beichte. Als ich weiterhin schweige, streckt Leo die Hand nach dem Telefon aus. Rasch drücke ich auf «Aus».

«Chris!», schimpft Julie. «Du musst es erzählen!»

«Das ist ein Zeichen», rede ich mich heraus.

«Wofür?», will Nic wissen.

«Dass ich noch eine halbe Stunde Zeit habe.» Die Erklärung klingt selbst in meinen Ohren eigenartig. Aber zum erstenmal haben Adodas leere Versprechungen auch etwas Gutes. Vermutlich wird er in einer halben Stunde wieder anrufen und sagen, dass es noch später wird. Das ist so was wie eine Gnadenfrist. Ich muss sie nutzen. Die Frage ist nur, wie.

Ich betrachte meine grossen Füsse. Einmal habe ich Lily tatsächlich auf meinen Fuss gesetzt. Ich bewegte das Bein auf und ab, wie eine Wippe. Sie fand es super. Doch dann kippte sie und fiel herunter. Nächstes Mal werde ich sie festhalten, schwor ich mir.

«Wo hat er sie bloss versteckt?», frage ich laut.

Leo knackt mit den Fingerknöcheln. «Irgendwo! Ein kleines Kind passt doch überall rein.»

Julie kreischt entsetzt. «Leotrim! Du bist so was von makaber! Lass die blöden Sprüche!»

Ich sehe Leo an, dass er keine Witze reisst. Er meint es ernst. Mir wird flau im Magen. Ich stelle mir vor, wo der Russe Lily verstauen könnte. In einem Schrank zum Beispiel. Oder in einem Schliessfach. Einem Kühlschrank. Einem Abfalleimer.

Meine Phantasie geht mit mir durch.

Nic schluckt leer.

Wir schauen uns entsetzt an. Niemand sagt etwas. In der Ferne höre ich eine Sirene. Es riecht neblig, mir wird langsam kalt. Die Schaufensterpuppen tragen Handschuhe und Wollmützen mit Ohrenklappen.

Julie wirkt abwesend. Sie kaut auf einer Haarsträhne herum. Das Smiley an ihrem Ohr hat sich gedreht, so dass die Mundwinkel nach unten zeigen. Ich frage mich, wohin Lilys Mundwinkel jetzt zeigen. Julies Finger berühren ihr Ohr. Abwesend spielt sie mit dem Stecker. Sie merkt gar nicht, dass sie ihn wieder zurückdreht.

Auf einmal schlägt sie sich an die Stirn.

17:12

Was ist?», fragt Nic.

«Warum wollte uns der Russe genau hier treffen?», fragt Julie aufgeregt.

Nic zuckt mit den Schultern.

«Überlegt doch!», beharrt Julie.

Sie flattert mit den Armen, wie ein Vogel, der zum erstenmal abhebt. Nur, dass Julie ziemlich oft abhebt. Sie hat schlaue Ideen am Laufmeter. Das hat damit zu tun, dass sie so viel weiss. Ihr Hirn ist eine Harddisk. Meistens ist ihr Wissen aber nicht besonders nützlich. Sie kann zum Beispiel den Tag nennen, an dem Robert Oppenheimer gestorben ist. Aber wen interessiert das schon? Gut, er hat die Atombombe erfunden, aber auch das weiss ich nur, weil Julie es mir erzählt hat. Nicht, dass ich danach gefragt hätte. Nic und sie diskutierten irgendwann im letzten Sommer darüber, welcher Mensch nie hätte geboren werden sollen. Keine Ahnung, wozu das gut sein soll. Ändern kann man es schliesslich nicht mehr. Ich war bei Leo zu Besuch und bekam das Gespräch zufällig mit. Julie wollte meine Meinung hören. Ich hatte keine. Sie war ziemlich enttäuscht.

Heute weiss ich, was ich sagen würde: der Russe. Wäre er nie geboren worden, wäre ich jetzt zu Hause mit Lily. Die Vorstellung macht mich traurig. Deshalb finde ich solche Gedankenspiele sinnlos. Der Russe kam zur Welt. Dafür hat seine Mutter gesorgt. Keine Was-wäre-wenn-Spiele ändern etwas daran.

«Musst du es so spannend machen?», fragt Leo.

Julie seufzt theatralisch. «Er hat diesen Treffpunkt ausgewählt. Genau diesen. Das kann doch nicht Zufall sein!»

«Vermutlich war er einfach in der Nähe, als er angerufen hat», sagt Nic. «Oder er hat einen Ort gesucht, von wo er rasch verschwinden konnte. In einer Menge unterzutauchen, ist einfacher als an einem ruhigen Platz. Hier hat es immer viele Menschen.»

«Zürich ist riesig!», widerspricht Julie. «Es hat an vielen Orten Menschenmassen.»

«Ja und?», wirft Leo ein. «Ich kapier nicht, worauf du hinauswillst.»

«Etwas an diesem Ort ist besonders!»

Ich begreife auch nicht, was sie sagen will. Verwirrt sehe ich mich um. Die Häuser gegenüber sind eine einzige, graue Wand. Oben Büros, unten Geschäfte. Genau wie überall in der City. Auf dem Trottoir befindet sich eine Box, die zur Hälfte mit Gratiszeitungen gefüllt ist. Vor einem Parkhaus stehen Autos Schlange. Ein rotes Besetztzeichen leuchtet über der Einfahrt. Nichts kommt mir besonders vor.

Nic beginnt, Dehnübungen zu machen. «Ich sehe, was du meinst», sagt sie langsam. «Einmal wäre vielleicht Zufall gewesen, aber er wollte uns zweimal hier treffen.»

«Genau!» Julies Kopf wippt heftig auf und ab.

«Dann müssen wir nur herausfinden, warum!» Nic wendet sich an Leo. «Als du die Infos über den Russen herausgesucht hast, kam dieser Ort vor?»

«Was meinst du?», fragt Leo, genauso verwirrt wie ich. «Diese Strasse? Oder das Warenhaus?»

Ungeduldig seufzt Nic. «Vielleicht arbeitet sein Vater hier in der Nähe, oder ...»

«Sein Alter besitzt verschiedene Clubs», erinnert Leo uns. «Vor allem in Deutschland. Nur ganz wenige in der Schweiz.»

«Welche?», platzen Julie und Nic gleichzeitig heraus.

Leo holt sein Handy hervor. «Ich habe die Liste in einem Mail gespeichert. Moment, die Verbindung muss zuerst aufgebaut werden.»

Ich wende mich an Nic. «Was hat dir der Russe am Telefon gesagt?», will ich wissen.

«Nichts. Er hat aufgelegt.» Sie zieht eine Grimasse und beugt sich über Leos Handy. Ihre Köpfe berühren sich. Automatisch geht Leos Arm um ihre Schultern. Ich beobachte, wie seine Finger kreisen. Er scheint gar nicht zu merken, dass er Nic streichelt. Vermutlich hat er sie schon so oft berührt, dass es für ihn ganz normal ist. So, wie sich meine Zahnbürste an meine Zähne gewöhnt hat.

«Hab's», sagt Leo nach einer Minute. «‹Z-Club›, ‹Max four›, das ‹Roxanne› ...»

«Das ‹Roxanne›!», unterbricht Nic. «Das ist ganz in der Nähe.»

Leos Augen verengen sich. «Warst du schon mal dort?»

«Seh ich etwa aus wie achtzehn?», fragt Nic.

«Mit Beziehungen lassen sie dich vielleicht ohne Ausweiskontrolle rein.» Leos Finger hören auf zu kreisen.

«Und was soll ich dort? Mir eine Stripshow reinziehen?»

«Keine Ahnung, was für Typen dort ...»

«Deine Eifersucht nervt echt! Wie oft muss ich dir noch sagen, dass mich andere Typen nicht interessieren? Aber wenn du so weiter machst, könnte sich das irgendwann ändern!»

«Drohst du mir?», zischt Leo.

Nic windet sich aus der Umarmung und stellt sich vor ihn hin. Ihre Augen blitzen gefährlich. Nicht jetzt, denke ich. Aber ich weiss, dass ich nichts dagegen tun kann. Nic und

Leo sind wie Butter und Eier. Als ich meinen ersten Kuchen gebacken habe, erklärte mir mein Chef, ich müsse die Eier ganz vorsichtig reinmixen. Sonst würde die Masse gerinnen. Er gab mir einige Tips: Butter und Eier müssten zum Beispiel die gleiche Temperatur haben. Zudem sollte ich ein Ei nach dem anderen beifügen und ganz lange rühren. Trotzdem klappte es nicht. Die Zutaten vermischten sich einfach nicht. Überall schwammen Klumpen im Teig. Nic und Leo sind genauso. Wenn sie auf der gleichen Wellenlänge sind, geht es mit dem Mixen. Wenn nicht, kann man nichts machen. Butter und Eier passen einfach nicht zusammen. Gelingt der Teig trotzdem, ist der Kuchen super.

Julie hat keine Lust auf Backexperimente. Sie wendet sich ab und stapft davon. Die Windelpackung schlägt ihr gegen die Knie. Ich eile ihr nach. Als Nic und Leo merken, dass wir losgezogen sind, biegen wir bereits um die Ecke. Julie zeigt auf einen modernen Glasbau.

«Das ist das ‹Roxanne›», verkündet sie.

Links des Eingangs steht eine Tafel, auf der zu lesen ist, dass bis 19 Uhr Drinks zum halben Preis angeboten werden. Auf der anderen Seite befindet sich eine Tanne. Die Zweige sind mit Anhängern in Form von kurvigen Frauen geschmückt. Aus dem Innern des Clubs höre ich gedämpfte Musik.

Julie marschiert auf den Eingang zu und öffnet die Tür. Sie ignoriert Leos Rufe. Ich folge ihr ohne zu zögern. Der Zigarettenqualm ist fast so dicht wie der Nebel draussen. Gierig atme ich die Luft ein. Ein Türsteher in schwarz taucht aus dem Nichts auf und baut sich vor uns auf.

«Ausweise, bitte.»

«Wir suchen jemanden», erklärt Julie. «Den Sohn des Besitzers. Sergei Karzow.»

Sergei Karzow.

Den Namen des Russen zu hören, macht ihn irgendwie menschlicher. Ich weiss nicht, ob mich das erleichtert oder beunruhigt. Ein Mensch aus Fleisch und Blut würde Lily doch nichts Schlimmes tun, oder? Andererseits: Wenn der Russe ein Mensch ist, warum hat er keine Gefühle? Vielleicht vergass seine Seele mitzukommen, als er auswanderte.

Nicht nur Menschen haben Namen – sondern auch Monster: Dracula, Godzilla oder King Kong zum Beispiel. Im Vergleich zum Russen sind sie ziemlich harmlos. Es gibt aber auch Monster, die sich als Menschen tarnen: Billy und Stu aus «Scream 1», Mrs. Loomis oder Roman Bridger aus den weiteren Folgen. Oder Jigsaw, der Psychopath aus «Saw». Beim Gedanken wird mir schlecht. Dagegen ist King Kong ein Haustier.

Der Türsteher verschränkt seine riesigen Arme. «Wie kommt ihr drauf, dass Sergei hier ist?»

Julie lächelt entwaffnend. «Wir wissen es nicht. Er geht nicht ans Telefon. Da dachten wir, wir versuchen es einfach mal hier. Wir waren sowieso in der Gegend.»

«Was wollt ihr von ihm?»

«Er hat etwas, das uns gehört», erklärt Julie. «Wir wollten es nur abholen.»

Misstrauisch zieht der Türsteher die Augenbrauen zusammen. Bevor er fragen kann, was genau wir holen wollen, geht die Tür auf. Leo und Nic platzen herein. Als der Türsteher Leo sieht, stürzt er sich auf ihn. Leo hat einfach diese Wirkung auf andere. Entweder greift man ihn an, oder man flüchtet vor ihm. Ich kapier beides nicht. Auf mich wirkt er total harmlos.

Leo versucht, sich aus dem harten Griff zu lösen. Er windet sich wie ein Kabel, das aufgerollt wird. Ich sehe ihm an, dass er stinksauer ist. Gegen den Türsteher hat er jedoch keine Chance. Trotzdem wägt er seine Möglichkeiten ab. Nic wirft ihm einen warnenden Blick zu. Es nützt nichts. Leo tut, als bemerke er ihren Blick nicht. Statt sich zu beruhigen, holt er mit dem Fuss zu einem Tritt aus. Bevor er zum Selbstmordattentäter mutiert, schiebt sich Nic vor ihn. Ich bewundere ihren Mut.

«Lass ihn los!», befiehlt sie dem Türsteher.

Ihr Ton ist eiskalt. Vor Überraschung lässt der Türsteher Leo tatsächlich los. Doch er fasst sich gleich wieder.

«Was wollt ihr?», bellt er. «Raus mit der Sprache! Noch eine Lüge, und ich informier den Chef!»

Ich warte darauf, dass Julie weiterspricht, doch plötzlich merke ich, dass sie nicht mehr da ist. Verwundert drehe ich den Kopf. Dort, wo sie eben noch stand, ist nur noch die Windelpackung.

Leo schnappt nach Luft. «Wo ist Gjyle?»

An der Bar sitzen einige Geschäftsleute in Anzügen und kippen Drinks runter. Die Ledersessel im hinteren Teil des Clubs sind nur spärlich besetzt. Ein Pärchen spiesst Oliven auf und mustert uns neugierig. Eine Gruppe Frauen tuschelt hinter vorgehaltener Hand. Goldschmuck blitzt auf. Auf einem Ledersitz türmen sich Einkaufstaschen mit Markennamen.

Julie sehe ich nirgends.

Auch der Türsteher ist irritiert. Er weiss nicht, wie er reagieren soll. Soeben war sie noch da. Jetzt ist sie weg. Wie Lily.

Ein völlig unlogischer Gedanke schiesst mir durch den Kopf: Vielleicht kann der Russe Menschen wegsaugen. Im Gegensatz zu heute morgen hat er aber kein Nichts hinterlassen. Oder möglicherweise haben wir das Nichts bereits gefüllt, indem wir uns anders hingestellt haben. Ich kann mich nicht daran erinnern, wo genau Julie stand. Obwohl es keinen Sinn ergibt, tröste ich mich damit, dass Lily jetzt nicht mehr allein ist. Julie ist bei ihr.

«Gjyle!», ruft Leo lauter. Er setzt sich so schnell in Bewegung, dass der Türsteher es nicht kommen sieht. Sogar Nic ist erstaunt, als Leo plötzlich an der Bar steht und dahinter späht. Dann schaut er um die Ecke, wo weitere niedrige Sessel um einen Glastisch gruppiert sind. Keine Julie.

Der Türsteher hat sein Handy hervorgezogen und telefoniert. Kurz darauf erscheint ein Mann in Anzug. Er trägt eine Brille mit Stahlrand und eine kotzgelbe Krawatte. In einwandfreiem Schweizerdeutsch fragt er, was los sei. Das kann nicht der Vater des Russen sein. Ich habe das Gefühl, dass seine Frage mir gilt.

«Der Russe», erkläre ich.

Nic schiebt mich zur Seite und stellt sich vor. Sie reicht dem Typ die Hand und entschuldigt sich für das Missverständnis.

«Danke, dass Sie sich Zeit für uns nehmen», schleimt sie. «Wir suchen jemanden.»

«Sergei», flüstert der Türsteher seinem Boss ins Ohr.

Nic lächelt freundlich. «Er ist ein Freund von uns. Wir sollten ihn um 17 Uhr treffen, doch leider haben wir uns verpasst. Deshalb haben wir beschlossen, kurz hier vorbeizuschauen. Wir wissen, dass der Club seinem Vater gehört.»

«Sergei ist selten hier. Ich habe ihn schon eine ganze Weile nicht mehr gesehen. Aber wenn er wider Erwarten vorbeischauen sollte, werde ich es ihm ausrichten.»

«Danke, das ist sehr nett! Sagen Sie ihm bitte, er solle sich keine Sorgen machen, wir werden ihn schon finden.»

Ich zucke zusammen, als mir klar wird, dass das eine versteckte Drohung ist. Kotzkrawatte merkt es jedoch nicht. Er nickt nur und beugt sich zum Türsteher rüber, der ihm erneut etwas ins Ohr flüstert. Ich höre nur «Mädchen». Ich beobachte, wie Kotzkrawatte die Augenbrauen zusammenzieht. Leo hat inzwischen einen schweren Samtvorhang entdeckt, der sein Interesse weckt. Das passt Kotzkrawatte nicht.

«Hey!», ruft er.

Der Türsteher wartet auf ein Zeichen. Ich sehe ihm an, dass er uns rausschmeissen will. Leo merkt, dass er nicht viel Zeit hat. Rasch zieht er den Vorhang auf. Dahinter kommt eine kleine Bühne zum Vorschein. Sie ist leer.

Aus dem Augenwinkel nehme ich eine Bewegung hinter der Bar wahr. Von dort aus führt ein Durchgang in die Küche. Ein Farbtupfer huscht durch die Tür, kurz darauf zwitschert es.

«Gehen wir?», fragt Julie, als sei nichts passiert.

Leo schiesst durch den Raum und packt sie am Arm.

«Wo warst ...», beginnt er aufgebracht.

«Nochmals vielen Dank für Ihre Hilfe!», sagt Nic laut.

Sie legt ihren Arm um Leo und schiebt ihn zum Ausgang. Julie hüpft mit den Windeln nebenher. Etwas überrumpelt folge ich ihnen. Erst als wir draussen sind, lässt Nic Leo los.

Augenblicklich stürzt er sich auf Julie. Es folgt ein Redeschwall auf Albanisch. Während die beiden diskutieren, schaue ich auf mein Handy. 17.21 Uhr. Warum meldet sich der Russe nicht mehr? Er will doch den Zins? Oder hat er aufgegeben? Behält er Lily zur Strafe? Ich will ihn fragen, doch ich habe seine Nummer nicht. Er hat sie unterdrückt, da nützt die Rückruftaste nichts. Ob Adoda den Anruf zurückverfolgen könnte? Die Polizei hat einiges drauf, was Technik betrifft. Vielleicht hat Leo recht. Alleine schaffen wir das nicht.

«Ich war hinten», erklärt Julie. «Dort hat es einen Lagerraum, eine Toilette und zwei Büros. Da war aber nur eine Putzfrau. Der Russe kann Lily nicht dort versteckt haben, das wäre sofort aufgefallen.»

«Mach so etwas nie wieder!», schimpft Leo. «Hinterräume sind gefährlich!»

«Denkst du, die russische Mafia trifft sich dort?», kichert Julie.

Leo läuft rot an vor Zorn.

«Es könnte sein», mischt sich Nic ein. «Ich verstehe Leos Sorgen. Aber lassen wir das. Wir haben dringendere Probleme. Wir wissen immer noch nicht, warum uns der Russe ausgerechnet vor dem Warenhaus treffen wollte.»

Augenblicklich hört Julie auf zu lachen. «Sorry. Ich wollte mich wirklich nur vergewissern, dass Lily nicht im Club ist. Gibt es sonst noch etwas Auffälliges, Leotrim? Ich meine, etwas, das dir bei den Internetrecherchen ins Auge gestochen ist?»

Leo atmet tief durch. Langsam schüttelt er den Kopf. «Der Russe geht ins Karate, aber die Kampfsportschule liegt irgendwo in Zürich-Nord. Er hat Fotos von sich ins Internet gestellt. Sieht echt krank aus. Wie ein Zwerg, der auf Gorilla macht.»

«Mich erinnert er an einen Clown», sagt Nic. «Wegen der Stupsnase.»

Julie ist tief in Gedanken versunken. «Kann es sein, dass er jemanden im Warenhaus kennt? Arbeitet seine Mutter dort?»

Leo schüttelt den Kopf. «Hausfrau.»

«Schwester?»

«Die habt ihr doch heute nachmittag gesehen», wendet Nic ein. «Bei ihm zu Hause.»

«Was befindet sich sonst noch in der Nähe des Warenhauses?», fragt Julie.

«Ein Parkhaus», meint Leo.

Nic biegt ihre Finger nach hinten. «In einem Parkhaus kann man sich gut verstecken. Aber man fällt auch auf. Vor allem, wenn man kein Auto hat.»

Während ich dem Austausch zuhöre, formt sich ein Gedanke in meinem Kopf. Er arbeitet sich langsam durch alle Gehirnwindungen. Ich blende die Stimmen um mich herum aus, um mich besser konzentrieren zu können. Je mehr ich versuche, den Gedanken zu fassen, desto flüchtiger wird er. Bevor er sich ganz auflöst, spule ich zurück und lasse mir das Gespräch noch einmal durch den Kopf gehen.

Als ich zur Stelle komme, an der Julie «im Warenhaus» sagt, beginnt mein Herz schneller zu schlagen. Wir haben überlegt, was sich in der Nähe des Warenhauses befindet. Aber nicht, was sich im Warenhaus selbst befindet! Dabei gibt es eine Menge Sachen, die den Russen dort interessieren dürften. Vor allem, wenn er sich um ein Baby kümmern muss und überhaupt nicht darauf vorbereitet ist.

«Ein Wickeltisch!», zähle ich auf. «Babynahrung!»

Leo sieht mich an, als wäre ich krank.

«Windeln», fahre ich fort, auf die Packung in Julies Hand blickend.

«Wovon redest du?», fragt Nic.

Ein Lächeln breitet sich auf Julies Gesicht aus. «Nuggis», sagt sie. «Fläschchen. Chris, du bist ein Genie! Schnell, wir müssen los! Wann schliesst das Warenhaus?»

«Um 18 Uhr!», sagt Nic, die ebenfalls begreift, was ich sagen will. Sie spurtet los.

Leo folgt ihr. «Hey, klärt mich mal jemand auf?»

17:33

«Lily muss im Warenhaus sein!», keucht Julie. «Deshalb kam der Russe immer wieder dorthin zurück. Denk mal nach: Er kann den Kinderwagen problemlos irgendwo stehen lassen. Für kurze Zeit zumindest. Das fällt überhaupt nicht auf! Erst recht nicht, wenn er sich in der Spielwarenabteilung oder bei den Babykleidern befindet. Jeder denkt doch, Lily gehöre einer der Frauen, die dort einkaufen!»

Ich bleibe so abrupt stehen, dass Leo mit mir zusammenstösst. Mir kommt ein schrecklicher Gedanke: Was, wenn Regina sie sieht?

«Pass auf, Mann!», schreit Leo.

Ich glaube, wir sind alle mit den Nerven fertig.

«Regina», presse ich hervor.

Julie nimmt meine Hand und zieht mich mit. «Vergiss Regina! Daran können wir nichts ändern.»

«Was ist, wenn sie Lily sieht?», frage ich.

«Wir wissen gar nicht, ob Lily wirklich dort ist!» Nicoles Worte sind wie eine kalte Dusche.

Julie wirft ihr einen giftigen Blick zu. «Wenn Regina Lily sieht, sagst du ihr, dein Vater sei gerade dabei, ihr ein Weihnachtsgeschenk zu kaufen. Deshalb würdest du kurz auf Lily aufpassen. Dann bittest du Regina, schnell zu verduften, weil das Geschenk eine Überraschung sei. Und deinem Vater solle sie nicht verraten, dass sie dich gesehen habe, denn sonst sei er enttäuscht.»

«Aber Adoda kauft keine Weihnachtsgeschenke», entgegne ich verdattert.

«Manchmal muss man eben lügen!»

Dass ich das je von Julie hören würde, hätte ich nie gedacht. Überhaupt, wie kann sie so viele Schritte vorausdenken? Ich hätte schon längst vergessen, was ich ursprünglich sagen wollte. Leo hat einmal behauptet, denken sei wie programmieren. Man müsse nur immer «wenn A, dann B» wissen. «Oder C, wenn B» falsch sei. «Oder D». Und so weiter. Bei jedem Schritt gebe es jeweils zwei Möglichkeiten: «B oder nicht B». «C oder nicht C». So könne man ein ganzes Gedankengerüst aufbauen. Warum das jemand macht, ist mir ein Rätsel. Seit Leo mit Nic zusammen ist, hat er oft seltsame Ideen.

Wir sind am Eingang des Warenhauses angekommen. Es strömen immer noch viele Menschen an uns vorbei. Einige sehen ziemlich müde aus. Ein Junge quengelt, obwohl er einen Dinosaurier in den Armen hält, der neu aussieht. Mir kommt in den Sinn, dass es einen zweiten Ausgang gibt, der in eine Seitenstrasse führt.

«Der Russe könnte hinten raus», sage ich.

Julie nickt. «Stimmt! Daran hab ich gar nicht gedacht. Es gibt noch einen Ausgang beim Bretzelstand. Teilen wir uns auf? Wir gehen hier rein, Leo und Nic auf der anderen Seite. Wir durchkämmen das Erdgeschoss und treffen uns bei der Rolltreppe.»

«Glaubst du, der Russe wird zurückkommen?», fragt Nic mich.

«Der Laden schliesst bald», antwortet Julie an meiner Stelle. «Das weiss der Russe bestimmt auch. Er kann Lily nicht über Nacht hier lassen!»

«Wenn sie überhaupt im Warenhaus ist», ergänzt Nic.

Julie blickt sie genervt an.

«Weiss der Russe, dass dein Alter Bulle ist?», fragt Leo.

Ich zucke mit den Schultern. «Warum?»

«Könnte doch sein, dass das zu seinem Plan gehört. Er lässt Lily absichtlich hier, weil er weiss, dass man die Bullen rufen wird. Dein Alter taucht auf, nimmt sie mit, und du bekommst gewaltigen Ärger.»

Dass der Russe so schlau ist, finde ich nicht fair. Etwas hat Leo aber vergessen: Adoda rückt nur aus, wenn es Tote gibt. Nicht, wenn man ein Kind findet. Ausser, Lily ist tot. Der Gedanke trifft mich wie ein Hammerschlag.

«Chris!», quietscht Julie. «Was hast du?»

«W-was ist, wenn ...», stammle ich.

Ich will es nicht aussprechen. Sonst wird es real. Gedanken kann man ignorieren. Worte nicht. Mit Adoda war das genauso. Es war okay, dass er mich immer wieder vergass. Ich legte mir einfach zurecht, er habe zu viel um die Ohren. Sogar, als er für drei Jahre verschwand, malte ich mir aus, dass er eine wichtige Mission zu erfüllen habe. Doch eines Tages war eine Freundin von Mam zu Besuch. Ich lauschte dem Gespräch, ohne dass Mam es merkte. Sie zog über Adoda her. Die Beschimpfungen waren ziemlich übel. Aber was mir am meisten blieb, war ihr letzter Satz: «Er ist beziehungsunfähig. Nicht einmal seinen Sohn liebt er.»

Klar wusste ich das. Schon ziemlich lange sogar. Welcher Vater vergisst Geburtstage? Hört auf, seinem Sohn Geschichten zu erzählen? Verspricht, am Sonntag mit ihm ins Hallenbad zu gehen und taucht einfach nicht auf? Mir war immer klar, dass Adoda mich nicht besonders toll fand. Aber trotzdem war es etwas anderes, das zu hören.

Ich schiebe mich durchs Gewühl zum Eingang. Die meisten Menschen gehen in die entgegengesetzte Richtung. Nur wenige stürzen sich so kurz vor Ladenschluss noch ins Getümmel. Jemand drückt mir einen Flyer in die Hand. Ich blicke kurz darauf, sehe das Wort «Gott» und lasse ihn fallen. Parfümgeschwängerte Luft schlägt mir entgegen.

Jede Marke hat ihren eigenen Verkaufsstand. Julie und ich gehen durch ein Labyrinth von Gängen. Eine Verkäuferin will ihr einen neuen Duft andrehen. In der Hand hält sie ein offenes Fläschchen. Julie winkt ab. Mich ignorieren die Kosmetikerinnen. Nach der Parfümabteilung folgen die Socken. Frauenbeine ragen empor, sie tragen verschieden lange Strümpfe. Bis auf die Farben sehen alle gleich aus.

Zwischen den Sportsocken und der Kasse entdecken wir einen Kinderwagen. Julie steuert darauf zu. Ein Kind schläft mit einem Nuggi im Mund. Julie sieht mich fragend an. Mir wird plötzlich klar, dass sie gar nicht weiss, wie Lily aussieht. Nur Leo hat Lily einmal gesehen, als er bei mir war. Allerdings waren wir am Zocken. Keine Ahnung, ob er sich ihr Gesicht gemerkt hat. Ich schüttle den Kopf.

Bei den Handschuhen und Hüten ist sie ebenfalls nicht. Das habe ich auch nicht erwartet. Aber wir gehen auf Nummer sicher. Gleich hinter den Regenschirmen befindet sich die Rolltreppe. Nic und Leo warten schon.

«Hey», sage ich zu Leo. «Erkennst du Lily überhaupt?»

«Klar, Mann. Sie sieht genau so aus wie du.»

Ich weiss nicht recht, was ich von seiner Antwort halten soll.

Auf der Rolltreppe haben wir einen guten Überblick. Während wir nach oben fahren, vergewissere ich mich, dass wir keinen Kinderwagen übersehen haben. Auch Leo lässt seinen Blick über das Erdgeschoss schweifen. Dabei schiebt er seine Hand unter Nics Jacke, aber das scheint ihn nicht abzulenken.

Im ersten Stock teilen wir uns wieder auf. Hier hat es vor allem Herrenkleider. Die Kunden sind allerdings zum grössten Teil Frauen. Vor den Anzügen steht eine schmale Gestalt mit dunkelblonden Haaren. Sie fährt über den Stoff und sieht sich das Preisschild an. Kurz stockt mein Atem. Von der Statur her könnte es Regina sein. Nur die Frisur stimmt nicht ganz. Ausserdem würde Regina kaum Anzüge anschauen. Adoda trägt zwar ab und zu ein Jackett, aber immer mit Jeans oder so. Als sich die Frau abwendet, sehe ich, dass sie eine Brille trägt.

Wieder treffen wir uns bei der Rolltreppe, bevor wir den nächsten Stock in Angriff nehmen.

«Sag mal, wie sieht eigentlich der Kinderwagen aus?», fragt Nic.

Ich schliesse kurz die Augen, um mich besser zu erinnern. Krümel, denke ich. Auf der Sitzfläche liegen Krümel. Und Tannenzapfenstücke. Aber nur, wenn Adoda mit Lily im Wald war. Wenn Regina den Wagen schiebt, ist er sauber. Dann baumelt ein Nuggi an einer Kette herunter. Adoda nimmt ihn immer als Erstes weg, wenn er alleine mit Lily ist. Er hält nicht viel davon, ihr den Mund zu stopfen. Er sagt, wenn Lily brüllen will, darf sie das. Regina behauptet, Saugen sei bei Babys ein Reflex. Die brauchen das. Ich glaube, sie hat Angst, man würde sie für eine schlechte Mutter halten, wenn Lily weint.

«Er hat ein Dach», sage ich, weil ich nicht weiss, ob der Russe den Schnuller entfernt hat oder nicht.

Nic seufzt übertrieben. «Geht es etwas genauer?»

Ich überlege.

«Farbe?», will sie wissen.

«Ähm … dunkel.»

«Drei Räder oder vier?»

Denkt sie tatsächlich, ich habe die Räder gezählt?

Ihr Blick macht mich nervös. Zum Glück rettet mich Julie.

«Egal, suchen wir weiter!», treibt sie uns an.

Im nächsten Stock befindet sich die Damenabteilung. Julie muss sich zusammenreissen, um die Kleider zu ignorieren. Mir fällt das leicht. Leo hingegen kann seinen Blick nicht von den BHs losreissen. Unter normalen Umständen hätte ich sie mir vielleicht auch etwas genauer angesehen. Ein Blick auf mein Handy zeigt mir aber, dass das Warenhaus in einer Viertelstunde schliesst. Deshalb eile ich durch die Lingerieabteilung. Nicht einmal die Strings wecken mein Interesse. In diesem Stock befinden sich auch die Toiletten. Wir teilen uns auf. Leo und ich drehen eine Runde durchs Männerklo. Obwohl die Zeit knapp ist, stelle ich mich ans Pissoir. Ich muss schon so lange pinkeln, dass es jetzt einfach nicht mehr warten kann. Danach trinke ich gierig Wasser vom Hahn. Es ist warm, aber das ist mir egal. Leben kehrt in meinen Körper zurück.

Vor der Tür warten Julie und Nic schon ungeduldig. Im nächsten Stock ist die Kinderabteilung untergebracht. Jetzt wird es ernst. Wenn der Russe Lily im Warenhaus deponiert hat, dann dort. Mein Mund wird trocken, trotz des Wassers, das ich soeben getrunken habe.

«Wie gross ist Lily?», fragt Nic.

«Etwa so lang wie ein Tennisschläger», schätze ich. «Gestreckt. Aber sie streckt sich nur, wenn sie Hunger hat.»

Das dürfte jetzt der Fall sein.

Die ersten Kinderwagen stechen mir bereits ins Auge, als ich nach oben fahre. Sie stehen an der Kasse, behängt mit Taschen. Zu jedem gehört eine Frau. Ein einziger Vater ist mit seinem Kind unterwegs. Er reicht dem Knirps ein Stofftier. Die Kinderwagen sehen alle verblüffend ähnlich aus. Sie unterscheiden sich höchstens in der Farbe.

Nic zeigt auf die Warteschlange. «Welcher Kinderwagen gleicht Lilys?»

«Hä?», frage ich, unsicher, ob sie sich einen Scherz erlaubt.

Nic schnalzt mit der Zunge und wiederholt die Frage.

«Alle», antworte ich.

Auch Leo sieht keinen Unterschied. Nic schüttelt den Kopf und steuert auf die Spielsachen zu. Ganze Regale sind mit Duplos und Legos gefüllt. Leo bleibt fasziniert vor einem Lego-Ferrari stehen. Als Nic ihn zurechtweist, geht er rasch weiter. Julie zieht es zu den Barbies. Zwei kleine Mädchen bewundern die glitzernden Kleider. Einen Kinderwagen entdecke ich nicht.

Ich gehe weiter zu den Puppen. Sie sehen total echt aus. Der Russe hätte Lily einfach dazwischen setzen können. Eine weint sogar. Das würde mich total stressen. Zu meinem sechsten Geburtstag hat mir Mam eine Puppe geschenkt, die man füttern konnte. Mir war das Geschenk voll peinlich. Mam ist aber der Meinung, bei der Erziehung müsse man Stereotypen vermeiden. Das erklärte sie mir jedenfalls. Ich kapierte damals nicht, was sie damit meinte. Es ging darum, dass Mädchen mit Autos und Jungen mit Puppen spielen sollten. Die anderen Jungs im Kindergarten bekamen coole Playmobil-Figuren und ferngesteuerte Autos. Einer sogar eine Wasserpistole, die wie echt aussah.

Ich schmiss die Puppe in eine Ecke und liess sie ziemlich lange dort liegen. Eines Tages war mir langweilig, da holte ich sie hervor. Plötzlich wollte ich wissen, wie viel sie essen konnte. Ich erinnere mich genau daran, wie ich zum Kühlschrank ging und Joghurt, Käse und Milch holte. Das Joghurt passte problemlos durch die Öffnung zwischen ihren Lippen. Den Käse musste ich zermanschen. Er verstopfte das Loch, so dass die Milch nicht mehr reinging. Sie floss in die Haare der Puppe und dann auf den Teppich. Mam war total sauer. Offenbar konnte die Puppe nur Puppennahrung essen. Diese musste man separat kaufen. Mam gab das Stereotypen-Experiment auf. Zu meinem siebten Geburtstag bekam ich eine Ritterburg.

Wir sind beim Babyzubehör angekommen. Immer noch keine Lily. Langsam werde ich nervös. Eine Stimme aus dem Lautsprecher kündigt an, dass der Laden in zehn Minuten zumacht, und bittet die Kunden, sich an die Kasse zu begeben. Julie und ich schauen uns an. Ihre Augen sehen so aus, wie ich mich fühle: verzweifelt. Kann es sein, dass wir uns getäuscht haben? Ist Lily doch nicht im Warenhaus? Ich habe mich an diese Hoffnung geklammert wie ein Ertrinkender an einen Rettungsring. Wenn sie nicht hier ist, gehe ich unter.

Hinter mir vernehme ich ein leises Wimmern. Rasch drehe ich mich um. Zwischen Windelpackungen und Schlafanzügen steht ein Kinderwagen, den ich übersehen habe. Ich kann nur das Verdeck erkennen, doch darunter bewegt sich etwas. Sofort stürzte ich darauf zu. So viele Gefühle brechen über mich herein, dass ich sie nicht auseinanderhalten kann. Ich konzentriere mich darauf, nicht über meine Füsse zu stolpern, und erreiche den Kinderwagen gleichzeitig mit einer schwangeren Frau.

Fassungslos beobachte ich, wie sie sich vornüberbeugt und besänftigende Geräusche macht. Das Kind im Wagen strampelt, es kommt eine Hand zum Vorschein, dann ein Lockenkopf. Die Mutter zaubert eine Babyflasche hervor und reicht sie dem Kind im Wagen. Ich höre schmatzende Geräusche. Plötzlich spüre ich nur noch meine pochende Nase. Es ist fast, als hätte der Schmerz bis jetzt hoffnungsvoll die Luft angehalten. Nun hat er aufgegeben und widmet sich wieder seiner Arbeit. Diese besteht daran, mich an meine gebrochene Nase zu erinnern.

Ich möchte auch wimmern. Mich hinlegen und warten, bis mir jemand Nahrung zwischen die Lippen schiebt. Mich zudeckt und sagt, es werde alles gut. Doch da kann ich lange warten. Von klein auf hat Adoda mir gesagt, ich solle mich nie auf andere verlassen. Ich müsse meine Probleme selber lösen. Allerdings hat er mir keinen Tip gegeben, wie ich das anstellen soll. Er ging vermutlich davon aus, dass jeder das kann. Mit einem Sohn, der den IQ von Kartoffelstock hat, hat er wohl nicht gerechnet.

Automatisch greife ich in meine Jackentasche.

Keine Zigis.

Auch das hatte ich bereits vergessen.

«Alles wird gut, Chris. Er wird ihr nichts antun. Er ist hinter dir her, nicht hinter Lily.»

Julies Stimme kommt von weit her. Bin ich schon wieder umgekippt? Ich blinzle und merke, dass ich noch aufrecht stehe. Leo ist auch da.

«Kopf hoch, Indianer!», sagt er. «Du hast dein Bestes gegeben. Man kann nicht jeden Fight gewinnen. Wir gehen jetzt zur Polizei. So schlimm wird es schon nicht werden.»

«Es gibt noch einen Stock», sagt Nic. «Lass uns weitersuchen. Wir haben noch fünf Minuten.»

«Oben ist nur das Restaurant», wendet Julie ein. «Chris war schon dort. Er hätte Lily gesehen.»

«Nicht unbedingt. Er hat sich auf Regina konzentriert.» Sie dreht sich zu mir. «Hast du auf Kinderwagen geachtet?»

Ich schliesse die Augen und versuche, mich daran zu erinnern, wie ich mit Regina nach oben gefahren bin.

Da war etwas.

Mein Gehirn arbeitet wie gestört. Es produziert reihenweise Bilder. Ich komme mir vor wie eines dieser Bücher, die aus vielen Seiten mit fast identischen Zeichnungen bestehen. Wenn man sie ganz schnell durchblättert, entsteht ein Film.

«Chris! Erinnerst du dich an etwas?» Julie hängt sich an meinen Arm.

«Lass ihn!», motzt Leo. «So kann er nicht denken.»

Kreischen. Farben. Kugeln. Schild. Weihnachten.

In der Vorweihnachtszeit werden auch Babys gehütet.

«Der Kinderhütedienst!», keuche ich.

17:59

Ich rase die Rolltreppe hinauf. Höre das Geklapper von Geschirr aus der Restaurantküche. Alle Kunden werden aufgefordert, sich zum Ausgang zu begeben. Zwei Verkäuferinnen räumen Geschenkpapier weg. Sie rufen mir etwas nach, doch ich verstehe es nicht. Ich konzentriere mich auf die Stufen, nehme gleich zwei aufs Mal. Meine Hand berührt kaum den Handlauf.

Ich komme im obersten Stock an. Mein Blick jagt zum Kinderhütedienst. Ich sehe das Schild, auf dem steht, dass man in der Vorweihnachtszeit Babys abgeben kann. Darunter sind die Öffnungszeiten angegeben. Neben dem Schild befindet sich ein Regal. Ich sehe Finken in allen Grössen und Farben. Eine einzelne Jacke hängt an einem Haken. Darunter steht ein Kinderwagen. Ich weiss nicht, ob er Lily gehört.

Schlitternd reisse ich einen Stop vor dem Eingang. Zwei junge Frauen diskutieren aufgeregt. Eine hält ein Telefon in der Hand. Eine dritte räumt Spielsachen auf und stellt Kinderstühle gerade hin. Als sie mich sehen, halten sie inne.

«Das muss er sein», sagt die Frau mit dem Handy.

«Nein, er war kleiner», widerspricht die andere.

Sie kommen auf mich zu. Die Frau mit dem Handy heisst Denise. Das steht auf ihrem Namensschild. Sie presst die Lippen zusammen und greift zu einer Liste, die beim Eingang aufliegt.

«Name, bitte?»

«Chris», röchle ich.

«Wie noch?»

«Cavalli.»

Denise wirft ihrer Kollegin einen vielsagenden Blick zu. Doch diese gibt sich noch nicht geschlagen.

«Er hatte eine Stupsnase», sagt sie. «Ich erinnere mich ganz genau!»

Denise ignoriert sie. «Wie heisst Ihre Tochter?», fragt sie mich.

«Hä?» Welche Tochter? Ich habe keine Lust auf dieses Geplapper. Ich will rein! Ich muss wissen, ob Lily da ist.

«Lily», antwortet Nic rasch.

Denise nickt. Ich sehe ihr an, dass sie sauer ist. «Sie finden sich wohl besonders witzig, wie? Ich sollte wirklich die Polizei anrufen! Ich glaube nicht, dass diese es zum Lachen fände!»

Ich weiss nicht, wovon sie spricht. Wütend schiebt sie mir die Liste hin.

«Ich brauche eine Unterschrift.»

Auf dem Blatt sind alle Kinder eingetragen, die abgegeben wurden. Neben dem Namen der Mutter oder des Vaters steht der Name des jeweiligen Kindes. Zuhinterst sind Telefonnummern aufgeführt. Darunter sehe ich Unterschriften. Nur ein Feld ist leer. Das heisst, ein Kind wurde noch nicht abgeholt. Mein Herz rast. Ich kann den Stift, den mir Denise in die Hand drückt, kaum halten. Ich versuche, an ihr vorbeizuschauen, doch sie beharrt auf der Unterschrift. Rasch kritzle ich meinen Namen aufs Papier. Erst dann sehe ich, was dort geschrieben steht.

Im ersten Feld hat der Russe nur «Cavalli» hingekritzelt. Daneben schrieb er «Lily». Ich bin überrascht, dass er ihren Namen kennt, doch dann kommt mir in den Sinn, dass ihre Kleider angeschrieben sind. Das ist in der Kinderkrippe, die sie besucht, Vorschrift. Ich weiss es, weil Adoda und Regina sich darüber gestritten haben. Adoda findet das verantwortungslos. So könne sich jeder Spinner bei einem Kind einschleimen, indem er es beim Namen rufe, behauptet er.

Als ich die Telefonnummer sehe, weiss ich, warum sich Denise so aufregt.

«117», hat der Russe hingeschrieben.

Den Polizeinotruf.

Mir wird eiskalt. Ich will mir nicht ausmalen, was geschehen wäre, wenn Denise tatsächlich dort angerufen hätte. Dafür habe ich jetzt sowieso keine Zeit. Ich muss zu Lily. Obwohl sie auf der Liste eingetragen ist, fasse ich es noch nicht, dass sie wirklich hier ist. Ich muss sie mit eigenen Augen sehen. Ungeduldig dränge ich mich an Denise vorbei.

Ein Durchgang führt zum Raum mit den farbigen Kugeln, die man von aussen sieht. Dahinter befindet sich ein Spielzimmer. An den Wänden stehen Kisten mit Bauklötzen, Duplos und ein Puppenhaus. In der Mitte des Raums steht ein riesiges Laufgitter, das mit Matten ausgelegt ist. Mitten drin, ganz alleine, sitzt Lily.

Der Schnittlauch auf ihrem Kopf zittert nur ganz leicht. Sie bewegt sich kaum, weil sie konzentriert einen Finger in einen Stoffelefanten bohrt. Als sie die Hand erneut hebt, schwankt sie ein bisschen, findet aber das Gleichgewicht wieder. Es ist das erste Mal, dass ich sie ohne Stütze sitzen sehe.

Mir bleibt fast der Atem weg.

Langsam schleiche ich mich heran, um sie nicht zu erschrecken. Ich schnuppere vorsichtig, rieche aber nichts

Verdächtiges. Jemand muss ihr die Windeln gewechselt haben. Ich warte auf ein Gefühl von Freude oder so, aber ich bin ganz taub. Staunend betrachte ich meine Schwester.

Mein Handy piept, als eine SMS reinkommt. Erschrocken sieht Lily auf. Da entdeckt sie mich. In Zeitlupe verzieht sie ihr Gesicht. Bevor sie losheulen kann, setze ich mich in Bewegung. Ein grosser Schritt, und ich bin im Laufgitter. Mit beiden Händen hebe ich sie hoch. Ein gellender Schrei erklingt. Ihr ganzer Körper vibriert. Ich nehme es nicht persönlich. Bei Regina macht sie das auch immer. Es ist ihre Art zu sagen, dass sie es uncool fand, alleine gelassen zu werden.

Ich drücke sie an mich, bis sie sich beruhigt. Sie ist warm wie eine Bettflasche. Als ich ihren Herzschlag spüre, dämmert es mir, dass alles vorbei ist. Die Taubheit weicht, und Erleichterung macht sich in mir breit. Auf einmal schiessen mir die Tränen in die Augen. Ich habe mich heute so ans Weinen gewöhnt, dass es mir nichts mehr ausmacht. Auch Lily stört es nicht, dass ihre Haare nass werden. Vom Drücken hat sie aber genug. Sie strampelt, bis ich meinen Griff lockere. Dann schaut sie mich an, steckt den Zeigefinger in mein Nasenloch und bewegt den Mund, als würde sie reden.

Es gelingt mir knapp, ein Jaulen zu unterdrücken. Sorgfältig ziehe ich ihre Hand von meiner Nase weg. Damit wartet sie besser, bis der Knochen verheilt ist. Dafür gebe ich ihr meine Kopfhörer. Die findet sie super. Sie packt sie und knallt sie mir gegen den Schädel.

«Ist die süss!», quietscht Julie neben mir.

Auch Leo ist begeistert. Er findet Babys cool. Nic lächelt zwar, reisst sich aber nicht darum, Lily zu berühren. Meiner Schwester sind die vielen Leute plötzlich nicht mehr ganz geheuer. Sie vergräbt ihr Gesicht an meinem Hals. Als die Kinderbetreuerinnen sehen, dass Lily mich mag, beruhigen sie sich etwas. Das mit dem Polizeinotruf finden sie aber immer noch daneben. Den ganzen Weg hinaus redet Denise auf mich ein. Sie hält mich immer noch für Lilys Vater.

Julie nimmt die Jacke vom Haken und versucht, sie Lily anzuziehen. Lily will aber nicht.

«Easy», sage ich.

«Aber es ist kalt draussen!» Julie blickt zum Kinderwagen. «Da drin hat sie nicht warm genug.»

Ich habe nicht vor, Lily in den Wagen zu setzen. Nicht nach allem, was heute passiert ist. Ich schiebe sie unter meine Jacke, so, dass nur noch ihr Kopf herausguckt. Der Schnittlauch kitzelt mich am Kinn.

«Hat es irgendwo eine Mütze?», frage ich.

Julie wühlt im Netz, das am Wagen befestigt ist, und zieht eine geringelte Stoffmütze hervor. Sie stülpt sie Lily über den Kopf. Die Windeln und die Jacke legt sie in den Kinderwagen. Wir steuern auf den Lift zu.

«Meinst du, der Russe hatte gar nicht vor zurückzukommen?», fragt Julie.

«Wohl kaum», antwortet Leo an meiner Stelle. «Er hat sich vermutlich gedacht, die Betreuerinnen rufen um 18 Uhr die Polizei an. Er wusste, dass Chris dann drankommen würde.»

«Er ist wirklich schlau», sagt Nic.

Den bewundernden Tonfall in ihrer Stimme finde ich nicht besonders nett. Aber es tröstet mich, dass wir schlauer waren als der Russe.

«Ob er sich noch einmal meldet?», fragt sich Julie.

«Er hat sein Geld», meint Nic. «Was will er noch mehr?»

«Die Zinsen», sagt Leo.

Mir ist das egal. Hauptsache, ich habe Lily. Ich werde sie nie mehr aus den Augen lassen. Sonst kann mir der Russe nicht viel anhaben. Zur Sicherheit werde ich die 160 Franken Zinsen aber auf die Seite legen. Man kann nie wissen.

Während wir auf den Lift warten, ziehe ich mein Handy hervor.

«Poulet oder Rind?», schrieb Adoda.

«Rind», tippe ich.

Diesmal scheint es ihm ernst zu sein. Er ist wohl tatsächlich auf dem Heimweg. Nervös blicke ich aufs Display. 18.05 Uhr.

Am Eingang steht eine Verkäuferin, die uns rauslässt. Wir sind nicht die letzten Kunden im Warenhaus. Zusammen mit einem jungen Paar verlassen wir das Geschäft. Es hat deutlich weniger Leute auf der Strasse. Lily reibt ihr Gesicht an meiner Brust. Als sie niest, fühlt es sich an, als hätte ich einen Frosch unter der Jacke.

Leo, Julie und Nic begleiten mich bis zur Tramhaltestelle. Ich weiss nicht, was ich ihnen sagen soll. Ohne sie hätte ich den Tag nicht überlebt. Leo boxt mich in den Arm und fragt, ob ich es alleine nach Hause schaffe. Ich sehe Nic an, dass ihre Gedanken in die gleiche Richtung gehen.

«Klar», antworte ich.

Julie ist so mit Lily beschäftigt, dass sie den Achter gar nicht bemerkt, der kommt. Ich will mich bedanken, finde aber die richtigen Worte nicht. Sie stecken mir irgendwo im Herzen fest. Die Taubheit ist weg, ebenso die Leere, die mich den ganzen Tag gequält hat. Ich fühle mich wie eine volle Badewanne. Eine falsche Bewegung, und ich schwappe über.

Die Türen gehen auf. Ich steige mit Lily ein. Leo reicht mir den Kinderwagen.

Ich hebe die Hand zum Abschied. «Man sieht sich.»

Julie winkt, noch lange nachdem das Tram abgefahren ist. Leo widmet sich dem nackten Hautstreifen zwischen Nicoles Jacke und ihrer Jeans. Erst als ich sie nicht mehr sehe, setze ich mich. Ich lehne den Kopf ans Fenster und schliesse die Augen. Auf einmal bin ich total müde. Ich könnte auf der Stelle einschlafen. Lily geht es genau umgekehrt. Sie beginnt, sich zu winden, und ich muss an die Schlange denken, die der Ani-Yunwiya am Wegrand aufgelesen und unter sein Hemd geschoben hat. Wenn Lily zappelt, ist sie genauso schwer zu halten. Ich mache beruhigende Geräusche, doch sie will sich bewegen.

Kaum habe ich den Reissverschluss meiner Jacke aufgezogen, klappen ihre Arme nach oben. Als sie wieder herunterkommen, landet eine Hand im Haar eines alten Mannes, der sich überrascht umdreht. Als er Lily sieht, lächelt er. Er hält ihr einen Finger hin, aber das interessiert sie nicht. Sie ist fasziniert von seinen Locken. Sie zieht daran, um herauszufinden, ob sie festgemacht sind. Mitten in der Bewegung hört sie auf. Ihre Finger krallen sich immer noch fest, aber ihr Blick ist auf eine Frau gegenüber gerichtet.

Die Frau isst eine Banane.

Ich versuche, Lily abzulenken. Keine Chance. Sie schmatzt schon. Wer weiss, ob sie heute überhaupt etwas zu essen gekriegt hat. Das schlechte Gewissen packt mich. Ich denke an meinen Vorsatz, Lily als erstes Bananen zu kaufen. Soll ich die Frau bitten, Lily ein Stück abzugeben? Bevor ich einen Entschluss fassen kann, hat die Frau die Banane schon verschlungen. Lily ist total enttäuscht. Ich fühle mich echt mies.

Als wir an einem Quartierladen vorbeifahren, in dem noch Licht brennt, überlege ich auszusteigen. Ich sehe auf mein Handy. 18.16 Uhr. Wie lange dauert es wohl, bis Adoda zu Hause ist? Zu welchem Thailänder ist er gefahren? Ich könnte ihn anrufen, aber das ist mir zu heikel. Er würde sofort merken, dass etwas nicht stimmt. Soll ich auf Risiko gehen? Jetzt alles aufs Spiel zu setzen, ist völlig idiotisch. Aber ich finde, Lily hat eine Banane verdient.

Ich halte sie im Arm, während ich mit der freien Hand den Kinderwagen hinter mir herziehe. Beim Aussteigen kippt der Wagen, und die Windeln fallen heraus. Als ich mich bücke, um sie aufzuheben, streckt sich Lily plötzlich. Nur wenige Zentimeter, und sie hätte sich den Kopf am Boden gestossen. Ich ziehe den Reissverschluss meiner Jacke wieder zu. Das gefällt ihr zwar nicht, aber wenigstens ist sie so festgeklemmt.

Der Verkäufer räumt bereits die Früchte weg, als Lily und ich den Laden betreten. Rasch schnappe ich mir eine Banane. Lily will die Hand danach ausstrecken, aber das geht nicht, weil ihr Arm wieder unter meiner Jacke steckt. Sie beginnt zu motzen. Rasch gehe ich zur Kasse, wo ich erfahre, dass ich die Banane zuerst wägen muss. Ich kehre wieder zur Früchteabteilung zurück, lege die Banane in die Waagschale und drücke irgendetwas. Auf dem Kleber steht «Tomaten», aber das ist mir egal.

Erst als ich erneut an der Kasse stehe, kommt mir in den Sinn, dass ich kein Geld habe. Ich bin total pleite.

Shit.

Die Kassiererin wartet ungeduldig. Sie will Feierabend machen.

«Ähm ... sorry», beginne ich.

Sie trommelt mit den Fingern auf den Scanner.

«Könnte ich vielleicht ... morgen bezahlen?»

«Na los», treibt sie mich an. «Mach vorwärts.»

«Kein Geld.»

Sie will die Banane zurücknehmen, doch da beginnt Lily zu weinen. Sie begreift nicht, warum sie die Banane nicht bekommt. Jetzt taucht der Verkäufer auf. Er will wissen, was los ist. Die Kassiererin erzählt es ihm. Als er Lily anschaut, wird sein Gesicht weich. Er redet in einer Sprache, die ich nicht verstehe, und streckt Lily die Banane hin. Sie zappelt wie wild. Ich befreie ihren Arm. Sofort schnappt sie sich die Banane und schiebt sie mit Schale und allem in den Mund.

Ich murmle einen Dank und verlasse mit dem Kinderwagen im Schlepptau den Laden. Während wir aufs Tram warten, schäle ich die Banane. Gar nicht so einfach, mit einer

Hand. Bald mampft Lily aber zufrieden. Ich lege den Kopf in den Nacken und atme tief ein. Direkt über mir scheint der Mond. Ich zeige darauf, aber Lily begreift nicht, was an ihm besonders sein soll.

Das Tram ist fast leer. Wir setzen uns ganz nach hinten. Ich blicke mich um, um sicher zu sein, dass mich niemand hören kann. Dann erzähle ich Lily, was es mit dem Mond auf sich hat.

«Als die Sonne jung war, lebte sie weit im Osten», flüstere ich. «Jede Nacht erhielt sie von einem Fremden Besuch. Gemeinsam sassen die beiden da und betrachteten die Sterne, so, wie wir jetzt dasitzen. Dabei sprachen sie über alles Mögliche. Der Fremde fand das strahlende Lächeln der Sonne toll und sagte ihr, sie sei wunderschön. Die Sonne liebte die sanfte Stimme des Fremden. Jeden Abend freute sie sich auf seinen Besuch. Leider konnte sie den Fremden nie sehen, weil es zu dunkel war. Er kam ja nur am Abend.»

Lily schaut zu mir hoch, als verstehe sie, was ich erzähle. Ich weiss zwar, dass sie die Worte nicht kennt, aber vielleicht spürt sie, worum es geht. Telepathie oder so. Wer weiss. Teleportieren hielt ich vor heute auch für unmöglich. Aber seit ich Nic erlebt habe, bin ich mir nicht mehr so sicher.

«Die Sonne war total neugierig, genau wie du», fahre ich fort. «Deshalb beschloss sie eines Nachts herauszufinden, wer der Fremde war. Als er sich zu ihr setzte, berührte sie sein Gesicht. Der Fremde dachte bloss, die Sonne wolle ihn wärmen. Es war nämlich ziemlich kalt. In Wirklichkeit hatte sie ihm aber mit Asche ein Zeichen aufs Gesicht gemalt. Kaum dämmerte es, verliess er sie, wie jeden Morgen. Als sich der Mond am nächsten Tag blass am Himmel zeigte, sah die Sonne, dass er mit Asche verschmiert war. Da wusste sie endlich, wer sie jede Nacht besuchte. Es war ihr Bruder!»

Ich zeige zum Fenster hinaus auf den Mond.

«Siehst du die dunklen Flecken?», frage ich. «Das ist Asche.»

Lily hat die Banane in zwei Stücke gebrochen. Eine Hälfte steckt in ihrem Mund, die zweite schmiert sie mir an den Hals, als wolle sie mich auch kennzeichnen.

Wir sind an der Endstation angekommen. Der Bus wartet bereits. Diesmal hilft mir jemand mit dem Kinderwagen. Ohne Zwischenfälle steigen wir um. Lily malt immer noch mit dem Bananenstück auf meinen Hals herum. Vielleicht weiss sie nicht, wer ich bin.

«Dein Bruder», erkläre ich zur Sicherheit.

Sie steckt mir ein Stück Banane ins Ohr.

18:42

Die Wohnung liegt im Dunkeln. Ich kann mein Glück nicht fassen. Ist es wirklich möglich, dass Adoda noch nicht zurück ist? Rasch schliesse ich die Haustür auf. Ich überlege, den Kinderwagen im Erdgeschoss zu lassen, statt ihn die Treppen raufzuschleppen, entscheide mich aber dagegen. Er könnte geklaut werden. Ich will das Schicksal nicht herausfordern. Lily hat unterwegs den Rest ihrer Banane verloren. Sie wird unruhig. Ich erzähle ihr einen Witz, um sie abzulenken.

Die Wohnungstür ist tatsächlich verschlossen. Irgendwie habe ich trotz der dunklen Fenster mit einer bösen Überraschung gerechnet. Ich schliesse auf und stelle den Kinderwagen in den Flur. Keine Spur von Adoda. Lily merkt, dass wir zu Hause sind. Sie will unbedingt aus meiner Jacke heraus. Mir ist das recht. Davon, dass sie leicht sein soll für ihr Alter, merke ich nichts. Mir tut der Arm vom Tragen ganz schön weh. Ich setze sie auf den Boden im Wohnzimmer. Stützen braucht sie jetzt keine mehr.

Eine seltsame Ruhe breitet sich in mir aus. Sie drückt mir auf die Ohren, wie nach einem lauten Konzert. Dass alles noch so aussieht wie heute morgen, ist irgendwie seltsam. Es ist so viel geschehen, die ganze Welt müsste sich verändert haben. Doch die Staubflusen tanzen immer noch träge übers Parkett und sammeln sich in den Ecken. Die Luft riecht trocken und muffig. Ich stelle mir den Energydrink vor, der im Kühlschrank auf mich wartet, und stöhne leise. Bevor ich darüber herfalle, muss ich dafür sorgen, dass die Wohnung aussieht, als sei Lily heute hier gewesen. Sonst wäre meine ganze Vertuschungsaktion umsonst. Adoda würde sofort merken, dass etwas nicht stimmt.

Ich hole aus der Küche zwei Pfannendeckel und reiche sie Lily. Dann verteile ich Altpapier, Wäscheklammern, Besen und Schaufel sowie einige Kochlöffel auf dem Wohnzimmerboden. Damit spielt sie am liebsten. Während Lily ein Konzert anstimmt, reisse ich die Windelpackung auf. Ich lehne sie so gegen die Wand, dass einige Windeln herausfallen. Plötzlich kommt mir in den Sinn, dass ich keine Ahnung habe, was Lily trägt. Wenn es eine andere Marke Windeln ist, wird Adoda es merken. Dass meine Gedanken nach dem Horrortag wie geölt funktionieren, macht mich irgendwie stolz.

Ich ziehe Lily an den Beinen zu mir und versuche, sie auf den Rücken zu legen. Jetzt, da sie alleine sitzen kann, findet sie Liegen voll daneben. Sie schlägt mit den Pfannendeckeln um sich und versucht, mir zu entkommen. Es gelingt mir, ihr die Hose auszuziehen, aber sie robbt weg. Auf allen vieren krieche ich ihr nach. Ich muss sie am Bein festhalten, damit sie an Ort und Stelle bleibt. Wegen des Staubs niest sie. Das ist meine Chance. So schnell wie möglich öffne ich die Druckknöpfe an ihrem Body. Sie streckt mir die Füsse ins Gesicht. Sie riechen nach Käse. Ich kann der Versuchung nicht widerstehen, sie zu kitzeln. Lily gluckst vergnügt. Ihr Lachen ist ansteckend. Fast vergesse ich, was ich vorhabe.

Die Windeln sind mit Klebern zugemacht. Eine Seite kann ich lösen, bevor sich Lily wieder wegdreht. Die Windel rutscht herunter. Zum Glück ist sie nicht vollgekackt. Lilys Hintern ist mit einer weissen Paste bedeckt. Da war eine Fachperson am Werk. Ich frage mich, ob es Denise gewesen ist. Dankbarkeit steigt in mir auf. Ich nehme mir vor, in Zukunft mehr auf Dinge wie Salben, Babymützen und Bananen zu achten.

Jetzt kommt der schwierigste Teil. Lily findet es so cool ohne Windeln, dass sie sich mit allen Mitteln wehrt, als ich sie wieder verpacken will. Ich nehme ihr die Pfannendeckel weg, um meine Nase zu retten. Das ärgert sie so, dass sie losbrüllt. Ich versuche, ihr zu erklären, dass Windeln immer noch besser seien als nasse Kleider. Sie hört mir nicht zu. Nicht einmal das Kitzeln lenkt sie ab.

Als ich es endlich geschafft habe, die Klebstreifen zu befestigen, steht mir der Schweiss auf der Stirn. Das ganze Paket sieht ziemlich schief aus, aber das ist mir egal. Hauptsache, es hält. Mit den Knöpfen quäle ich mich nicht ab. Ich ziehe Lily einfach die Hose über den offenen Body. Danach bin ich so erschöpft, dass ich mich auf dem Parkett ausstrecke und die Augen schliesse. Lily hat die Pfannendeckel wieder zurückerobert und schlägt sie gegeneinander. In meinen Ohren klingt es wie Musik.

Ich erwache, als die Wohnungstür aufgeht. Reisse die Augen auf. Ich höre, wie Adoda zwei Taschen auf den Boden stellt. Sehe ihn über mir. Der Duft von Desinfektionsmittel weht mir entgegen. Das heisst, er war im Institut für Rechtsmedizin. Von unten sieht Adoda noch breiter aus als von oben, stelle ich fest.

«Junebug!», ruft er.

Mit einer einzigen Bewegung bückt er sich, zieht Lily an sich und nimmt sie hoch. Lily kreischt erfreut und lässt die Pfannendeckel fallen. Sie krachen wenige Zentimeter neben meinem Ohr auf den Boden. Adoda bohrt sein Gesicht in Lilys Bauch. Sie lacht, bis sie kaum noch Luft kriegt. Speichel rinnt aus ihrem Mund und hängt wie ein langer Faden über mir. Fasziniert beobachte ich, wie er auf mich zukommt. Bevor er mich trifft, rolle ich auf die Seite und stemme mich hoch. Ich nütze den Schwung und rapple mich ganz auf. Während Adoda Lily begrüsst, schlurfe ich in die Küche, um endlich den Energydrink aus dem Kühlschrank zu holen. Ich bin so schlapp, dass ich ihn kaum aufbringe. Erst als mir die Flüssigkeit die Kehle hinunterrinnt, erwache ich. Ich leere die Dose in einem Zug. Ein lauter Rülpser rutscht mir raus.

Adoda steht in der Tür und zieht eine Augenbraue hoch. Das kann er gut. Er schafft es, mit dieser kleinen Bewegung eine ganze Menge Missbilligung auszudrücken. Doch dann fällt ihm meine Nase auf. Ich fahre mir mit dem Ärmel über den Mund.

«Was ist passiert?», fragt er.

Ich zucke mit den Schultern.

«Chris?»

«Zusammenstoss.»

«Mit Lily?»

«Ähm… Kinderwagen.» Zum Glück reden Mam und Adoda selten miteinander.

«Ist sie gebrochen?»

«Nö.»

Ich lasse langsam meinen Vorhang herunter. Bevor das Haar mein Gesicht ganz verdeckt, fällt mir Adodas Ausdruck auf. Täusche ich mich, oder wirkt er besorgt? Ich suche nach Zeichen von Ärger, aber ich entdecke keine.

«Warst du beim Arzt?», fragt er.

«Nicht nötig.»

Er legt Lily auf den Boden und kommt auf mich zu. Als er sich über mich beugt, weiche ich zurück.

«Keine Angst, ich kenne mich mit Nasenbeinbrüchen aus.»

Mam auch, denke ich. Genau deswegen mache ich mir Sorgen. Doch Adoda fährt mir ganz behutsam über die Nase.

Ich weiss nicht, was ich davon halten soll. Normalerweise ist er der Meinung, Schmerz härte ab.

«Ich glaube, sie ist gebrochen», sagt er. «Das Nasenbein muss gerichtet werden.»

Ich beginne zu schwitzen. «Eine krumme Nase ist cool», wehre ich ab.

Mit skeptischem Blick holt er einen Eisbeutel aus dem Gefrierfach. «Hier, leg das drauf. Wenn die Schwellung morgen immer noch so stark ist, fahren wir in die Notaufnahme.»

«Okay.» Morgen ist weit weg.

«Magst du überhaupt essen?», fragt er.

Als Antwort knurrt mein Magen.

«Alles klar.»

Während er den Food auspackt, erklärt Adoda, dass er auf dem Heimweg tanken musste. Deshalb habe es so lange gedauert. Ich durchschaue seine Lüge, aber sie ist mir egal. Manchmal verschweigt man die Wahrheit besser. Ich stehe auf und hole zwei Teller sowie Besteck. Adoda sieht mich total überrascht an. Lily merkt, dass wir essen. Plötzlich findet sie ihre Pfannendeckel nicht mehr interessant. Als sie zu motzen beginnt, hebe ich sie hoch. Zusammen setzen wir uns an den Tisch. Sie greift nach dem Eisbeutel. Mit der Kälte rechnet sie nicht. Rasch zieht sie ihre Hand zurück.

«Bleibst du beim Rind?», fragt Adoda. «Ich habe auch Poulet mitgebracht.»

«Rind.»

Adoda stellt mehrere Energydrinks vor mich hin. «Die kannst du bestimmt brauchen.»

Jetzt bin ich es, der verwundert aufschaut. Entweder hat er ein mächtig schlechtes Gewissen, oder es ist seine Art, danke zu sagen.

«Wie ist es gegangen?», fragt er vorsichtig.

Rasch stopfe ich mir einen Bissen Curry in den Mund. Ich gebe ein undefinierbares Geräusch von mir und hoffe, dass er nicht weiterfragt. Die nächste Portion schiebe ich gleich nach. Lilys Blick folgt meiner Gabel. Ich will ihr etwas Reis geben, doch ich traue mich nicht. Die Körner könnten ihr im Hals stecken bleiben.

«Hat sie schon gegessen?», fragt Adoda.

Ich nicke. «Aber sie will mehr.»

Adoda holt aus dem Kühlschrank ein Glas Karottenbrei. Er wärmt es im Mikrowellenherd auf und stellt es auf den Tisch. Als er die Arme nach Lily ausstreckt, reiche ich sie ihm. Auf einmal fehlt mir ihre Wärme. Gleichzeitig bin ich erleichtert, sie abzugeben. Ich schaue zu, wie sie sich die Karotten ins Gesicht schmiert und grinse.

Adoda betrachtet mich. Eine Weile ist es still. Nur mein Schlucken und Lilys Schmatzen sind zu hören. Als sie gähnt, sehe ich überall Orange.

«Chris?», sagt Adoda.

Ich höre auf zu kauen.

Adoda lehnt sich vor und legt die Hand auf meinen Arm. «Danke.»

Ich verschlucke mich fast. «Easy», murmle ich.

«Ich weiss nicht, was ich ohne dich gemacht hätte», fährt er fort.

Lily gähnt ein zweites Mal. Der Brei interessiert sie nicht mehr. Auch ich bringe die letzten Bissen fast nicht mehr runter.

«Dann geh ich mal», sage ich.

Das Geschirr lasse ich stehen. Ich nehme mir vor, es morgen wegzuräumen. Aus meinem Zimmer hole ich mir Zigaretten und gehe auf den Balkon. Als ich mir eine zwischen die Lippen stecke, denke ich an meinen Vorsatz, mit dem Rauchen aufzuhören. Aus dem Wohnzimmer höre ich, wie Lily kreischt. Ich stecke die Zigarette zurück in die Schachtel, betrachte sie eine Weile und schleudere das Päckchen vom Balkon.

Ein leichter Wind jagt die Wolken über den Himmel. Plötzlich geben sie den Mond frei. Kaltes Licht beleuchtet die

Dächer. Ich frage mich, was der Russe jetzt macht. Ich komme nicht damit klar, dass ein Kidnapper frei herumläuft. Was, wenn er einen solchen Stunt noch einmal abzieht? Mit einem anderen Kind? Adoda sagt, Verbrecher würden immer brutaler. Irgendwann bringt er jemanden um. Der Russe, nicht Adoda.

Mir wird kalt. Ich gehe zurück in die Wohnung und schliesse die Balkontür. Adoda kauert auf dem Boden und zieht Lily die Jacke an. An seinem Gürtel blitzen die Handschellen auf. Sie bringen mich auf einen Gedanken. Bevor ich ihn richtig durchdenken kann, sucht er sich den Weg zu meiner Zunge.

«Da gibt es einen Typen», beginne ich.

Adoda schaut auf.

«Er dealt», fahre ich fort. «Gras. Ziemlich viel.»

«Ein Freund von dir?»

«Nö. Kiffe schon lange nicht mehr.»

Adoda zieht eine Augenbraue hoch.

«Ein Russe. Er macht sich vor allem an Kinder ran.» Das ist nicht mal gelogen. «Ich habe seine Adresse.» Ich nenne Strasse und Hausnummer. «Das Gras bekommt er in DVD-Hüllen. Am Dienstag erwartet er eine Lieferung.»

«Von wem?»

Ich zucke mit den Schultern. «Die Päckchen kommen per Post.»

Adoda steht auf. «Warum erzählst du mir das?»

Ich blicke zu Lily, die sich die Augen reibt. Der Schnittlauch auf ihrem Kopf sieht welk aus. Plötzlich ist meine Energie alle. Ich schlurfe in mein Zimmer und schliesse die Tür hinter mir. Als ich höre, dass Adoda die Wohnung verlässt, hebe ich eine alte Pizzaschachtel vom Boden auf und lege die DVDs mit dem Gras hinein. Aus der Küche hole ich eine Rolle Klebband und eine Schere. Ich versuche, nicht daran zu denken, was meine Kollegen morgen abend sagen werden, wenn ich ohne Gras am Konzert auftauche. Dafür male ich mir aus, wie die Polizei am Dienstag das Päckchen abfängt. Adoda wird den Tip nicht ignorieren. Kann er nicht. Dazu ist er zu sehr Bulle.

Nachdem ich das Päckchen versteckt habe, lasse ich mich aufs Bett fallen. Wenn ich das Gras morgen nicht verkaufe, kann ich meine Schulden nicht zurückzahlen. 800 Lappen. Zum Glück rauche ich nicht mehr. Zigis kosten eine Menge. Ich versuche auszurechnen, wie viel ich spare. Mein Hirn macht schlapp. Egal, ich habe Regina sowieso versprochen, mit ihr eine Budgetberatungsstelle aufzusuchen.

Der Fernseher läuft immer noch. Ich taste nach der Fernbedienung, finde sie aber nicht. Suchen ist mir zu anstrengend. Stattdessen schiebe ich mir die Kopfhörer über die Ohren und schalte meinen iPod ein.

«Ich weiss nöd vill, doch ich weiss, ich ha dä sound», singt Phenomden.

«Bliibe uf em bode und ha roots wien en grosse baum.
Ich ha zwar nöd vill, doch zum läbe langet's gnau,
klar git's härti ziite, aber meischtens gaht's dänn au, hey.»

Textauszug aus dem Song «Dschungel» von Phenomden; im Verlag POT – Publishing One Ton (SUISA).

Vielen Dank an Karin Aeschlimann, Mitra Devi und Regula Schmid für die wertvollen Hinweise auf Unstimmigkeiten und die Verbesserungsvorschläge; an Andrea Bringolf, Patricia Daull und Sara Stoffel für ihre Einwände und Erklärungen aus jugendlicher Sicht; an Aljoscha Ivanov für die Insider-Tips aus der Küche; an Sabine Winkler für die juristischen Fakten und das Zuhören; an Jonathan Ivanov für die Musik; an die Klasse von Pirmin Gmür, die ihrer Phantasie freien Lauf beim Gestalten von Titelbildern liess; sowie an Tobias Müller, der dafür gesorgt hat, dass Chris mit dem Rauchen aufhört.

CONTROL

«Ich habe immer gemacht, was von mir erwartet wurde: Wenn eine Ampel auf Rot stand, wartete ich am Strassenrand. Wenn in der Schule eine Prüfung angekündigt wurde, lernte ich. Da meine Mutter bis sieben arbeitet, bereitete ich das Abendessen für die Familie zu; ausserdem ging ich nie ohne meinen Bruder Leo aus, weil mein Vater es mir verboten hatte. Vor allem habe ich meine Eltern nie angelogen.

Als ich das Inserat sah, war mir sofort klar, dass sich das ändern würde. Nur ahnte ich nicht mit welchen Folgen. Hätte ich gewusst, dass ich Ereignisse auslösen würde, die ich nicht mehr kontrollieren könnte… ich glaube, ich hätte den Stecker meines Computers gezogen und so getan, als sei ich nie auf dieses Inserat gestossen:

‹Möchten Sie in die Modebranche einsteigen? Absolvieren Sie ein Praktikum in New York! Erfahrener Designer sucht junge Persönlichkeit mit Individualität und dem Blick für das Besondere. Keine Erfahrung vorausgesetzt.›»

Als Julie das Inserat sieht, kann sie nicht widerstehen. Sie meldet sich sofort. Seit Jahren träumt sie davon, eine eigene Kollektion zu entwerfen. Sie rechnet sich keine Chance aus, die Stelle zu bekommen. Umso grösser ist ihr Erstaunen, als sie umgehend eine Antwort auf ihre Bewerbung erhält. Voller Hoffnung macht sie sich auf den Weg nach New York.

«Control» erschien im Januar 2012 im Appenzeller Verlag.

Petra Ivanov, geboren 1967, ist verheiratet und hat zwei Söhne. Sie arbeitet als Autorin, Journalistin und gibt Schreibkurse.

www.petraivanov.ch

Die Jugendbücher von Petra Ivanov:

Reset	240 Seiten	978-3-85882-513-1
Escape	280 Seiten	978-3-85882-527-8
Delete	232 Seiten	978-3-85882-551-3
Control	232 Seiten	978-3-85882-591-9

Die Flint&Cavalli-Krimireihe von Petra Ivanov:

Fremde Hände	448 Seiten	978-3-85882-390-8
Tote Träume	400 Seiten	978-3-85882-425-7
Kalte Schüsse	408 Seiten	978-3-85882-456-1
Stille Lügen	352 Seiten	978-3-85882-481-3
Tiefe Narben	544 Seiten	978-3-85882-487-5

Die Meyer&Palushi-Krimireihe von Petra Ivanov:

Tatverdacht	400 Seiten	978-3-85882-563-6

In der Reihe Regio-Krimis:

Angst, Haas und Glockenschlag	176 Seiten	978-3-85882-469-1
Angst, Haas und Seitensprung	176 Seiten	978-3-85882-501-8
Angst, Haas und Wellness	168 Seiten	978-3-85882-529-2

Erhältlich im Buchhandel oder beim Appenzeller Verlag,
CH-9101 Herisau, www.appenzellerverlag.ch